Ernesto Sabato
CUENTOS QUE ME APASIONARON

Planeta Bolsillo

ERNESTO SABATO

CUENTOS QUE ME APASIONARON

Selección y prólogos de Ernesto Sabato
en colaboración con Elvira González Fraga

 Planeta

Diseño de interior: Alejandro Ulloa

© 1999 de la selección y prólogos
Ernesto Sabato y Elvira González Fraga

Derechos exclusivos de edición en castellano
reservados para todo el mundo:
© 1999, 2000 Grupo Editorial Planeta S.A.I.C.
Independencia 1668, 1100 Buenos Aires

Segunda edición en Planeta Bolsillo: abril de 2002

ISBN 950-49-0572-2

Esta edición se terminó de imprimir en
American Graff
José Mármol 1660, Capital Federal
en el mes de abril de 2002.

Hecho el depósito que prevé la ley 11.723
Impreso en la Argentina

ÍNDICE

CARTA-PRÓLOGO

Queridos amigos:

En estos años dolorosos y finales de mi vida, muy a menudo recaigo en sombrías tristezas. Elvirita de mil maneras me ha rescatado, muchas veces leyéndome cuentos y poesías que me llevaron lejos, a otros mundos y a otras penas. Sí, porque nada repara más nuestro dolor que unirlo al dolor de los demás.

Una de esas noches quedé pensando, admirado, en la capacidad salvadora del arte y decidí volver a reunir, como hace años, cuentos y poesías que me apasionaron con el deseo de inclinarlos hacia la gran literatura.

Nuevamente, me vi entrando en una de esas bibliotecas de barrio que en nuestro país fundaron hombres pobres e idealistas, quitando pesos de sus magros salarios para que la gente pudiera acceder a los mismos libros que ellos habían tenido tantas dificultades para conseguir. ¿Cómo se llamaba aquel hombrecito flaco y bondadoso que, después de haber trabajado el día entero, aún tenía fuerzas y ánimo para atender con cariño a chicos como yo? Creo que su nombre era Pettirossi, no estoy seguro, pero su figura me viene asociada al silbato de una pequeña locomotora en la que se vendían maníes calientes en los fríos atardeceres de invierno. ¿Por qué de invierno? No lo podría responder. Acaso porque, en esos días, un chico como era yo sentía más soledad que en los días de primavera o verano. Acaso porque, en invierno, la noche, la noche que ahonda vertiginosamente los pensamientos tristes, llega más temprano y más desoladora. No lo sé.

Desde el pueblo en que había nacido, mis padres me habían enviado a hacer el colegio secundario a La Plata. Estuve lejos, muy lejos de mi madre durante un año, un año según el calendario, pero una eternidad según mis sentimientos y emociones. Entre mis compañeros de colegio, yo era un chico de campo. Me sentía feo y torpe entre ellos, inhábil para moverme y para conversar. Me refugié entonces en las matemáticas, cuyo universo me revelaba una armonía que a mí me faltaba, en las pequeñas cositas que pintaba con mis acuarelas y en los libros de aventuras.

Entonces iba a aquella precaria biblioteca, donde Pettirossi era como el portero de un mundo de prodigios. Ese mundo maravilloso venía en volúmenes gastados y hasta rotosos, que devoraba en mi cuartito de la calle 61. Así comenzó mi pasión por la literatura, primero a través de libros de Salgari y Julio Verne, tan modestos como Pettirossi, y luego (porque un libro lleva, inexorablemente, a otro libro), a través de los más grandes de todos los tiempos, ésos que exploran los abismos del corazón humano, como Salgari las remotas selvas de Malasia y Verne con las profundidades submarinas.

Quiero ser para ustedes como aquel bibliotecario, o como un viejo baqueano que, con emoción, nos fuera entregando el misterio de la vida.

Ernesto Sabato
Santos Lugares, mayo de 1999

Franz Kafka

Franz Kafka es uno de los más originales y grandes escritores de todos los tiempos. Su mundo es el de la soledad, el desarraigo, el terror de las jerarquías y la monstruosa burocracia que acaban por amputar la voluntad del hombre, su fuerza creativa. Su condición de judío en un lugar del mundo en que su raza era despreciada y combatida, sumada al menosprecio y la tiranía de su padre, frente a quien padeció un fuerte sentimiento de culpa, sus años de trabajo en una oscura oficina de seguros y sus amores desgraciados son hechos que han formado parte de esas terribles obsesiones que atormentaron su existencia hasta acabar prematuramente con su vida. Pero hay muchos seres en el mundo que han sufrido adversidades semejantes sin que por eso hayan dado obras como *El Proceso*. Hay algo que no lo explica jamás ni la raza, ni el clima, ni la enfermedad, ni las desdichas en el amor: es el genio. Aunque es cierto que el sufrimiento y el desajuste con el mundo contribuyen –tristemente– a que ese genio produzca algo grande en las letras o en las artes porque los artistas construyen otra realidad cuando la que les tocó vivir ha sido horrible o funesta o desventurada. Parecería que el gran arte vive de la desdicha. Kafka pasó la mitad de su corta vida de adulto en una oficina –jefes, papeles, burocracia, rutina…– y la segunda mitad en distintos sanatorios para tuberculosos, donde quizá tuvo tiempo para meditar sobre el extraño destino de la raza humana. Parafraseando a Nietzsche: un signo de interrogación entre la fe de nacimiento y el certificado de defunción. El hombre solo regido por jerarquías que no conoce, culpable de algo que ignora, condenado sin saber por qué y sin derecho de defensa, y finalmente aniquilado sin que los misteriosos dioses se tomen la molestia de dar un motivo.

Kafka había nacido en 1883, en el barrio judío de la ciudad de Praga. Publicó su primer relato, *Contemplación*, en 1913, y dos años después su famoso y extrañísimo relato *La metamorfosis*.

Tuvo un gran amigo infiel: Max Brod, a quien le encomendó, antes de morir, la destrucción de todo lo que había escrito. Pero Brod no cumplió con su pedido, felizmente para la humanidad que hoy puede disfrutar de obras como *El Proceso, El castillo, Amerika, En la Colonia Penitenciaria, Un médico rural, En la construcción de la Muralla China.*

Franz Kafka murió en 1924 a los 41 años.

Ante la ley

Ante las puertas de la ley hay un guardián.

Un campesino se llega hasta este guardián y le pide le permita entrar en la ley, pero el guardián le dice que por ahora no se lo puede permitir.

El hombre reflexiona y entonces pregunta si podría entrar después.

—Es posible —dice el guardián—; pero no ahora.

La puerta de entrada a la ley está abierta como siempre. El guardián se hace a un lado. El hombre se agacha para mirar hacia adentro. Cuando el guardián lo advierte se ríe y dice: —Si tanto te atrae intenta entrar a pesar de mi prohibición. Soy poderoso, y soy solamente el último de los guardianes, pero ante la puerta de cada una de las sucesivas salas hay guardianes siempre más poderosos; yo mismo no puedo soportar la vista del tercer guardián.

El campesino no había previsto semejantes dificultades: pensaba que la ley debía ser siempre asequible para todos pero al contemplar ahora más detenidamente al guardián enfundado en su abrigo de pieles, su enorme nariz respingada, su barba tártara, rala, larga y negra, opta por esperar hasta que se le otorgue el permiso para entrar.

El guardián le da un banquito y le permite sentarse al lado de la puerta. Allí el hombre se queda sentado días y años. Se esfuerza de distintas maneras en conseguir que se lo deje entrar y fatiga con sus súplicas al guardián; éste le hace a veces pequeños interrogatorios; le hace preguntas sobre su país y sobre muchas otras cosas; pero son preguntas indiferentes como las que suelen hacer los grandes señores, y al final siempre le dice que todavía no lo puede dejar entrar. El hombre, que se ha venido bien pertrechado para el viaje, lo emplea todo, por más valioso que sea, en sus intentos de sobornar al guardián. Este acepta todo, es verdad, pero diciéndole siempre: —Lo acepto solamente para que no pienses haber omitido algún esfuerzo.

Durante los muchos años que fueron pasando, el hombre estuvo mirando casi ininterrumpidamente al guardián. Se olvidó de los otros guardianes, y éste le parecía el único obstáculo para entrar en la ley. Maldice la mala suerte, los primeros años en forma desconsiderada y voz alta; después, a medida que va envejeciendo, sólo emite unos leves murmullos. Cae en infantilismo, y como en la atención que durante años ha dedicado al guardián ha llegado a distinguir hasta los piojos que tiene en su cuello de piel, también pide a los piojos que ayuden y persuadan al guardián. Finalmente empieza a perder la vista y no sabe si realmente se está poniendo más oscuro a su alrededor o es solamente que sus ojos lo engañan. Pero ahora distingue por cierto un resplandor que, inextinguible, sale por la puerta de la ley. Cercana ya su muerte, reúne mentalmente todas las experiencias que ha recogido durante todo este tiempo en una pregunta que hasta ahora no había hecho al guardián; le hace señas que se acerque ya que no puede enderezar más su cuerpo que se está paralizando. El guardián tiene que agacharse mucho ante él ya que la diferencia de sus estaturas se ha pronunciado mucho en desmedro del hombre.

—¿Qué más quieres saber todavía? —pregunta el guardián—. Eres insaciable.

—Todos tienden a la ley –dijo el hombre–. ¿Cómo es que durante tantos años nadie excepto yo ha pedido que se lo deje entrar?

El guardián se da cuenta de que el fin del hombre está cerca, y para hacerse entender por esos oídos que ya casi no funcionan, se le acera y le ruge:

—A nadie se le habría permitido el acceso por aquí, porque esta entrada estaba destinada exclusivamente para ti. Ahora voy y la cierro.

En *Relatos completos*,
Losada, 1979.

Nicolai Vasilievich Gogol

NIKOLAI GOGOL es una de las grandes figuras de la literatura del siglo XIX, cuya fuerza y originalidad influenciaron en los narradores de su época y en sus sucesores. Había nacido en Ucrania, en 1809, y la atmósfera de su ciudad provinciana es rememorada en varios pasajes de su obra. Luego de un fracasado intento por dedicarse al teatro, se vuelca de pleno hacia la literatura. *Noche de Mayo, Víspera de San Juan, El paraje embrujado, Una venganza terrible,* son algunos de sus primeros relatos que recibirán, de parte de la crítica, el reconocimiento que merecerá como escritor. En ellos, la tradición folklórica se combina con artificios románticos que denotan la influencia de escritores alemanes como E. T. Hoffmann, a quien tanto admiró. Una extraordinaria capacidad de observación, un estilo dinámico, fuerte e irreprimible y una prosa que une la lírica al lenguaje concreto y coloquial sin disonancia, preanuncian las características de su monumental obra futura.

El capote, publicado por primera vez en 1842, trata algunos de los temas que han preocupado a la literatura rusa desde siempre, pero en él, se radicalizarán hasta adquirir un fervor casi místico: el dolor por las pobres gentes, su indignación ante la injusticia social, la humanidad envilecida, la desesperación ante la rutina y la burocracia, un auténtico espíritu cristiano ante el débil y el humillado. Dostoievski llegó a decir que este cuento resume la tradición de la prosa rusa.

Gogol se sintió atormentado por la vulgaridad con que viven los hombres y sintió la necesidad imperiosa de restablecer la nobleza del espíritu humano. A través de lo grotesco denunció un universo envilecido por el mal. Muchos supieron ver en sus cuentos una aguda crítica a la sociedad que le significó, finalmente, un doloroso exilio.

Gogol perteneció a esa raza de escritores cuya obra la realizan en medio de profundas tensiones, bajo una especie de trance hipnótico. Quienes se apresuran en confinar a los grandes creadores en una determinada corriente estética, se han visto siempre en la dificultad para encasillarlo, pues su obra sintetiza no sólo elementos realistas sino también románticos, trágicos, grotescos y naturalistas. Fue considerado, paradójicamente, un romántico que inició el Realismo en Rusia. Su capacidad para conciliar lo cotidiano y lo sobrenatural, el drama y la comedia, el humor y el horror, se manifiesta notablemente en su mayor obra, *Las almas muertas*. Luego de haberse reído al escuchar la lectura del primer capítulo, Pushkin le comentó acongojado a su amigo Gogol: "Oh Señor, qué triste es nuestra Rusia". A través de la risa, Gogol había logrado expresar la angustia metafísica de los hombres, el dolor por su querida tierra.

A pesar de los escritores de la talla de Pushkin y Lermontov que lo precedieron, la prosa rusa alcanzó su verdadera envergadura gracias a la obra de Gogol. Desde entonces, todos se vieron enriquecidos por el insoslayable legado de su genio.

Entre su obra narrativa, se puede destacar: *Veladas en una granja de las cercanías del Dikanka, Mirgorod, Arabescos, Cuentos de San Petersburgo* y la ya *citada Las almas muertas*. Escribió, también, obras de teatro como *El inspector general*.

Murió en 1852, cuando sus obras completas estaban en proceso de impresión.

El capote

En el departamento ministerial de...; pero creo que será preferible no nombrarlo, porque no hay gente más susceptible que los empleados de esta clase de departamentos, los oficiales, los cancilleres..., en una palabra: todos los funcionarios que componen la burocracia. Y ahora, dicho esto, muy bien pudiera suceder que cualquier ciudadano honorable se sintiera ofendido al suponer que en su persona se hacía una afrenta a toda la sociedad de que forma parte. Se dice que hace poco un capitán de Policía —no recuerdo en qué ciudad— presentó un informe en el que manifestaba claramente que se burlaban los decretos imperiales y que incluso el honorable título de capitán de Policía se llegaba a pronunciar con desprecio. Y en prueba de ello mandaba un informe voluminoso de cierta novela romántica, en la que, cada diez páginas, aparecía un capitán de Policía, y a veces, y esto es lo grave, en completo estado de embriaguez. Y por eso, para evitar toda clase de disgustos, llamaremos sencillamente *un departamento* al departamento del que hablamos aquí.

Pues bien: en cierto departamento ministerial trabajaba un funcionario de quien apenas si se puede decir que tenía algo de particular. Era bajo de estatura, algo picado de viruelas, un tanto pelirrojo y también algo corto de vista, con una pequeña calvicie en la frente, las mejillas llenas de arrugas y el rostro pálido, como el de las personas que padecen de almorranas... ¡Qué se le va a hacer! La culpa la tenía el clima petersburgués.

En cuanto al grado –ya que entre nosotros es la primera cosa que sale a colación–, nuestro hombre era lo que llaman un eterno consejero titular, de los que, como es sabido, se han mofado y chanceado diversos escritores que tienen la *laudable* costumbre de atacar a los que no pueden defenderse. El apellido del funcionario en cuestión era Bachmachkin, y ya por el mismo se ve claramente que deriva de la palabra zapato; pero cómo, cuándo y de qué forma, nadie lo sabe. El padre, el abuelo y hasta el cuñado de nuestro funcionario y todos los Bachmachkin llevaron siempre botas, a las que mandaban poner suelas tres veces al año. Nuestro hombre se llamaba Akakiy Akakievich. Quizás al lector le parezca este nombre un tanto raro y rebuscado, pero puedo asegurarle que no lo buscaron adrede, sino que las circunstancias mismas hicieron imposible darle otro, pues el hecho ocurrió como sigue:

Akakiy Akakievich nació, si mal no se recuerda, en la noche del veintidós al veintitrés de marzo. Su difunta madre, buena mujer y esposa también de otro funcionario, dispuso todo lo necesario, como era natural, para que el niño fuera bautizado. La madre guardaba aún cama, la cual estaba situada enfrente de la puerta, y a la derecha se hallaban el padrino, Iván Ivanovich Erochkin, hombre excelente, jefe de oficina en el Senado, y la madrina, Arina Semenovna Belobriuchkova, esposa de un oficial de la Policía y mujer de virtudes extraordinarias.

Dieron a elegir a la parturienta mujer entre tres nombres: Mokkia, Sossia y el del mártir Josdast. "No –dijo para sí la enferma–. ¡Vaya unos nombres! ¡No!" Para complacerla, pasaron la hoja del almanaque, en la que se leían otros tres nombres, Trifiliy, Dula y Varajasiv.

—¡Pero todo esto parece un verdadero castigo! —exclamó la madre—. ¡Qué nombres! ¡Jamás he oído cosa semejante! Si por lo menos fuese Varadat o Varuj; pero ¡Trifiliy o Varajasiv!

Volvieron otra hoja del almanaque y se encontraron los nombres de Pavsikajiy y Vajticiy.

—Bueno; ya veo —dijo la anciana madre— que éste ha de ser su destino. Pues bien: entonces, será mejor que se llame como su padre. Akakiy se llama el padre; que el hijo se llame también Akakiy.

Y así se formó el nombre de Akakiy Akakievich. El niño fue bautizado. Durante el acto sacramental lloró e hizo tales muecas, cual si presintiera que había de ser consejero titular. Y así fue como sucedieron las cosas. Hemos citado estos hechos con objeto de que el lector se convenza de que todo tenía que suceder así y que habría sido imposible darle otro nombre.

Cuándo y en qué época entró en el departamento ministerial y quién lo colocó allí, nadie podría decirlo. Cuantos directores y jefes pasaron lo habían visto siempre en el mismo sitio, en idéntica postura, con la misma categoría de copista; de modo que se podía creer que había nacido así en este mundo, completamente formado con uniforme y la serie de calvas sobre la frente.

En el departamento nadie le demostraba el menor respeto. Los ordenanzas no sólo no se movían de su sitio cuando éste pasaba, sino que ni siquiera lo miraban, como si se tratara sólo de una mosca que pasara volando por la sala de espera. Sus superiores lo trataban con cierta frialdad despótica. Los ayudantes del jefe de oficina le ponían los montones de papeles debajo de las narices, sin decirle siquiera: "Copie esto", o "Aquí tiene un asunto bonito e interesante", o algo por el estilo, como corresponde a empleados con buenos modales. Y él los tomaba, mirando sólo los papeles, sin fijarse en quien los ponía delante de él, ni si tenía derecho a ello. Los tomaba y se ponían en el acto a copiarlos.

Los empleados jóvenes se mofaban y chanceaban de él con todo el ingenio de que es capaz un cancillerista —si es que al referirse a ellos se puede hablar de ingenio, contando en su presencia toda clase de historias inventadas sobre él y su patrona, una anciana de setenta años. Decían que ésta le pegaba y preguntaba cuándo iba a casarse con ella, y le tiraban sobre la cabeza papelitos, diciéndole que se trataba de copos de nieve. Pero, a todo esto, Akakiy Akakievich no replicaba nada, como si se encontrara allí solo. Ni siquiera ejercía influencia en su ocupación, y a pesar de que le daban la lata de esta manera, no cometía ni un solo error en su escritura. Sólo cuando la broma resultaba demasiado insoportable, cuando le daban algún golpe en el brazo, impidiéndole seguir trabajando, pronunciaba estas palabras:

—¡Dejadme! ¿Por qué me ofendéis?

Había algo extraño en estas palabras y en el tono de voz con que las pronunciaba. En ellas aparecía algo que inclinaba a la compasión. Y así sucedió en cierta ocasión; un joven que acababa de conseguir empleo en la oficina y que, siguiendo el ejemplo de los demás, iba a burlarse de Akakiy, se quedó cortado, cual si le hubieran dado una puñalada en el corazón, y desde entonces pareció que todo había cambiado ante él y lo vio todo bajo otro aspecto. Una fuerza sobrenatural le impulsó a separarse de sus compañeros, a quienes había tomado por personas educadas y como es debido. Y aun mucho más tarde, en los momentos de mayor regocijo, se le aparecía la figura de aquel diminuto empleado con la calva sobre la frente, y oía sus palabras insinuantes: "¡Dejadme! ¿Por qué me ofendéis?" y simultáneamente con estas palabras resonaban otras: "¡Soy tu hermano!". El pobre infeliz se tapaba la cara con las manos, y más de una vez, en el curso de su vida, se estremeció al ver cuánta inhumanidad hay en el hombre y cuánta educación, selecta y esmerada. Y, ¡Dios mío!, hasta en las personas que pasaban por nobles y honradas...

Difícilmente se encontraría un hombre que viviera cumpliendo tan celosamente con sus deberes... y, ¡es poco decir!, que trabajara con tanta afición y esmero. Allí, copiando documentos, se abría ante él un mundo más pintoresco y placentero. En su cara se reflejaba el gozo que experimentaba. Algunas letras eran sus favoritas, y cuando daba con ellas estaba como fuera de sí: sonreía, parpadeaba y se ayudaba con los labios, de manera que resultaba hasta posible leer en su rostro cada letra que trazaba su pluma.

Si le hubieran dado una recompensa a su celo, tal vez, con gran asombro por su parte, hubiera conseguido ser ya consejero de Estado. Pero, como decían sus compañeros bromistas, en vez de una condecoración de ojal, tenía hemorroides en los riñones. Por otra parte, no se puede afirmar que no se le hiciera ningún caso. En cierta ocasión, un director, hombre bondadoso, deseando recompensarle por sus largos servicios, ordenó que le diesen un trabajo de mayor importancia que el suyo, que consistía en copiar simples documentos. Se le encargó que redactara, a base de un expediente, un informe que había de ser elevado a otro departamento. Su trabajo consistía sólo en cambiar el título y sustituir el pronombre de primera persona por el de tercera. Esto le dio tanto trabajo que, todo sudoroso, no hacía más que pasarse la mano por la frente, hasta que por fin acabó por exclamar:

—No; será mejor que me dé a copiar algo, como hacía antes.

Y desde entonces le dejaron para siempre de copista.

Fuera de estas copias, parecía que en el mundo no existía nada para él. Nunca pensaba en su traje. Su uniforme no era verde, sino que había adquirido un color de harina que tiraba a rojizo. Llevaba un cuello estrecho y bajo, y, a pesar de que tenía el cuello corto, éste sobresalía mucho y parecía exageradamente largo, como el de los gatos de yeso que mueven la cabeza y que llevan colgando, por docenas, los artesanos.

Y siempre se le quedaba algo pegado al traje, bien un poco de heno, o bien un hilo. Además, tenía la mala suerte, la desgracia, de que al pasar siempre por debajo de las ventanas lo hacía en el preciso momento en que arrojaban basuras a la calle. Y por eso, en todo momento, llevaba en el sombrero alguna cáscara de melón o de sandía o cosa parecida. Ni una sola vez en la vida prestó atención a lo que ocurría diariamente en las calles, cosa que no dejaba de advertir su colega, el joven funcionario, a quien, aguzando de modo especial su mirada, penetrante y atrevida, no se le escapaba nada de cuanto pasara por la acera de enfrente, ora fuese alguna persona que llevase los pantalones de trabillas, pero un poco gastados, ora otra cosa cualquiera, todo lo cual hacía asomar siempre a su rostro una sonrisa maliciosa.

Pero Akakiy Akakievich, adondequiera que mirase, siempre veía los renglones regulares de su letra limpia y correcta. Y sólo cuando se le ponía sobre el hombro el hocico de algún caballo, y éste le soplaba en la mejilla con todo vigor, se daba cuenta de que no estaba en medio de una línea, sino en medio de la calle.

Al llegar a su casa se sentaba enseguida a la mesa, tomaba rápidamente la sopa de *schi*, y después comía un pedazo de carne de vaca con cebollas, sin reparar en su sabor. Era capaz de comerlo con moscas y con todo aquello que Dios añadía por aquel entonces. Cuando notaba que el estómago empezaba a llenársele, se levantaba de la mesa, tomaba un tintero pequeño y empezaba a copiar los papeles que había llevado a casa. Cuando no tenía trabajo, hacía alguna copia para él, por mero placer, sobre todo si se trataba de algún documento especial, no por la belleza del estilo, sino porque fuese dirigido a alguna persona de relativa importancia.

Cuando el cielo gris de Petersburgo oscurece totalmente y toda la población de empleados se ha saciado cenando de acuerdo con sus sueldos y gustos particulares; cuando todo el mundo descansa, procurando olvidarse del rasgar de las plumas en las oficinas, de los vaivenes, de las ocupaciones propias y ajenas, y de todas las molestias que se toman voluntariamente los hombres inquietos y a menudo sin necesidad; cuando los empleados gastan el resto del tiempo divirtiéndose unos, los más animados, asistiendo a algún teatro, otros saliendo a la calle para admirar la gracia de los sombreritos femeninos, los menos concurriendo a un baile en donde se prodiguen cumplidos a lindas muchachas o a alguna en especial, que se considera como estrella en este limitado círculo de empleados, y quienes, los más numerosos, yendo simplemente a casa de un compañero, que vive en un cuarto o tercer piso compuesto de dos pequeñas habitaciones y un vestíbulo o cocina, con objetos modernos, que denotan casi siempre afectación, una lámpara o cualquier otra cosa adquirida a costa de muchos sacrificios, renunciamientos y privaciones a cenas o recreos. En una palabra: a la hora en que todos los empleados se dispersan por las pequeñas viviendas de sus amigos para jugar al *whist* y tomar alguno que otro vaso de té con pan tostado de lo más barato y fumar una larga pipa, tragando grandes bocanadas de humo y, mientras se distribuían las cartas, contar historias escandalosas del gran mundo, a lo que un ruso no puede renunciar nunca, sea cual sea su condición, y cuando no había nada que referir, repetir la vieja anécdota acerca del comandante a quien vinieron a decir que habían cortado la cola del caballo de la estatua de Pedro el *Grande*, de Falconet...; en suma, a la hora en que todos procuraban divertirse de alguna forma, Akakiy Akakievich no se entregaba a diversión alguna.

Nadie podía afirmar haberlo visto siquiera una sola vez en alguna reunión. Después de haber copiado a gusto, se iba a dormir, sonriendo y pensando de antemano en el día siguiente. ¿Qué le iba a traer Dios para copiar mañana?

Y así transcurría la vida de este hombre apacible, que, cobrando un sueldo de cuatrocientos rublos al año, sabía sentirse contento con su destino. Tal vez hubiera llegado a muy viejo, a no ser por las desgracias que sobrevienen en el curso de la vida, y esto no sólo a los consejeros de Estado, sino también a los privados e incluso a aquellos que no dan consejos a nadie ni de nadie los aceptan.

Existe en Petersburgo un enemigo terrible de todos aquellos que no reciben más de cuatrocientos rublos anuales de sueldo. Este enemigo no es otro que nuestras heladas nórdicas, aunque, por lo demás, se dice que son muy sanas. Pasadas las ocho, la hora en que van a la oficina los diferentes empleados del Estado, el frío punzante e intenso ataca de tal forma las narices sin elección de ninguna especie, que los pobres empleados no saben cómo resguardarse. A estas horas, cuando a los más altos dignatarios les duele la cabeza de frío y las lágrimas les saltan de los ojos, los pobres empleados, los consejeros titulares, se encuentran a veces indefensos. Su única salvación consiste en cruzar lo más rápidamente posible las cinco o seis calles, envueltos en sus ligeros capotes, y luego detenerse en la conserjería, pateando enérgicamente, hasta que se deshielan todos los talentos y capacidades de oficinistas que se helaron en el camino.

Desde hacía algún tiempo, Akakiy Akakievich sentía un dolor fuerte y punzante en la espalda y en el hombro, a pesar de que procuraba medir lo más rápidamente posible la distancia habitual de su casa al departamento. Se le ocurrió al fin pensar si no tendría la culpa de ello su capote. Lo examinó minuciosamente en casa y comprobó que precisamente en la espalda y en los hombros la tela clareaba, pues el paño estaba tan gastado que podía verse a través de él. Y el forro se deshacía de tanto uso.

Conviene saber que el capote de Akakiy Akakievich también era blanco de las burlas de los funcionarios. Hasta le habían quitado el nombre noble de capote y le llamaban bata. En efecto, este capote había ido tomando una forma muy curiosa; el cuello disminuía cada año más y más, porque servía para remendar el resto. Los remiendos no denotaban la mano hábil de un sastre, ni mucho menos, y ofrecían un aspecto tosco y antiestético. Viendo en qué estado se encontraba el capote, Akakiy Akakievich decidió llevarlo a Petrovich, un sastre que vivía en un cuarto piso interior, y que, a pesar de ser bizco y picado de viruelas, revelaba bastante habilidad en remendar pantalones y fraques de funcionarios y de otros caballeros; claro está, cuando se encontraba tranquilo y sereno y no tramaba en su cabeza alguna otra empresa.

Es verdad que no haría falta hablar de este sastre; mas como es costumbre en cada narración esbozar fielmente el carácter de cada personaje, no queda otro remedio que presentar aquí a Petrovich.

Al principio, cuando aún era siervo y hacía de criado, se llamaba Gregorio a secas. Tomó el nombre de Petrovich al conseguir la libertad, y al mismo tiempo empezó a emborracharse los días de fiesta, al principio solamente los grandes, y luego continuó haciéndolo, indistintamente, en todas la fiestas de la Iglesia, donde quiera que encontrase alguna cruz en el calendario. Por este lado permanecía fiel a las costumbres de sus abuelos y, riñendo con su mujer, la llamaba impía y alemana.

Ya que hemos mencionado a su mujer, convendría decir algunas palabras acerca de ella. Desgraciadamente, no se sabía nada de la misma, a no ser que era esposa de Petrovich y que se cubría la cabeza con un gorrito y no con un pañuelo. Al parecer, no podía enorgullecerse de su belleza; a lo sumo, algún que otro soldado de la guarnición es muy posible que si se cruzase con ella por la calle le echase alguna mirada debajo del gorro, acompañada de un extraño movimiento de la boca y de los bigotes con un curioso sonido inarticulado.

Subiendo la escalera que conducía al piso del sastre, que, por cierto, estaba empapada de agua sucia y de desperdicios, desprendiendo un olor a aguardiente que hacía daño al olfato y que, como es sabido, es una característica de todos los pisos interiores de las casas petersburguesas; subiendo la escalera, pues, Akakiy Akakievich reflexionaba sobre el precio que iba a cobrarle Petrovich, y resolvió no darle más de dos rublos.

La puerta estaba abierta, porque la mujer de Petrovich, que en aquel preciso momento freía pescado, había hecho tal humareda en la cocina, que ni siquiera se podían ver las cucarachas. Akakiy Akakievich atravesó la cocina sin ser visto por la mujer y llegó a la habitación, donde se encontraba Petrovich sentado en una ancha mesa de madera con las piernas cruzadas, como un rajá, y descalzo, según costumbre de los sastres cuando están trabajando. Lo primero que llamaba la atención era el dedo grande, bien conocido de Akakiy Akakievich por la uña destrozada, pero fuerte y firme, como la concha de una tortuga. Llevaba al cuello una madeja de seda y de hilo y tenía sobre las rodillas una prenda de vestir destrozada. Desde hacía tres minutos hacía lo imposible por enhebrar una aguja, sin conseguirlo, y por eso echaba pestes contra la oscuridad y luego contra el hilo, murmurando entre dientes:

—¡Te vas a decidir a pasar, bribona! ¡Me estás haciendo perder la paciencia, granuja!

Akakiy Akakievich estaba disgustado por haber llegado en aquel preciso momento en que Petrovich se hallaba encolerizado. Prefería darle un encargo cuando el sastre estuviese algo menos batallador, más tranquilo, pues, como decía su esposa, ese demonio tuerto se apaciguaba con el aguardiente ingerido. En semejante estado, Petrovich solía mostrarse muy complaciente y rebajaba de buena gana, más aún, daba las gracias y hasta se inclinaba respetuosamente ante el cliente. Es verdad que luego venía la mujer llorando y decía que su marido estaba borracho y por eso había aceptado el trabajo a bajo precio. Entonces se le añadían diez *kopeks* más, y el asunto quedaba resuelto. Pero aquel día Petrovich parecía no estar borracho y por eso se mostraba terco, poco hablador y dispuesto a pedir precios exorbitantes.

Akakiy Akakievich se dio cuenta de todo esto y quiso, como quien dice, tomar las de Villadiego; pero ya no era posible. Petrovich clavó en él su ojo torcido y Akakiy Akakievich dijo sin querer:

—¡Buenos días, Petrovich!

—¡Muy buenos los tenga usted también! —respondió Petrovich, mirando de soslayo las manos de Akakiy Akakievich para ver qué clase de botín traía éste.

—Vengo a verte, Petrovich, pues yo...

Conviene saber que Akakiy Akakievich se expresaba siempre por medio de preposiciones, adverbios y partículas gramaticales que no tienen ningún significado. Si el asunto en cuestión era muy delicado, tenía la costumbre de no terminar la frase, de modo que a menudo empezaba por las palabras: "Es verdad, justamente eso...", y después no seguía nada y él mismo se olvidaba, pensando que lo había dicho todo.

—¿Qué quiere, pues? —le preguntó Petrovich, inspeccionando en aquel instante con su único ojo todo el uniforme, el cuello, las mangas, la espalda, los faldones y los ojales, que conocía muy bien, ya que era su trabajo.

Esta es la costumbre de todos los sastres y es lo primero que hizo Petrovich.

–Verás, Petrovich...: yo quisiera que... este capote...; mira el paño...; ¿ves?, por todas partes está fuerte..., sólo que está un poco cubierto de polvo, parece gastado; pero en realidad está nuevo; sólo una parte está un tanto..., un poquito en la espalda y también algo gastado; pero en realidad está nuevo; sólo una parte está... Mira, eso es todo... No es mucho trabajo...

Petrovich tomó el capote, lo extendió sobre la mesa y lo examinó detenidamente. Después meneó la cabeza y extendió la mano hacia la ventana para agarrar su tabaquera redonda con el retrato de un general, cuyo nombre no se podía precisar, puesto que la parte donde antes se viera la cara estaba perforada por el dedo y tapada ahora con un pedazo rectangular de papel. Después de tomar una pulgada de rapé, Petrovich puso el capote al trasluz y volvió a menear la cabeza. Luego lo puso a revés con el forro hacia afuera, y de nuevo meneó la cabeza; volvió a levantar la tapa de la tabaquera adornada con el retrato del general y arreglada con aquel pedazo de papel, e introduciendo el rapé en la nariz, cerró la tabaquera y se la guardó, diciendo por fin:

–Aquí no se puede arreglar nada. Es una prenda gastada.

Al oír estas palabras, el corazón se le oprimió al pobre Akakiy Akakievich.

–¿Por qué no es posible, Petrovich? –preguntó con voz suplicante de niño. Sólo esto de los hombros está estropeado y tú tendrás seguramente algún pedazo...

–Sí; en cuanto a los pedazos se podrían encontrar –dijo Petrovich–; sólo que no se pueden poner, pues el paño está completamente podrido y se deshará en cuanto se toque con la aguja.

–Pues que se deshaga, tú no tienes más que ponerle un remiendo.

–No puedo poner el remiendo en ningún sitio, no hay donde fijarlo; además sería un remiendo demasiado grande. Esto ya no es paño; un golpe de viento basta para arrancarlo.

–Bueno, pues refuérzalo...; como no..., efectivamente, eso es...

–No –dijo Petrovich con firmeza–; no se puede hacer nada. Es un asunto muy malo. Será mejor que se haga con él unas *onuchkas* para cuando llegue el invierno y empiece a hacer frío, porque las medias no abrigan nada, no son más que un invento de los alemanes para hacer dinero –Petrovich aprovechaba gustoso la ocasión para meterse con los alemanes–. En cuanto al capote, tendrá que hacerse otro nuevo.

Al oír la palabra *nuevo*, Akakiy Akakievich sintió que se le nublaba la vista y le pareció que todo lo que había en la habitación empezaba a dar vueltas. Lo único que pudo ver claramente era el semblante del general tapado con el papel en la tabaquera de Petrovich.

–¡Cómo uno nuevo! –murmuró como en sueño–. Si no tengo dinero para ello.

–Sí; uno nuevo –repitió Petrovich con brutal tranquilidad.

–...Y de ser nuevo... ¿cuánto sería?...

–¿Qué cuánto costaría?

–Sí.

–Pues unos ciento cincuenta rublos –contestó Petrovich, y al decir esto apretó los labios.

Era muy amigo de los efectos fuertes y le gustaba dejar pasmado al cliente y luego mirar de soslayo para ver qué cara de susto ponía al oír tales palabras.

–¡Ciento cincuenta rublos por el capote! –exclamó el pobre Akakiy Akakievich.

Quizá por primera vez se le escapaba semejante grito, ya que siempre se distinguía por su voz muy suave.

–Sí –dijo Petrovich–. Y además, ¡qué capote! Si se le pone un cuello de marta y se le forra el capuchón con seda, entonces vendrá a costar hasta doscientos rublos.

–¡Por Dios, Petrovich! –le dijo Akakiy Akakievich con voz suplicante, sin escuchar, es decir, esforzándose en no prestar atención a todas sus palabras y efectos–. Arréglalo como sea para que sirva todavía algún tiempo.

–¡No! Eso sería tirar el trabajo y el dinero... –repuso Petrovich.

Y tras aquellas palabras, Akakiy Akakievich quedó completamente abatido y se marchó. Mientras tanto, Petrovich permaneció aún largo rato en pie, con los labios expresivamente apretados, sin comenzar su trabajo, satisfecho de haber sabido mantener su propia dignidad y de no haber faltado a su oficio.

Cuando Akakiy Akakievich salió a la calle se hallaba como en un sueño.

"¡Qué cosa! –decía para sí–. Jamás hubiera pensado que iba a terminar así... ¡Vaya! –exclamó después de unos minutos de silencio–. ¡He aquí al extremo que hemos llegado! La verdad es que yo nunca podía suponer que llegara a esto... –y después de otro largo silencio, terminó diciendo–: ¡Pues así es! ¡Esto sí que es inesperado!... ¡Qué situación!..."

Dicho esto, en vez de volver a su casa se fue, sin darse cuenta, en dirección contraria. En el camino tropezó con un deshollinador que, rozándole el hombro, se lo manchó de negro; del techo de una casa en construcción le cayó una respetable cantidad de cal; pero él no se daba cuenta de nada. Sólo cuando se dio de cara con un guardia, que habiendo colocado la alabarda junto a él echaba rapé de la tabaquera en su palma callosa, se dio cuenta porque el guardia le gritó:

–¿Por qué te metes debajo de mis narices? ¿Acaso no tienes la acera?

Esto le hizo mirar en torno suyo y volver a casa. Solamente entonces empezó a reconcentrar sus pensamientos, y vio claramente la situación en que se hallaba y comenzó a monologar consigo mismo, no en forma incoherente, sino con lógica y franqueza, como si hablase con un amigo inteligente a quien se puede confiar lo más íntimo de su corazón.

–No –decía Akakiy Akakievich–; ahora no se puede hablar con Petrovich, pues está algo...; su mujer debe haberle proporcionado una buena paliza. Será mejor que vaya a verlo un domingo por la mañana; después de la noche del sábado estará medio dormido, bizqueando, y deseará beber para reanimarse algo, y como su mujer no le habrá dado dinero, yo le daré una moneda de diez *kopeks* y él se volverá más tratable y arreglará el capote...

Y ésta fue la resolución que tomó Akakiy Akakievich. Y, procurando animarse, esperó hasta el domingo. Cuando vio salir a la mujer de Petrovich, fue directamente a su casa. En efecto, Petrovich, después de la borrachera de la víspera, estaba más bizco que nunca, tenía la cabeza inclinada y estaba medio dormido; pero con todo eso, en cuanto se enteró de lo que se trataba, exclamó como si le impulsara el propio demonio.

–¡No puede ser! ¡Haga el favor de mandarme hacer otro capote!

Y entonces fue cuando Akakiy Akakievich le metió en la mano la moneda de diez *kopeks*.

–Gracias, señor; ahora podrá reanimarme un poco bebiendo a su salud –dijo Petrovich–. En cuanto al capote, no debe pensar más en él, no sirve para nada. Yo le haré uno estupendo..., se lo garantizo.

Akakiy Akakievich volvió a insistir sobre el arreglo; pero Petrovich no lo quiso escuchar y dijo:

—Le haré uno nuevo, magnífico... Puede contar conmigo; lo haré lo mejor que pueda. Incluso podrá abrochar el cuello con corchetes de plata, según la última moda.

Sólo entonces vio Akakiy Akakievich que no podía pasarse sin un nuevo capote y perdió el ánimo por completo.

Pero, ¿cómo y con qué dinero iba a hacérselo? Claro, podía contar con un aguinaldo que le darían en las próximas fiestas. Pero este dinero lo había distribuido ya desde hace un tiempo con un fin determinado. Era preciso encargar unos pantalones nuevos y pagar al zapatero una vieja deuda por las nuevas punteras de un par de botas viejas, y, además, necesitaba encargarse tres camisas y dos prendas de ropa de esas que se considera poco decoroso nombrarlas por su propio nombre. Todo el dinero estaba distribuido de antemano, y aunque el director se mostrara magnánimo y concediese un aguinaldo de cuarenta y cinco a cincuenta rublos, sería sólo una pequeñez en comparación con el capital necesario para el capote, era una gota de agua en el océano. Aunque, claro, sabía que a Petrovich le daba a veces no sé qué locura, y entonces pedía precios tan exorbitantes, que incluso su mujer no podía contenerse y exclamaba:

—¡Te has vuelto loco, grandísimo tonto! Unas veces trabajas casi gratis y ahora tienes la desfachatez de pedir un precio que tú mismo no vales.

Por otra parte, Akakiy Akakievich sabía que Petrovich consentiría en hacerle el capote por ochenta rublos. Pero, de todas maneras, ¿dónde hallar esos ochenta rublos? La mitad quizá podría conseguirla, y tal vez un poco más. Pero ¿y la otra mitad?...

Pero antes el lector ha de enterarse de dónde provenía la primera mitad. Akakiy Akakievich tenía la costumbre de echar un kopek siempre que gastaba un rublo, en un pequeño cajón, cerrándolo con llave, cajón que tenía una ranura ancha para hacer pasar el dinero. Al cabo de cada medio año hacía el recuento de esta pequeña cantidad de monedas de cobre y las cambiaba por otras de plata. Practicaba este sistema desde hacía mucho tiempo y, de esta manera, al cabo de unos años, ahorró una suma superior a cuarenta rublos. Así, pues, tenía en su poder la mitad, pero ¿y la otra mitad? ¿De dónde conseguir los cuarenta rublos restantes?

Akakiy Akakievich pensaba, pensaba, y finalmente llegó a la conclusión de que era preciso reducir los gastos ordinarios por lo menos durante un año, o sea dejar de tomar té todas las noches, no encender la vela por la noche y, si tenía que copiar algo, ir a la habitación de la patrona para trabajar a la luz de su vela. También sería preciso al andar por la calle pisar lo más suavemente posible las piedras y baldosas e incluso hasta ir casi de puntillas para no gastar demasiado rápidamente las suelas, dar a lavar la ropa a la lavandera también lo menos posible. Y para que no se gastara, quitársela al volver a casa y ponerse sólo la bata, que estaba muy vieja, pero que, afortunadamente, no había sido demasiado maltratada por el tiempo.

Hemos de confesar que al principio le costó bastante adaptarse a estas privaciones, pero después se acostumbró y todo fue muy bien. Incluso hasta llegó a dejar de cenar; pero, en cambio, se alimentaba espiritualmente con la eterna idea de su futuro capote. Desde aquel momento diríase que su vida había cobrado mayor plenitud; como si se hubiera casado o como si otro ser estuviera siempre en su presencia, como si ya no fuera solo, sino que una querida compañera hubiera accedido gustosa a caminar con él por el sendero de la vida. Y esta compañera no era otra sino… el famoso capote, guateado con un forro fuerte e intacto. Se volvió más animado y de carácter más enérgico, como un hombre que se ha propuesto un fin determinado. La duda e irresolución desaparecieron en la expresión de su rostro, y en sus acciones también todos aquellos rasgos de vacilación e indecisión.

Hasta a veces en sus ojos brillaba algo así como una llama, y los pensamientos más audaces y temerarios surgían en su mente: "¿Y si se encargase un cuello de marta?". Con estas reflexiones por poco se vuelve distraído. Una vez estuvo a punto de hacer una falta, de modo que exclamó: "¡y!", y se persignó. Por lo menos una vez al mes iba a casa de Petrovich para hablar del capote y consultarle sobre dónde sería mejor comprar el paño, y de qué color y de qué precio, y siempre volvía a casa algo preocupado, pero contento al pensar que al fin iba a llegar el día en que, después de comprado todo, el capote estaría listo. El asunto fue más de prisa de lo que había esperado y supuesto. Contra toda suposición, el director le dio un aguinaldo, no de cuarenta o cuarenta y ocho rublos, sino de sesenta rublos. Quizá presintió que Akakiy Akakievich necesitaba un capote o quizá fue solamente por casualidad; el caso es que Akakiy Akakievich se enriqueció de repente con veinte rublos más. Esta circunstancia aceleró el asunto. Después de otros dos o tres meses de pequeños ayunos consiguió reunir los ochenta rublos. Su corazón, por lo general tan apacible, empezó a latir precipitadamente. Y ese mismo día fue a las tiendas en compañía de Petrovich. Compraron un paño muy bueno —¡y no es de extrañar!—; desde hacía más de seis meses pensaban en ello y no dejaban pasar un mes sin ir a las tiendas para cerciorarse de los precios. Y así es que el mismo Petrovich no dejó de reconocer que era un paño inmejorable. Eligieron un forro de calidad tan resistente y fuerte, que según Petrovich era mejor que la seda y la aventajaba en elegancia y brillo. No compraron marta, porque, en efecto, era muy cara; pero, en cambio, escogieron la más hermosa piel de gato que había en toda la tienda y que de lejos fácilmente se podía tomar por marta.

Petrovich tardó unas dos semanas en hacer el capote, pues era preciso pespuntear mucho; a no ser por eso lo hubiera terminado antes. Por su trabajo cobró doce rublos, menos ya no podía ser. Todo estaba cosido con seda y a dobles costuras, que el sastre repasaba con sus propios dientes estampando en ellas variados arabescos.

Por fin, Petrovich le trajo el capote. Esto sucedió... es difícil precisar el día; pero seguro que fue el más solemne en la vida de Akakiy Akakievich. Se lo trajo por la mañana, precisamente un poco antes de irse él a la oficina. No habría podido llegar en un momento más oportuno, pues ya el frío empezaba a dejarse sentir con intensidad y amenazaba con volverse aún más punzante. Petrovich apareció con el capote como conviene a todo buen sastre. Su cara reflejaba una expresión de dignidad que Akakiy Akakievich jamás le había visto. Parecía estar plenamente convencido de haber realizado una gran obra y se le había revelado con toda claridad el abismo de diferencia que existe entre los sastres que sólo hacen arreglos y ponen forros y aquellos que confeccionan prendas nuevas de vestir.

Sacó el capote, que traía envuelto en un pañuelo recién planchado; sólo después volvió a doblarlo y se lo guardó en el bolsillo para su uso particular. Una vez descubierto el capote, lo examinó con orgullo, y tomándolo con ambas manos lo echó con suma habilidad sobre los hombros de Akakiy Akakievich. Luego, lo arregló, estirándolo un poco hacia abajo. Se lo ajustó perfectamente, pero sin abrocharlo. Akakiy Akakievich, como hombre de edad madura, quiso también probar las mangas. Petrovich le ayudó a hacerlo, y he aquí que aun así el capote le sentaba estupendamente. En una palabra: estaba hecho a la perfección. Petrovich aprovechó la ocasión para decirle que si se lo había hecho a tan bajo precio era sólo porque vivía en un piso pequeño, sin placa, en una calle lateral y porque conocía a Akakiy Akakievich desde hacía tantos años. Un sastre de la perspectiva Nevski sólo por el trabajo le habría cobrado setenta y cinco rublos. Akakiy Akakievich no tenía ganas de tratar de ello con Petrovich, temeroso de las sumas fabulosas de las que el sastre solía hacer alarde. Le pagó, le dio las gracias y salió con su nuevo capote camino de la oficina.

Petrovich salió detrás de él y, parándose en plena calle, le siguió largo rato con la mirada, absorto en la contemplación del capote. Después, a propósito, pasó corriendo por una callejuela tortuosa y vino a dar a la misma calle para mirar otra vez el capote del otro, es decir, cara a cara. Mientras tanto, Akakiy Akakievich seguía caminando con aire de fiesta. A cada momento sentía que llevaba un capote nuevo en los hombros y hasta llegó a sonreírse varias veces de íntima satisfacción. En efecto, tenía dos ventajas: primero, porque el capote abrigaba mucho, y segundo, porque era elegante. El camino se le hizo cortísimo, ni siquiera se fijó en él y de repente se encontró en la oficina. Dejó el capote en la conserjería y volvió a mirarlo por todos lados, rogando al conserje que tuviera especial cuidado con él.

No se sabe cómo, pero al momento, en la oficina, todos se enteraron de que Akakiy Akakievich tenía un capote nuevo y que el famoso *botín* había dejado de existir. En el acto todos salieron a la conserjería para ver el nuevo capote de Akakiy Akakievich. Empezaron a felicitarle cordialmente de tal modo que no pudo por menos de sonreírse; pero luego acabó por sentirse algo avergonzado. Pero cuando todos se acercaron a él diciendo que tenía que celebrar el estreno del capote por medio de un remojón y que, por lo menos, debía darles una fiesta, el pobre Akakiy Akakievich se turbó por completo y no supo qué responder ni cómo defenderse. Sólo pasados unos minutos y poniéndose todo colorado intentó asegurarles, en su simplicidad, que no era un capote nuevo, sino uno viejo.

Por fin, uno de los funcionarios, ayudante del jefe de oficina, queriendo demostrar sin duda alguna que no era orgulloso y sabía tratar a sus inferiores dijo:

–Está bien, señores; yo daré la fiesta en lugar de Akakiy Akakievich y les convido a tomar el té esta noche en mi casa. Precisamente hoy es mi cumpleaños.

Los funcionarios, como hay que suponer, felicitaron al ayudante del jefe de oficina y aceptaron muy gustosos la invitación. Akakiy Akakievich quiso disculparse, pero todos le interrumpieron diciendo que era una descortesía, que debería darle vergüenza y que no podía de ninguna manera rehusar la invitación.

Aparte de eso, Akakiy Akakievich después se alegró al pensar que de este modo tendría ocasión de lucir su nuevo capote también por la noche. Se puede decir que todo aquel día fue para él una fiesta grande y solemne.

Volvió a casa en un estado de ánimo de lo más feliz, se quitó el capote y lo colgó cuidadosamente en una percha que había en la pared, deleitándose una vez más al contemplar el paño y el forro, y, a propósito, fue a buscar el viejo capote, que estaba a punto de deshacerse, para compararlo. Lo miró y hasta se echó a reír. Y aun después, mientras comía, no pudo menos que sonreírse al pensar en el estado en que se hallaba el capote. Comió alegremente y luego, contrariamente a lo acostumbrado, no tomó ningún documento. Por el contrario, se tendió en la cama, cual verdadero sibarita, hasta el oscurecer. Después, sin más demora, se vistió, se puso el capote y salió a la calle.

Desgraciadamente, no pudo recordar de momento dónde vivía el funcionario anfitrión; la memoria empezó a flaquearle, y todo cuanto había en Petersburgo, sus calles y sus casas se mezclaron de tal suerte en su cabeza que resultaba difícil sacar de aquel caos algo más o menos ordenado. Sea como fuera, lo seguro es que el funcionario vivía en la parte más elegante de la ciudad, o sea lejos de la casa de Akakiy Akakievich. Al principio tuvo que caminar por calles solitarias escasamente alumbradas; pero a medida que iba acercándose a la casa del funcionario, las calles se veían más animadas y mejor alumbradas. Los transeúntes se hicieron más numerosos y también las señoras estaban ataviadas elegantemente. Los hombres llevaban cuellos de castor y ya no se veían tanto los *veñkas* con sus trineos de madera con rejas guarnecidas de clavos dorados; en cambio, pasaban con frecuencia elegantes trineos barnizados, provistos de pieles de oso y conducidos por cocheros tocados con gorras de terciopelo color frambuesa, o se veían deslizarse, chirriando sobre la nieve, carrozas con los pescantes sumamente adornados.

Para Akakiy Akakievich todo esto resultaba completamente nuevo; hacía varios años que no había salido de noche por la calle.

Todo curioso, se detuvo delante del escaparate de una tienda, ante un cuadro que representaba a una hermosa mujer que se estaba quitando el zapato, por lo que lucía una pierna escultural; a su espalda, un hombre con patillas y perilla, a estilo español, asomaba la cabeza por la puerta. Akakiy Akakievich meneó la cabeza sonriéndose y prosiguió su camino. ¿Por qué sonreiría? Tal vez porque se encontraba con algo totalmente desconocido, para lo que, sin embargo, muy bien pudiéramos asegurar que cada uno de nosotros posee un sexto sentido. Quizá también pensara lo que la mayoría de los funcionarios habría pensado decir: "¡Ah, estos franceses! ¡No hay otra cosa que decir! Cuando se proponen una cosa, así ha de ser…". También puede ser que ni siquiera pensara esto, pues es imposible penetrar en el alma de un hombre y averiguar todo cuanto piensa.

Por fin, llegó a la casa donde vivía el ayudante del jefe de oficina. Este llevaba un gran tren de vida; en la escalera había un farol encendido, y él ocupaba un cuarto en el segundo piso. Al entrar en el recibimiento, Akakiy Akakievich vio en el suelo toda una fila de chanclos. En medio de ellos, en el centro de la habitación hervía a borbotones el agua de un samovar esparciendo columnas de vapor. En las paredes colgaban capotes y capas, muchas de las cuales tenían cuellos de castor y vueltas de terciopelo. En la habitación contigua se oían voces confusas, que de repente se tornaron claras y sonoras al abrirse la puerta para dar paso a un lacayo que llevaba una bandeja con vasos vacíos, un tarro de nata y una cesta de bizcochos. Por lo visto los funcionarios debían estar reunidos desde hacía mucho tiempo y ya habían tomado el primer vaso de té. Akakiy Akakievich colgó él mismo su capote y entró en la habitación. Ante sus ojos desfilaron al mismo tiempo las velas, los funcionarios, las pipas y mesas de juego, mientras que el rumor de las conversaciones que se oían por doquier y el ruido de las sillas sorprendían sus oídos.

Se detuvo en el centro de la habitación todo confuso, reflexionando sobre lo que tenía que hacer. Pero ya le habían visto sus colegas; le saludaron con calurosas exclamaciones y todos fueron en el acto al recibimiento para admirar nuevamente su capote. Akakiy Akakievich se quedó un tanto desconcertado; pero como era una persona sincera y leal no pudo menos que alegrarse al ver cómo todos ensalzaban su capote.

Después, como hay que suponer, le dejaron a él y al capote y volvieron a las mesas de *whist*. Todo ello, el ruido, las conversaciones y la muchedumbre… le pareció un milagro. No sabía cómo comportarse ni qué hacer con sus manos, pies y toda su figura; por fin, acabó sentándose junto a los que jugaban; miraba tan pronto las cartas como los rostros de los presentes; pero al poco rato empezó a bostezar y a aburrirse, tanto más cuanto que había pasado la hora en la que acostumbraba acostarse.

Intentó despedirse del dueño de la casa, pero no le dejaron marcharse, alegando que tenía que beber una copa de champaña para celebrar el estreno del capote. Una hora después servían la cena: ensaladilla, ternera asada fría, empanadas, pasteles y champaña. A Akakiy Akakievich le hicieron tomar dos copas, con lo cual todo cuanto había en la habitación se le apareció bajo un aspecto mucho más risueño. Sin embargo, no consiguió olvidar que era medianoche pasada y que era hora de volver a casa. Al fin, y para que al dueño de la casa no se le ocurriera retenerle otro rato, salió de la habitación sin ser visto y buscó su capote en el recibimiento, encontrándolo, con gran dolor, tirado en el suelo. Lo sacudió, le quitó las pelusas, se lo puso y, por último, bajó las escaleras.

Las calles estaban todavía alumbradas. Algunas tiendas de comestibles, eternos *clubs* de las servidumbres y otra gente, estaban aún abiertas; las demás estaban ya cerradas, pero la luz que se filtraba por entre las rendijas atestiguaba claramente que los parroquianos aún permanecían allí. Eran éstos sirvientes y criados que seguían con sus chismorreos, dejando a sus amos en la absoluta ignorancia de dónde se encontraban.

Akakiy Akakievich caminaba en un estado de ánimo de lo más alegre. Hasta corrió, sin saber por qué, detrás de una dama que pasó con la velocidad de un rayo, moviendo todas las partes del cuerpo. Pero se detuvo en el acto y prosiguió su camino lentamente, admirándose él mismo de aquel arranque tan inesperado que había tenido.

Pronto se extendieron ante él las calles desiertas, siendo notables de día por lo poco animadas y cuanto más de noche. Escaseaban los faroles, ya que por lo visto se destinaba poco aceite para el alumbrado; a lo largo de la calle, en que se veían casas de madera y verjas, no había un alma. Tan solo la nieve centelleaba tristemente en las calles, y las cabañas bajas, con sus postigos cerrados, parecían destacarse aún más sombrías y negras. Akakiy Akakievich se acercaba a un punto donde la calle desembocaba en una plaza muy grande, en la que apenas si se podían ver las cosas del otro extremo y daba la sensación de un inmenso y desolado desierto.

A lo lejos, Dios sabe dónde, se vislumbraba la luz de una garita que parecía hallarse al fin del mundo. Al llegar allí, la alegría de Akakiy Akakievich se desvaneció por completo. Entró en la plaza no sin temor, como si presintiera algún peligro. Miró hacia atrás y en torno: diríase que alrededor se extendía un inmenso océano. "¡No! ¡Será mejor que no mire!", pensó para sí, y siguió caminando con los ojos cerrados. Cuando los abrió para ver cuánto le quedaba aún para llegar al extremo opuesto de la plaza, se encontró casi ante sus propias narices con unos hombres bigotudos, pero no tuvo tiempo de averiguar más acerca de aquellas gentes. Se le nublaron los ojos y el corazón empezó a latirle precipitadamente.

—¡Pero si este capote es mío! —dijo uno de ellos con voz de trueno, cogiéndole por el cuello.

Akakiy Akakievich quiso gritar pidiendo auxilio, pero el otro le tapó la boca con el pañuelo, que era del tamaño de la cabeza de un empleado, diciéndole: "¡Ay de ti si gritas!".

Akakiy Akakievich sólo se dio cuenta de cómo le quitaban el capote y le daban un golpe con la rodilla que le hizo caer de espaldas en la nieve, en donde quedó tendido sin sentido.

Al poco rato volvió en sí y se levantó, pero ya no había nadie. Sintió que hacía mucho frío y que le faltaba el capote. Empezó a gritar, pero su voz no parecía llegar hasta el extremo de la plaza. Desesperado, sin dejar de gritar, echó a correr a través de la plaza directamente a la garita, junto a la cual había un guarda, que, apoyado en la alabarda, miraba con curiosidad, tratando de averiguar qué clase de hombre se le acercaba dando gritos.

47

Al llegar cerca de él, Akakiy Akakievich le gritó todo jadeante que no hacía más que dormir y que no vigilaba, ni se daba cuenta de cómo robaban a la gente. El guarda le contestó que él no había visto nada: sólo había observado cómo dos individuos le habían parado en medio de la plaza, pero creyó que eran amigos suyos. Añadió que haría mejor, en vez de enfurecerse en vano, en ir a ver a la mañana siguiente al inspector de Policía, y que éste averiguaría sin duda alguna quién le había robado el capote.

Akakiy Akakievich volvió a casa en un estado terrible. Los cabellos que aún le quedaban en pequeña cantidad sobre las sienes y la nuca estaban completamente desordenados. Tenía uno de los costados, el pecho y los pantalones, cubiertos de nieve. Su vieja patrona, al oír cómo alguien golpeaba fuertemente en la puerta, saltó fuera de la cama, calzándose sólo una zapatilla, y fue corriendo a abrir la puerta, cubriéndose pudorosamente con una mano el pecho, sobre el cual no llevaba más que una camisa. Pero al ver a Akakiy Akakievich retrocedió de espanto. Cuando él le contó lo que le había sucedido, ella alzó los brazos al cielo y dijo que debía dirigirse directamente al comisario del distrito y no al inspector, porque éste no haría más que prometerle muchas cosas y dar largas al asunto. Lo mejor era ir al momento al comisario del distrito, a quien ella conocía, porque Ana, la finlandesa que tuvo antes de cocinera, servía ahora de niñera en su casa, y que ella misma le veía a menudo, cuando pasaba delante de la casa. Además, todos los domingos, en la iglesia, pudo observar que rezaba y al mismo tiempo miraba que era un hombre de bien.

Después de oír semejante consejo se fue, todo triste, a su habitación. Cómo pasó la noche..., sólo se lo imaginarían quienes tengan la capacidad suficiente de ponerse en la situación de otro.

A la mañana siguiente, muy temprano, fue a ver al comisario del distrito, pero le dijeron que aún dormía. Volvió a las diez y aún seguía durmiendo. Fue a las once, pero el comisario había salido. Se presentó a la hora de la comida, pero los escribientes que estaban en la antesala no quisieron dejarle pasar e insistieron en saber qué deseaba, por qué venía y qué había sucedido. De modo que, en vista de los entorpecimientos, Akakiy Akakievich quiso, por primera vez en su vida, mostrarse enérgico, y dijo, en tono que no admitía réplicas, que tenía que hablar personalmente con el comisario, que venía del Departamento del Ministerio para un asunto oficial y que, por tanto, debían dejarle pasar, y si no lo hacían, se quejaría de ello y les saldría cara la cosa. Los escribientes no se atrevieron a replicar y uno de ellos fue a anunciarle al comisario.

Este interpretó de un modo muy extraño el relato sobre el robo del capote. En vez de interesarse por el punto esencial empezó a preguntar a Akakiy Akakievich por qué volvía a casa a tan altas horas de la noche y si no habría estado en una casa sospechosa. De tal suerte que el pobre Akakiy Akakievich se quedó todo confuso. Se fue sin saber si el asunto estaba bien encomendado. En todo el día no fue a la oficina (hecho sin precedentes en su vida). Al día siguiente, se presentó todo pálido y vestido con su viejo capote, que tenía un aspecto aún más lamentable. El relato del robo del capote –aparte de que no faltaron algunos funcionarios que aprovecharon la ocasión para burlarse– conmovió a muchos. Decidieron enseguida abrir una suscripción en beneficio suyo, pero el resultado fue muy exiguo, debido a que los funcionarios habían tenido que gastar mucho dinero en la suscripción para el retrato del director y para un libro que compraron a indicación del jefe de sección, que era amigo del autor. Así, pues, sólo consiguieron reunir una suma insignificante. Uno de ellos movido por la compasión y deseos de darle por lo menos un buen consejo, le dijo que no se dirigiera al comisario, pues suponiendo aún que deseara granjearse las simpatías de su superior y encontrar el capote, éste permanecería en manos de la Policía hasta que lograse probar que era su legítimo propietario. Lo mejor sería, pues, que se dirigiera a una "alta personalidad", cuya mediación podría dar un rumbo favorable al asunto. Como no quedaba otro remedio, Akakiy Akakievich se decidió a acudir a la "alta personalidad".

¿Quién era aquella "alta personalidad" y qué cargo desempeñaba? Eso es lo que nadie sabría decir. Conviene saber que dicha "alta personalidad" había llegado a ser tan solo esto desde hacía algún tiempo, por lo que hasta entonces era por completo desconocido. Además, su posición tampoco ahora se consideraba como muy importante en comparación con otras de mayor categoría. Pero siempre habrá personas que consideran como muy importante lo que los demás califican de insignificante. Además, recurría a todos los medios para realzar su importancia. Decretó que los empleados subalternos le esperasen en la escalera hasta que llegase él y que nadie se presentara directamente a él, sino que las cosas se realizaran con un orden de lo más riguroso. El registrador tenía que presentar la solicitud de audiencia al secretario del Gobierno, quien a su vez la transmitía al consejero titular o a quien encontrase de categoría superior. Y de esta forma llegaba el asunto a sus manos. Así, en nuestra santa Rusia, todo está contagiado de la manía de imitar y cada cual se afana en imitar a su superior. Hasta cuentan que cierto consejero titular, cuando le ascendieron a director de una cancillería pequeña, enseguida hizo separar su cuarto por medio de un tabique de lo que él llamaba "sala de reuniones". A la puerta de dicha sala colocó a unos conserjes con cuellos rojos y galones que siempre tenían la mano puesta sobre el picaporte para abrir la puerta a los visitantes, aunque en la "sala de reuniones" apenas si cabía un escritorio de tamaño regular.

El modo de recibir y las costumbres de la "alta personalidad" eran majestuosos e imponentes, pero un tanto complicados. La base principal de su sistema era la severidad. "Severidad, severidad, y... severidad", solía decir, y al repetir por tercera vez esta palabra dirigía una mirada significativa a la persona con quien estaba hablando, aunque no hubiera ningún motivo para ello, pues los diez empleados que formaban todo el mecanismo gubernamental ya sin eso estaban constantemente atemorizados. Al verle de lejos, interrumpían ya el trabajo y esperaban en actitud militar a que pasase el jefe. Su conversación con los subalternos era siempre severa y consistía sólo en las siguientes frases: "¿Cómo se atreve? ¿Sabe usted con quién habla? ¿Se da usted cuenta? ¿Sabe a quién tiene delante?

Por lo demás, en el fondo era un hombre bondadoso, servicial, y se comportaba bien con sus compañeros, sólo que el grado de general le había hecho perder la cabeza. Desde el día en que le ascendieron a general se hallaba todo confundido, andaba descarriado y no sabía cómo comportarse. Si trataba con personas de su misma categoría se mostraba muy correcto y formal y en muchos aspectos hasta inteligente. Pero en cuanto asistía a alguna reunión donde el anfitrión era tan solo de un grado inferior al suyo, entonces parecía hallarse completamente descentrado. Permanecía callado y su situación era digna de compasión, tanto más cuanto él mismo se daba cuenta de que hubiera podido pasar el tiempo de una manera mucho más agradable. En sus ojos se leía a menudo el ardiente deseo de tomar parte en alguna conversación interesante o de juntarse a otro grupo, pero se retenía al pensar que aquello podía parecer excesivo por su parte o demasiado familiar, y que con ello rebajaría su dignidad. Y por eso permanecía eternamente solo en la misma actitud silenciosa, emitiendo de cuando en cuando un sonido monótono, con lo cual llegó a pasar por un hombre de lo más aburrido.

Tal era la "alta personalidad" a quien acudió Akakiy Akakievich, y el momento que eligió para ello no podía ser más inoportuno para él; sin embargo, resultó muy oportuno para la "alta personalidad". Esta se hallaba en su gabinete conversando muy alegremente con su antiguo amigo de la infancia, a quien no veía desde hacía muchos años, cuando le anunciaron que deseaba hablarle un tal Bachmachkin.

—¿Quién es? —preguntó bruscamente.

—Un empleado.

—¡Ah! ¡Que espere! Ahora no tengo tiempo —dijo la alta personalidad. Es preciso decir que la alta personalidad mentía con descaro; tenía tiempo; los dos amigos ya habían terminado de hablar sobre todos los temas posibles, y la conversación había quedado interrumpida ya más de una vez por largas pausas, durante las cuales se propinaban cariñosas palmaditas, diciendo:

—Así es, Iván Abramovich.

—En efecto, Esteban Varlamovich.

Sin embargo, cuando recibió el aviso de que tenía visita, mandó que esperase el funcionario, para demostrar a su amigo, que hacía mucho que estaba retirado y vivía en una casa de campo, cuánto tiempo hacía esperar a los empleados en la antesala. Por fin, después de haber hablado cuanto quisieron o, mejor dicho, de haber callado lo suficiente, acabaron de fumar sus cigarros cómodamente recostados en unos mullidos butacones, y entonces su excelencia pareció acordarse de repente que alguien le esperaba, y dijo al secretario, que se hallaba en pie, junto a la puerta, con unos papeles para su informe:

—Creo que me está esperando un empleado. Dígale que puede pasar.

Al ver el aspecto humilde y el viejo uniforme de Akakiy Akakievich, se volvió hacia él con brusquedad y le dijo:

—¿Qué desea?

Pero todo esto con voz áspera y dura, que sin duda alguna había ensayado delante del espejo, a solas en su habitación, una semana antes que le nombraran para el nuevo cargo.

Akakiy Akakievich, que ya de antemano se sentía todo tímido, se azoró por completo. Sin embargo, trató de explicar como pudo o mejor dicho, con toda la fluidez de que era capaz su lengua, que tenía un capote nuevo y que se lo habían robado de un modo inhumano, añadiendo, claro está, más particularidades y más palabras necesarias. Rogaba a su excelencia que intercediera por escrito... o así..., como quisiera... con el jefe de la Policía u otra persona para que buscasen el capote y se lo restituyesen. Al general le pareció, sin embargo, que aquel era un procedimiento demasiado familiar, y por eso dijo bruscamente:

–Pero, ¡señor!, ¿no conoce usted el reglamento? ¿Cómo es que se presenta así? ¿Acaso ignora cómo se procede en estos asuntos? Primero debería usted haber hecho una instancia en la cancillería, que habría sido remitida al jefe del departamento, el cual la transmitiría al secretario, y éste me la hubiera presentado a mí.

–Pero, excelencia... –dijo Akakiy Akakievich, recurriendo a la poca serenidad que aún quedaba en él y sintiendo que sudaba de una manera horrible–. Yo, excelencia, me he atrevido a molestarle con este asunto porque los secretarios..., los secretarios... son gente de poca confianza...

–¡Cómo! ¿Qué? ¿Qué dice usted? –exclamó la "alta personalidad"–. ¿Cómo se atreve a decir semejante cosa? ¿De dónde ha sacado usted esas ideas? ¡Qué audacia tienen los jóvenes con sus superiores y con las autoridades!

Era evidente que la "alta personalidad" no había reparado en que Akakiy Akakievich había pasado de los cincuenta años, de suerte que la palabra "joven" sólo podía aplicársele relativamente, es decir, en comparación con un septuagenario.

–¿Sabe usted con quién habla? ¿Se da cuenta de quién tiene delante? ¿Se da cuenta, se da cuenta? ¡Le pregunto yo a usted!

Y dio una fuerte patada en el suelo y su voz se tornó tan cortante, que aun otro que no fuera Akakiy Akakievich se habría asustado también.

Akakiy Akakievich se quedó helado, se tambaleó, un estremecimiento le recorrió todo el cuerpo, y apenas si se pudo tener en pie. De no ser porque un guardia acudió a sostenerle, se hubiera desplomado. Le sacaron fuera casi desmayado.

Pero aquella "alta personalidad", satisfecho del efecto que causaron sus palabras, y que habían superado en mucho sus esperanzas, no cabía en sí de contento, al pensar que una palabra suya causaba tal impresión, que podía hacer perder el sentido a uno. Miró de reojo a su amigo para ver lo que opinaba de todo aquello, y pudo comprobar no sin gran placer, que su amigo se hallaba en una situación indefinible, muy próxima al terror.

Cómo bajó las escaleras Akakiy Akakievich y cómo salió a la calle, esto son cosas que ni él mismo podía recordar, pues apenas si sentía las manos y los pies. En su vida le habían tratado con tanta grosería, y precisamente un general y además un extraño. Caminaba en medio de la nevasca que bramaba en las calles, con la boca abierta, haciendo caso omiso de las aceras. El viento, como de costumbre en San Petersburgo, soplaba sobre él de todos los lados, es decir, de los cuatro puntos cardinales y desde todas las callejuelas. En un instante se resfrió la garganta y contrajo una angina. Llegó a casa sin poder proferir ni una sola palabra: tenía el cuerpo todo hinchado y se metió en la cama. ¡Tal es el efecto que puede producir a veces una reprimenda!

Al día siguiente amaneció con una fiebre muy alta. Gracias a la generosa ayuda del clima petersburgués, el curso de la enfermedad fue más rápido de lo que hubiera podido esperarse, y cuando llegó el médico y le tomó el pulso, únicamente pudo prescribirle fomentos, sólo con el fin de que el enfermo no muriera sin el benéfico auxilio de la medicina. Y sin más ni más, le declaró en el acto que le quedaba sólo un día y medio de vida. Luego se volvió hacia la patrona, diciendo:

—Y usted, madrecita, no pierda el tiempo: encargue en seguida un ataúd de madera de pino, pues uno de roble sería demasiado caro para él.

Ignoramos si Akakiy Akakievich oyó estas palabras pronunciadas acerca de su muerte, y en el caso de que las oyera, si llegaron a conmoverle profundamente y le hicieron quejarse de su Destino, ya que todo el tiempo permanecía en el delirio de la fiebre.

Visiones extrañas a cuál más curiosas se le aparecían sin cesar. Veía a Petrovich y le encargaba que le hiciese un capote con alguna trampa para los ladrones, que siempre creía tener debajo de la cama, y a cada instante llamaba a la patrona y le suplicaba que sacara un ladrón que se había escondido debajo de la manta; luego preguntaba por qué el capote viejo estaba colgado delante de él, cuando tenía uno nuevo. Otras veces creía estar delante del general, escuchando sus insultos y diciendo: "Perdón, excelencia". Por último, se puso a maldecir y profería palabras tan terribles que la vieja patrona se persignó, ya que jamás en la vida le había oído decir nada semejante; además, estas palabras siguieron inmediatamente al título de excelencia. Después sólo murmuraba frases sin sentido, de manera que era imposible comprender nada. Sólo se podía deducir realmente que aquellas palabras e ideas incoherentes se referían siempre a la misma cosa: el capote. Finalmente, el pobre Akakiy Akakievich exhaló el último suspiro.

Ni la habitación ni sus cosas fueron selladas, por la sencilla razón de que no tenía herederos y que sólo dejaba un pequeño paquete con plumas de ganso, un cuaderno de papel blanco oficial, tres pares de calcetines, dos o tres botones desprendidos de un pantalón y el capote que ya conoce el lector. ¡Dios sabe para quién quedó todo esto!

Reconozco que el autor de esta narración no se interesó por el particular. Se llevaron a Akakiy Akakievich y lo enterraron; San Petersburgo se quedó sin él como si jamás hubiera existido.

Así desapareció un ser humano que nunca tuvo quién le amparara, a quien nadie había querido y que jamás interesó a nadie. Ni siquiera llamó la atención del naturalista, quien no desprecia poner en el alfiler una mosca común y examinarla en el microscopio. Fue un ser que sufrió con paciencia las burlas de sus colegas de oficina y que bajó a la tumba sin haber realizado ningún acto extraordinario; sin embargo, divisó, aunque sólo fuera al fin de su vida, el espíritu de la luz en forma de capote, el cual reanimó por un momento su miserable existencia, sobre quien cayó la desgracia, como también cae a veces sobre los privilegiados de la tierra...

Pocos días después de su muerte mandaron a un ordenanza de la oficina con orden de que Akakiy Akakievich se presentase inmediatamente, porque el jefe lo exigía. Pero el ordenanza tuvo que volver sin haber conseguido su propósito y declaró que Akakiy Akakievich ya no podía presentarse. Le preguntaron:

–¿Y por qué?

–¡Pues porque no! Ha muerto; hace cuatro días que lo enterraron.

Y de este modo se enteraron en la oficina de la muerte de Akakiy Akakievich. Al día siguiente su sitio se hallaba ya ocupado por un nuevo empleado. Era mucho más alto y no trazaba las letras tan derechas al copiar los documentos, sino mucho más torcidas y contrahechas. Pero, ¿quién iba a imaginarse que con ello termina la historia de Akakiy Akakievich, ya que estaba destinado a vivir ruidosamente aún muchos días después de muerto, como recompensa a su vida que pasó inadvertida? Y, sin embargo, así sucedió, y nuestro sencillo relato va a tener de repente un final fantástico e inesperado.

En San Petersburgo se esparció el rumor de que en el puente de Kalenik, y a poca distancia de él, se aparecía de noche un fantasma con figura de empleado que buscaba un capote robado y que con tal pretexto arrancaba a todos los hombres, sin distinción de rango ni profesión, sus capotes, forrados con pieles de gato, de castor, de zorro, de oso, o simplemente guateados; en una palabra: todas las pieles auténticas o de imitación que el hombre ha inventado para protegerse.

Uno de los empleados del Ministerio vio con sus propios ojos al fantasma y reconoció en él a Akakiy Akakievich. Se llevó un susto tal que huyó a todo correr, y por eso no pudo observar bien al espectro. Sólo vio que aquél le amenazaba desde lejos con el dedo. En todas partes había quejas de que las espaldas y los hombros de los consejeros, y no sólo de consejeros titulares, sino también de los áulicos, quedaban expuestos a fuertes resfriados al ser despojados de sus capotes.

Se comprende que la Policía tomara sus medidas para capturar de la forma que fuese al fantasma, vivo o muerto, y castigarlo duramente, para escarmiento de otros, y por poco lo logró. Precisamente una noche un guarda en una sección de la calleja Kiriuchkin casi tuvo la suerte de atrapar al fantasma en el lugar del hecho, al ir aquel a quitar el capote de paño corriente a un músico retirado que en otros tiempos había tocado la flauta. El guarda, que lo tenía agarrado por el cuello, gritó para que vinieran a ayudarle dos compañeros, y les entregó al detenido, mientras él introducía sólo por un momento la mano en la bota en busca de su tabaquera para reanimar un poco su nariz, que se le había quedado helada ya seis veces. Pero el rapé debía ser de tal calidad que ni siquiera un muerto podía aguantarlo. Apenas el guarda hubo aspirado un puñado de tabaco por la fosa nasal izquierda, tapándose la derecha, cuando el fantasma estornudó con tal violencia, que empezó a salpicar por todos lados. Mientras se frotaba los ojos con los puños, desapareció el difunto sin dejar rastros, de modo que ellos no supieron si lo habían tenido realmente en sus manos.

Desde entonces los guardas tuvieron un miedo tal a los fantasmas que ni siquiera se atrevían a detener a una persona viva, y se limitaban sólo a gritarle desde lejos: "¡Oye, tú! ¡Vete por tu camino!". El espectro del empleado empezó a esparcirse también más allá del puente de Kalenik, sembrando un miedo horrible entre la gente tímida.

Pero hemos abandonado por completo a la "alta personalidad", quien, a decir verdad, fue el culpable del giro fantástico que tomó nuestra historia, por lo demás muy verídica. Pero hagamos justicia a la verdad y confesemos que la "alta personalidad" sintió algo así como lástima, poco después de haber salido el pobre Akakiy Akakievich completamente deshecho. La compasión no era para él realmente ajena: su corazón era capaz de nobles sentimientos, aunque a menudo su alta posición le impidiera expresarlos. Apenas marchó de su gabinete el amigo que había venido de fuera, se quedó pensando en el pobre Akakiy Akakievich. Desde entonces se le presentaba todos los días, pálido e incapaz de resistir la reprimenda de que él le había hecho objeto. El pensar en él le inquietó tanto, que pasada un semana se decidió incluso a enviar un empleado a su casa para preguntar por su salud y averiguar si se podía hacer algo por él. Al enterarse de que Akakiy Akakievich había muerto de fiebre repentina, se quedó aterrado, escuchó los reproches de su conciencia y todo el día estuvo de mal humor. Para distraerse un poco y olvidar la impresión desagradable, fue por la noche a casa de un amigo, donde encontró bastante gente y, lo que es mejor, personas de su mismo rango, de modo que en nada podía sentirse atado. Esto ejerció una influencia admirable en su estado de ánimo. Se tornó vivaz, amable; en una palabra: pasó muy bien la velada. Durante la cena tomó unas dos copas de champaña, que, como se sabe, es un medio excelente para comunicar alegría. El champaña despertó en él deseos de hacer algo fuera de lo corriente; así es que resolvió no volver directamente a casa, sino ir a ver a Carolina Ivanovna, dama de origen alemán al parecer, con quien mantenía relaciones de íntima amistad. Es preciso que digamos que la "alta personalidad" ya no era un hombre joven. Era marido sin tacha, buen padre de familia, y sus dos hijos, uno de los cuales trabajaba ya en una cancillería, y una linda hija de dieciséis años, con la nariz un poco encorvada sin dejar de ser bonita, venían todas las mañanas a besarle la mano, diciendo: *"Bonjour, papa"*. Su esposa, que era joven aún y no sin encantos, le alargaba la mano para que él se la besara, y luego, volviéndola hacia afuera, tomaba la de él y se la besaba a su vez. Pero la "alta personalidad", aunque estaba plenamente satisfecho con las ternuras y el cariño de su familia, juzgaba conveniente tener una amiga en otra parte de la ciudad y mantener relaciones amistosas con ella. Esta amiga no era más joven ni más hermosa que su esposa; pero tales problemas existen en el mundo y no es asunto nuestro juzgarlos.

Así, pues, la "alta personalidad" bajó las escaleras, subió al trineo y ordenó al cochero:

—¡A casa de Carolina Ivanovna!

Envolviéndose en su magnífico y abrigado capote permaneció en este estado, el más agradable para un ruso, en que no se piensa en nada y entretanto se agitan por sí solas las ideas en la cabeza, a cual más gratas, sin molestarse en perseguirlas ni buscarlas. Lleno de contento, rememoró los momentos felices de aquella velada y todas sus palabras que habían hecho reír a carcajadas a aquel grupo, alguna de las cuales repitió a media voz. Le parecieron tan chistosas como antes, y por eso no es de extrañar que se riera con todas sus ganas.

De cuando en cuando le molestaba en sus pensamientos un viento fortísimo que se levantó de pronto Dios sabe dónde, y le daba en pleno rostro, arrojándole además montones de nieve. Y como si ello fuera poco, desplegaba el cuello del capote como una vela, o de repente se lo lanzaba con fuerza sobrehumana en la cabeza, ocasionándole toda clase de molestias, lo que le obligaba a realizar continuos esfuerzos para librarse de él.

De repente sintió como si alguien le agarrara fuertemente por el cuello; volvió la cabeza y vio a un hombre de pequeña estatura, con un uniforme viejo muy gastado, y no sin espanto reconoció en él a Akakiy Akakievich. El rostro del funcionario estaba pálido como la nieve, y su mirada era totalmente la de un difunto. Pero el terror de la "alta personalidad" llegó a su paroxismo cuando vio que la boca del muerto se contraía convulsivamente exhalando un olor a tumba y le dirigía las siguientes palabras:

–¡Ah! ¡Por fin te tengo!… ¡Por fin te he agarrado por el cuello! ¡Quiero tu capote! No quisiste preocuparte por el mío y hasta me insultaste. ¡Pues bien: dame ahora el tuyo!

La pobre "alta personalidad" por poco se muere. Aunque era firme de carácter en la cancillería y en general para con los subalternos, y a pesar de que al ver su aspecto viril y su gallarda figura, no se podía por menos de exclamar: "¡Vaya un carácter!", nuestro hombre, lo mismo que mucha gente de figura gigantesca, se asustó tanto, que no sin razón se quitó rápidamente el capote y gritó al cochero, con una voz que parecía la de un extraño.

—¡A casa, a toda prisa!

El cochero, al oír esta voz que se dirigía a él generalmente en momentos decisivos, y que solía ser acompañado de algo más efectivo, encogió la cabeza entre los hombros para mayor seguridad, agitó el látigo y lanzó los caballos a toda velocidad. A los seis minutos escasos la "alta personalidad" ya estaba delante del portal de su casa.

Pálido, asustado y sin capote había vuelto a su casa, en vez de haber ido a la de Carolina Ivanovna. A duras penas consiguió llegar hasta su habitación y pasó una noche tan intranquila, que a la mañana siguiente, a la hora del té, le dijo su hija:

—¡Qué pálido estás, papá!

Pero papá guardaba silencio y a nadie dijo una palabra de lo que le había sucedido, ni en dónde había estado, ni adónde se había dirigido en coche. Sin embargo, este episodio le impresionó fuertemente, y ya rara vez decía a los subalternos: "¿Se da usted cuenta de quién tiene delante?". Y si así sucedía, nunca era sin haber oído antes de lo que se trataba. Pero lo más curioso es que a partir de aquel día ya no se apareció el fantasma del difunto empleado. Por lo visto, el capote del general le había venido justo a la medida. De todas formas, no se oyó hablar más de capotes arrancados de los hombros de los transeúntes.

Sin embargo, hubo unas personas exaltadas e inquietas que no quisieron tranquilizarse y contaban que el espectro del difunto empleado seguía apareciéndose en los barrios apartados de la ciudad. Y, en efecto, un guardia del barrio de Kolomna vio con sus propios ojos asomarse el fantasma por detrás de su casa. Pero como era algo débil desde su nacimiento —en cierta ocasión un cerdo ordinario, ya completamente desarrollado, que se había escapado de una casa

particular, le derribó, provocando así la risas de los cocheros que le rodeaban y a quienes pidió después, como com-
pensación por la burla de que fue objeto, unos centavos para tabaco–, como decimos, pues, era muy débil y no se
atrevió a detenerlo. Se contentó con seguirlo en la oscuridad, hasta que aquel volvió de repente la cabeza y le preguntó:

–¿Qué deseas? –y le enseñó un puño de esos que no se
dan entre las personas vivas.

–Nada –replicó el guardia–, y no tardó en dar media
vuelta.

El fantasma era, no obstante, mucho más alto; tenía bigotes inmensos. A grandes pasos se dirigió al puente Obu-
ko, desapareciendo en las tinieblas de la noche.

En *El capote y otros cuentos,* Buenos Aires,
CEAL, 1969 (traducción de Irene Tchernowa).

Alphonse Daudet

ALPHONSE DAUDET nació en Nimes, ciudad del sur de Francia, en 1840. Se educó en el Liceo Ampère de Lyon. Perteneció a una familia de comerciantes de sedas; debió abandonar sus estudios a los 15 años y emplearse como celador, debido a la ruina financiera de su familia. Trabajó, además, como maestro sin título, hasta que con su hermano, Ernest, se trasladó a París, donde frecuentó a escritores y llevó una vida de bohemios. En 1858 publicó su primer libro de poemas y dos años más tarde fue nombrado secretario del duque de Morny, empleo que le deja bastante tiempo libre para escribir. Sus obras se convirtieron pronto en grandes éxitos, aunque no sólo escribe sino que también hace vida mundana.

Su producción literaria es variada. En 1869 publicó sus famosas *Cartas desde mi molino*; pero quizá la obra que le dio más celebridad sea *Tartarín de Tarascón,* personaje que devoraba libros de caza, así como el Quijote libros de caballería. Tartarín termina convirtiéndose en un grotesco cazador en Argelia, donde, después de las más absurdas aventuras, logra por fin matar a un león ciego. Aunque esta obra le dio fama popular, escribió otras novelas de diferente índole, entre ellas: *Safo, Los reyes en el destierro.* También fue poeta, cuentista y dramaturgo.

Fue gran observador de la gente de todos los días; se interesó siempre por los humildes, por los niños desgraciados, por las personas fracasadas, por los obreros y artesanos. Admirado por jóvenes escritores que veían en él una especie de maestro, murió a los 57 años, en 1897, como consecuencia de una cruenta enfermedad.

La muerte del Delfín

El pequeño Delfín está enfermo, el pequeño Delfín va a morir... En todas las iglesias del reino, permanece expuesto el Santísimo día y noche y grandes cirios arden para que sane el hijo del rey. Las calles de la vieja residencia están tristes y silenciosas, las campanas ya no tañen, los coches van al paso... En las cercanías del palacio, los vecinos del pueblo miran con curiosidad a través de las verjas, a los suizos con fajas doradas que hablan en los patios con petulancia.

Todo el castillo está en danza... Chambelanes, mayordomos, suben y bajan corriendo las escaleras de mármol... Las galerías están abarrotadas de pajes y cortesanos vestidos de seda que pasan de un grupo al otro pidiendo noticias en voz baja. En las amplias escalinatas, las damas de honor, desconsoladas, hacen grandes reverencias enjugando sus ojos con lindos pañuelos bordados.

En el invernadero se encuentran reunidos numerosos médicos vistiendo la toga. Se les ve, a través de las vidrieras, agitar sus largas mangas negras e inclinar doctoralmente sus pelucas... El preceptor y el escudero del pequeño Delfín pasean ante la puerta, en espera de las decisiones de la Facultad. Unos pinches de cocina pasan sin saludarles. El señor escudero blasfema como un pagano y el señor preceptor recita versos de Horacio... Y mientras tanto llegan desde las caballerizas unos largos relinchos quejumbrosos.

Es el alazán del joven Delfín, al que los palafreneros han olvidado y que llama con tristeza ante su pesebre vacío.

¡Y el rey! ¿Dónde está monseñor el rey?... El rey se ha encerrado solo en una habitación, al extremo del castillo. Las majestades no quieren que las vean llorar... En cuanto a la reina, es diferente... Sentada a la cabecera del joven Delfín, tiene su hermoso semblante bañado en lágrimas y solloza en voz alta ante todos como haría una tendera.

En su cama adornada de encajes, el pequeño Delfín, más blanco que los almohadones sobre los que está tendido, descansa con los ojos cerrados. Parece dormido, pero no lo está. El pequeño Delfín no duerme... Se vuelve hacia su madre y, viendo que llora, dice:

—Mi señora reina, ¿por qué lloráis? ¿Creéis acaso que me voy a morir?

La reina quiere responder. Los sollozos le impiden hablar.

—No lloréis, mi señora reina; olvidáis que soy el Delfín, y que los Delfines no pueden morir así...

La reina solloza aún más fuerte y el pequeño Delfín empieza a espantarse.

—¡Eh! —dice—, no quiero que la muerte venga a buscarme y sabré cómo impedir que llegue hasta aquí... Que hagan venir al momento cuarenta lansquenetes vigorosos para montar la guardia en torno a nuestra cama... Que cien cañones vigilen día y noche con la mecha encendida bajo nuestros balcones. ¡Y ay de la muerte si se atreve a acercarse a nos!

Para complacer al niño, la reina hace una señal. Al momento se oyen los cañones rodando por el patio; y cuarenta recios lansquenetes, empuñando sus partesanas, acuden a situarse alrededor de la habitación. Son viejos soldados con bigotes grises. El pequeño Delfín palmotea al verlos. Reconoce a uno y le llama:

—¡Lorenés! ¡Lorenés!

El soldadote da un paso hacia la cama:

–Te quiero mucho, mi viejo Lorenés… Déjame ver tu gran sable… Si la muerte quiere llevarme, habrá que matarla, ¿no es cierto?

Lorenés responde:

–Sí, monseñor.

Y dos lagrimones se deslizan por sus mejillas curtidas.

En aquel momento, el capellán se acerca al pequeño Delfín y le habla largo rato en voz baja mostrándole un crucifijo. El pequeño Delfín le escucha muy sorprendido, y luego, de repente, le interrumpe:

–Comprendo perfectamente lo que me dice, señor cura; pero, en fin, ¿no podría morir mi amigo Beppo en mi lugar dándole mucho dinero?…

El capellán continúa hablándole en voz baja y el pequeño Delfín se muestra cada vez más sorprendido.

Cuando el capellán ha terminado, el pequeño Delfín prosigue con un suspiro:

–Todo esto que me dice es muy triste, señor cura; pero hay una cosa que me consuela, y es que allá arriba, en el paraíso de las estrellas, seguiré siendo el Delfín… Sé que Dios es mi primo y no puede dejar de tratarme de acuerdo con mi rango.

Luego añade, volviéndose hacia su madre:

–Que me traigan mis mejores vestidos, mi jubón de armiño blanco y mis escarpines de terciopelo. Quiero ponerme guapo para los ángeles y entrar en el paraíso vestido de Delfín.

Por tercera vez el capellán se inclina hacia el pequeño Delfín y le habla largamente en voz baja… En medio del discurso, el niño real le interrumpe colérico:

–¡Entonces –exclama–, ser Delfín no cuenta para nada!

Y, sin querer oír más, el pequeño Delfín, vuelto hacia la pared, llora amargamente.

En *Cartas desde mi molino*, Navarra, Salvat, 1971 (traducción de Pedro Darnell).

Horacio Quiroga

Horacio Quiroga nació en 1878, en el Salto uruguayo, pero pasó la mayor parte de su vida en la Argentina. Estudió en el colegio Hiram y en el Instituto Politécnico, y aunque pensó entrar en la Escuela Naval de Buenos Aires terminó por dedicarse a la química y a la fotografía. Siempre tuvo inclinación hacia la técnica y las manualidades, como la carpintería. Durante su juventud leyó preferentemente a Bécquer, Heine, Verlaine, Zola, Poe, Rubén Darío y Lugones.

En 1900 viajó a París. En esta primera etapa de su vida sufrió las muertes violentas de su padre, luego de su padrastro y por último la de su amigo Ferrando, a quien mata accidentalmente mientras revisaban las pistolas para un duelo.

La tragedia, que estuvo siempre unida al destino de Quiroga, lo acosó desde su juventud. En Buenos Aires trabajó como profesor en el Colegio Británico; luego acompañó a Leopoldo Lugones, como fotógrafo, en su viaje a las ruinas de las misiones jesuíticas. En el Chaco, se instaló como plantador de algodón y aunque fracasó, como con todos sus negocios, le quedará siempre la fascinación de la selva norteña. En 1906 lo nombraron profesor de literatura; se enamoró de una alumna, se casó con ella y se fue a vivir a

San Ignacio, a esa tierra tropical que lo obsesionaba. Allí construyó su casa con sus propias manos, trabajó como colono, intentó diversos inventos y negocios y escribió sus cuentos, muchos de ellos reunidos en libros: *Cuentos de amor de locura y de muerte, El desierto, Los desterrados*. Se internó en la selva; conoció personajes curiosos y aventureros que más tarde servirán para sus narraciones; remontó el río Paraná en una canoa construida por él; preparó sueros contra las picaduras de las víboras; fabricó cerámicas e incluso ofició de Juez de Paz.

En 1915 murió su mujer y lo dejó solo con sus dos hijos, Darío y Eglé. Poco después, volvió a Buenos Aires, donde obtuvo un empleo en el consulado uruguayo. Se casó por segunda vez, con María Elena Bravo, compañera de estudios de su hija Eglé; de este matrimonio nacerá su otra hija, Pitoca.

Carcomido por un mal incurable, sumido en una profunda crisis espiritual, se suicidó el 19 de febrero de 1937 en Buenos Aires.

El potro salvaje

Era un caballo, un joven potro de corazón ardiente, que llegó del desierto a la ciudad a vivir del espectáculo de su velocidad.

Ver correr a aquel animal era en efecto un espectáculo considerable. Corría con la crin al viento y el viento en sus dilatadas narices. Corría, se estiraba; se estiraba más aún, y el redoble de sus cascos en la tierra no se podía medir. Corría sin reglas ni medida, en cualquier dirección del desierto y a cualquier hora del día. No existían pistas para la libertad de su carrera, ni normas para el despliegue de su energía. Poseía extraordinaria velocidad y un ardiente deseo de correr. De modo que se daba todo entero en sus disparadas salvajes –y ésta era la fuerza de aquel caballo.

A ejemplo de los animales muy veloces, el potro tenía muy pocas aptitudes para el arrastre. Tiraba mal, sin coraje, ni bríos, ni gusto. Y como en el desierto apenas alcanzaba el pasto para sustentar a los caballos de pesado tiro, el veloz animal se dirigió a la ciudad para vivir de sus carreras.

En un principio entregó gratis el espectáculo de su gran velocidad, pues nadie hubiera pagado una brizna de paja por verlo –ignorantes todos del corredor que había en él–. En las bellas tardes, cuando las gentes poblaban los

campos inmediatos a la ciudad —y sobre todo los domingos—
el joven potro trotaba a la vista de todos, arrancaba de golpe, deteníase, trotaba de nuevo husmeando el viento, para lanzarse al fin a toda velocidad, tendido en una carrera
loca que parecía imposible superar y que superaba a cada
instante, pues aquel joven potro, como hemos dicho, ponía
en sus narices, en sus cascos y en su carrera todo su ardiente corazón.

Las gentes quedaron atónitas ante aquel espectáculo
que se apartaba de todo lo que acostumbraban ver, y se re-
tiraron sin apreciar la belleza de aquella carrera.

—No importa —se dijo el potro alegremente—. Iré a ver a
un empresario de espectáculos, y ganaré entre tanto lo necesario para vivir.

De qué había vivido hasta entonces en la ciudad apenas
él podía decirlo. De su propio hambre, seguramente, y de algún desperdicio desechado en el portón de los corralones.
Fue, pues, a ver a un organizador de fiestas.

—Yo puedo correr ante el público —dijo el caballo— si me
pagan por ello. No sé qué puedo ganar; pero mi modo de correr ha gustado a algunos hombres.

—Sin duda, sin duda... —le respondieron—. Siempre hay
algún interesado en estas cosas... No es cuestión, sin embargo, de que se haga ilusiones... Podríamos ofrecerle un
poco de sacrificio de nuestra parte...

El potro bajó los ojos hacia la mano del hombre, y vio lo
que le ofrecían: era un montón de paja, un poco de pasto ardido y seco.

—No podemos más... Y así mismo...

El joven animal consideró el puñado de pasto con que se
pagaban sus extraordinarias dotes de velocidad, y recordó
las muecas de los hombres ante la libertad de su carrera,
que cortaba en zigzag las pistas trilladas.

—No importa —se dijo alegremente—. Algún día se divertirán. Con este pasto ardido podré entretanto sostenerme. Y aceptó contento, porque lo que él quería era correr.

Corrió, pues, ese domingo y los siguientes, por igual puñado de pasto cada vez dándose con toda el alma en su carrera. Ni un solo momento pensó en reservarse, en engañar, seguir las rectas decorativas para halago de los espectadores, que no comprendían su libertad. Comenzaba el trote, como siempre, con las narices de fuego y la cola en arco; hacía resonar la tierra en sus arranques, para lanzarse por fin a escape a campo traviesa, en un verdadero torbellino de ansia, polvo y tronar de cascos. Y por premio, su puñado de pasto seco, que comía contento y descansado después del baño.

A veces, sin embargo, mientras trituraba con su joven dentadura los duros tallos pensaba en las repletas bolsas de avena que veía en las vidrieras, en la gula de maíz y alfalfa olorosa que desbordaba en los pesebres.

—No importa —se decía alegremente—. Puedo darme por contento con este rico pasto. —Y continuaba corriendo con el vientre ceñido de hambre como había corrido siempre.

Poco a poco, sin embargo, los paseantes de los domingos se acostumbraron a su libertad de carrera, y comenzaron a decirse unos a otros que aquel espectáculo de velocidad salvaje, sin reglas ni cercas, causaba una bella impresión.

—No corre por las sendas como es costumbre —decían— pero es muy veloz. Tal vez tiene ese arranque porque se siente más libre fuera de las pistas trilladas. Y se emplea a fondo.

En efecto, el joven potro, de apetito nunca saciado, y que obtenía apenas de qué vivir con su ardiente velocidad, se empleaba a fondo por un puñado de pasto, como si esa carrera fuera la que iba a consagrarlo definitivamente. Y tras el baño, comía contento su ración —la ración basta y mínima del más oscuro de los más anónimos caballos.

—No importa —se decía alegremente—. Ya llegará el día en que se diviertan.

El tiempo pasaba, entretanto. Las voces cambiadas entre los espectadores cundieron por la ciudad, traspasaron sus puertas, y llegó por fin un día en que la admiración de los hombres se asentó confiada y ciega en aquel caballo de carrera. Los organizadores de espectáculos llegaron en tropel a contratarlo, y el potro, ya de edad madura, que había corrido toda su vida por un puñado de pasto, vio tendérsele, en disputa, apretadísimos fardos de alfalfa, macizas bolsas de avena y maíz —todo en cantidad incalculable— por el solo espectáculo de su carrera.

Entonces el caballo tuvo por primera vez un pensamiento de amargura, al pensar en lo feliz que hubiera sido en su juventud si le hubieran ofrecido la milésima parte de lo que ahora le introducían gloriosamente en el gaznate.

—En aquel tiempo —se dijo melancólicamente— un solo puñado de alfalfa como estímulo, cuando mi corazón saltaba de deseos de correr, hubiera hecho de mí el más feliz de los seres. Ahora estoy cansado.

En efecto, estaba cansado. Su velocidad era sin duda la misma de siempre, y el mismo espectáculo de su salvaje libertad. Pero no poseía ya el ansia de correr de otros tiempos. Aquel vibrante deseo de tenderse a fondo, que antes el joven potro entregaba alegre por un montón de paja, precisaba ahora toneladas de exquisito forraje para despertar. El triunfante caballo pensaba largamente las ofertas, calculaba, especulaba finamente con sus descansos. Y cuando los organizadores se entregaban por último a sus exigencias, recién entonces sentía deseos de correr. Corría entonces como él solo era capaz de hacerlo; y regresaba a deleitarse ante la magnificencia del forraje ganado.

Cada vez, sin embargo, el caballo era más difícil de satisfacer, aunque los organizadores hicieran verdaderos sacrificios para excitar, adular, comprar aquel deseo de correr que moría bajo la presión del éxito. Y el potro comenzó entonces a temer por su prodigiosa velocidad, si la entregaba toda en cada carrera. Corrió, entonces, por primera vez en su vida, reservándose, aprovechándose cautamente del viento y las largas sendas regulares. Nadie lo notó –o por ello fue acaso más aclamado que nunca– pues se creía ciegamente en su salvaje libertad. Libertad… No, ya no la tenía. La había perdido desde el primer instante en que reservó sus fuerzas para no flaquear en la carrera siguiente. No corrió más a campo traviesa, ni contra el viento. Corrió sobre sus propios rastros más fáciles, sobre aquellos zigzags que más ovaciones habían arrancado. Y en el miedo, siempre creciente, de agotarse, llegó un momento en que el caballo de carrera aprendió a correr con estilo, engañando, escarceando cubierto de espuma por las sendas más trilladas. Y un clamor de gloria lo divinizó.

Pero dos hombres que contemplaban aquel lamentable espectáculo, cambiaron algunas tristes palabras.

–Yo lo he visto correr en su juventud –dijo el primero– y si uno pudiera llorar por un animal lo haría en recuerdo de lo que hizo este mismo caballo cuando no tenía qué comer.

–No es extraño que lo haya hecho antes –dijo el segundo–. Juventud y Hambre son el más preciado don que puede conocer la vida de un fuerte corazón.

Joven potro: tiéndete a fondo en tu carrera, aunque apenas se te dé para comer. Pues si llegas sin valor a la gloria y adquieres estilo para trocarlo fraudulentamente por pingüe forraje, te salvará el haberte dado un día entero por un puñado de pasto.

En *El desierto,* Editorial Losada,
Buenos Aires, 1996.

Robert Louis Stevenson

Robert Louis Stevenson nació en Edimburgo, capital de Escocia, en 1850. Su padre era ingeniero, uno de los directores de los Faros del Norte. Quizá por su influencia, ingresó a la Universidad de Edimburgo para seguir la carrera de Ingeniería, pero pronto creyó que su vocación era el derecho y, de esta forma, se recibió de abogado en 1875. Nuevo error, que demuestra una vez más que la vocación verdadera puede manifestarse intensamente en forma tardía, después de haber hecho los primeros experimentos frustrados.

Desde niño fue débil y pronto se manifestó en él la terrible, en aquella época, tuberculosis, para la cual no había más que un remedio: alejarse hacia climas más propicios y menos peligrosos. Así anduvo por Francia, Bélgica y Suiza. Luego se llegó hasta California. De allí regresó a Europa, donde tuvo intensa actividad literaria, hasta que en 1890, después de un largo viaje por el Pacífico, se estableció en Samoa, donde murió en 1894. Los nativos lo llamaban "*Tusitala*", que en su idioma significa "El Narrador", lo que prueba que se sentía inclinado a contar, a narrar aventuras.

Murió joven, a los 44 años, y aun así su obra es extensa. Comprende novelas, cuentos, poemas, ensayos, relatos de viaje y crítica. Y uno se asombra de que un hombre que estuvo siempre al borde de la muerte haya podido hacer una obra tan vasta e intensa. Muchos de ustedes seguramente han leído alguna vez *La isla del tesoro* o habrán gozado con su versión cinematográfica. Y también habrán visto alguna de las reiteradas versiones que se hicieron en el cine de su obra más extraña: *El extraño caso del Dr. Jeckyll y del señor Hyde*. Tal vez por exigencias cinematográficas, el desdoblamiento del protagonista se hace mediante recursos muy visibles y exagerados, pero, en realidad, la novela de Stevenson pretende algo infinitamente más profundo y sutil: la manifestación de la doble personalidad que todo hombre cuenta en su propia alma, la lucha eterna entre el Bien y el Mal que se libra en su corazón.

El DIABLILLO DE LA BOTELLA

Hubo una vez un hombre, natural de Hawai, al que llamaré Keawe, pues la verdad es que todavía vive y su nombre conviene mantenerlo en secreto. El lugar de su nacimiento estaba no lejos de Honaunau, donde yacen los restos de Keawe el Grande ocultos en una cueva. Era nuestro hombre pobre, valiente y activo; podía leer y escribir como un maestro de escuela; era también un marino de primera calidad, pues había navegado durante algún tiempo en los barcos a vapor de la isla, y timoneaba ahora un ballenero por las costas de Hamahua. Al fin, se le ocurrió a Keawe el ver más mundo y ciudades extranjeras, y se embarcó en un buque que partía para San Francisco.

Esta es una ciudad hermosa, dotada de un bello puerto y habitada por innumerable gente rica. Y, en particular, tiene una colina toda cubierta de palacios. En esta colina se hallaba un día nuestro Keawe dando un paseo, con los bolsillos llenos de dinero, y contemplando las espléndidas y espaciosas casas con placer. "¡Qué hermosas casas hay aquí –pensaba–, y cuán feliz debe de ser la gente que more en ellas, sin preocuparse por el día de mañana!" Esto es lo que pensaba cuando llegó nuestro hombre frente a una casa que era más pequeña que las demás, pero toda tan hermosa y bien terminada, que parecía un juguete. Las gradas de aquella residencia brillaban como plata, los arriates del jardín florecían como guirnaldas, y las ventanas resplandecían como diamantes. Keawe se detuvo ante esta casa y se maravilló por todo lo que veía. Aunque estaba tan absorto, se percató de que una persona miraba hacia afuera a través de la ventana, y tan claramente se la veía, que Keawe podía contemplarla como se ve un pez en la balsa transparente que forman los arrecifes. La persona de la ventana era un hombre de edad madura, calvo y de barba negra, y en su rostro se advertían las huellas del pesar. En aquel instante suspiraba con honda tristeza. Lo cierto es que así como Keawe miraba al de la ventana, éste contemplaba a Keawe, y cada uno en sus miradas envidiaba la suerte del otro.

De pronto el hombre sonrió, movió la cabeza e hizo señas a Keawe de que se acercase, y fue a reunirse con éste a la puerta de la casa.

—Esta es mi hermosa casa —díjole el hombre, al par que suspiraba amargamente—. ¿No tendría usted interés en ver las habitaciones?

Así, pues, enseñó a Keawe desde el sótano hasta la azotea, quedando Keawe atónito de tanta perfección.

—Ciertamente —respondió Keawe—, es una casa preciosa. Si yo viviese en una semejante, me reiría de todo el mundo. ¿Por qué suspira usted entonces?

—No existe impedimento alguno para que usted posea —díjole el desconocido— una casa semejante a ésta, y aun más hermosa, si lo desea. Porque supongo que usted tiene dinero.

—Tengo sólo cincuenta dólares —replicó Keawe—; pero una casa como ésta cuesta mucho más de cincuenta dólares.

El desconocido echó sus cálculos mentalmente, y continuó diciendo:

—Siento que no tenga usted más dinero, porque esto le

acarreará turbaciones en lo futuro, pero será de usted en cincuenta dólares.

–¿La casa?

–No, la casa no –replicó el propietario–, sino la "botella". Pues he de decir a usted que aunque aparezca tan rico y afortunado, toda mi fortuna, esta misma casa y su jardín, provienen de una botella no mucho mayor que una pinta. Aquí está.

Y abrió una gaveta cerrada con llave y sacó de allí una botella redonda y panzuda, de cuello largo; el vidrio de la botella era blanco como la leche, con cambiantes tornasolados en las vetas, semejantes a los colores del arco iris. En su interior algo se movía, en la oscuridad, como una sombra en un fuego.

–Esta es la botella –dijo el hombre, y al ver que Keawe se reía, añadió–: ¿Usted no me cree? Pruébela, entonces, usted mismo. Vea si puede romperla.

Keawe tomó la botella y la arrojó al suelo una y otra vez hasta que se cansó, pero la botella rebotaba como una pelota de jugar los chicos y no sufría ningún desperfecto.

–Es extraño –dijo Keawe–. Porque tanto por el tacto como por la apariencia, esta botella parece de vidrio.

–Y es de vidrio –replicó el desconocido suspirando más tristemente que antes–, pero este vidrio está templado en las llamas del infierno. Una diablo habita en ella y ésa es la sombra que nosotros contemplamos moviéndose en su interior; por lo menos así lo creo yo. A cualquier hombre que compre esta botella le obedecerá el diablillo, y todo lo que aquél desee: amor, fama, dinero, casas como ésta, o ciudades como en la que estamos, todo será suyo con sólo pronunciar una palabra. Napoleón poseyó esta botella y por eso llegó a ser emperador del mundo; pero la vendió al fin y conoció la derrota. El capitán Cook tuvo también en su poder esta botella, y gracias a la misma llegó a descubrir tantas islas;

pero él también la vendió y después fue muerto en Hawai. Porque una vez que se vende, cesa el poder, y también la protección; y, a menos que un hombre se contente con lo que tiene entonces, le sobrevendrán desgracias.

—¿Y todavía habla usted de venderla?

—Yo tengo todo lo que deseo y estoy ya pasando de la edad madura —replicó el hombre—. Hay una sola cosa que el diablillo no puede dar: no puede prolongar la vida; y no sería justo el ocultarle a usted que existe un grave inconveniente en la botella: si un hombre muere antes de lograr venderla, sufrirá el tormento de que su cuerpo se tueste en los infiernos para siempre.

—Ya se ve que es un inconveniente, y es bueno no equivocarse —exclamó Keawe—. No quiero juegos con cosas de tal naturaleza. Puedo pasarme sin una casa, gracias a Dios, pero en lo que no puedo transigir ni una pizca es en condenarme.

—Querido, no debe usted dejarse arrebatar por esta circunstancia —replicó el desconocido—. Todo lo que debe usted tener muy presente es que ha de usar el poder del diablillo con moderación, y después vender la botella a otra persona, del mismo modo que yo a usted, y terminar cómodamente su vida.

—Está bien, pero observo dos cosas —argumentó Keawe—. Durante todo el tiempo usted ha estado suspirando como una doncella enamorada; ésta es una; y la otra es que vende la botella muy barata.

—Ya le he explicado por qué suspiro —contestó el vendedor—. La causa es por el temor de que mi salud se quebrante; y como acaba usted de decir, el morir e ir a los infiernos es una calamidad para todo ser humano. Respecto a por qué vendo la botella tan barata, tengo que explicarle que existe cierta particularidad con relación a este punto. Hace mucho tiempo, cuando el diablo la trajo primeramente a la tierra, la botella era extremadamente cara, y fue vendida en primer término al Preste Juanen muchos millones de dólares; pero quedó estatuido que no se podrían efectuar nuevas ventas a menos que cada una lo fuese con pérdida respecto a su precedente. Si usted vende la botella al mismo precio que abonó por ella, ésta retorna a usted nuevamente como una paloma mensajera. Síguese de esto que el precio ha ido disminuyendo durante estos siglos y la botella resulta ahora notablemente barata. Yo se la compré a uno de mis mejores vecinos de esta colina y solamente pagué por ella noventa dólares. Yo podría venderla hasta por ochenta y nueve dólares con noventa y nueve centavos, pero ni una moneda más, o la botella volvería a mí. Ahora bien, en todo esto hay dos inconvenientes: primero, cuando usted ofrece una botella tan singular por ochenta y tantos dólares, la gente supone que usted se burla; en segundo lugar…, pero no hay que apresurarse acerca de esto: no hay que hablar de ello. Solamente ha de recordar usted lo que pagó por ella.

—¿Cómo podré saber que todo esto es verdad? —preguntó Keawe.

—Algo podrá usted averiguar y comprobarlo enseguida —replicó el desconocido—. Déme sus cincuenta dólares, tome la botella y desee usted que sus cincuenta dólares vuelvan a su bolsillo. Si esto no acontece, yo empeño mi palabra de honor y declaro que, lamentándolo mucho, nuestro convenio queda roto y le devolveré a usted su dinero.

—¿No me engaña usted? —preguntó Keawe.

El vendedor lanzó un gran juramento que lo ligaba más y al oírlo, Keawe transigió:

—Bueno, me arriesgaré también, pues no puede perjudicarme.

Y le pagó los cincuenta dólares al hombre y éste le entregó la botella.

—Diablillo de la botella —dijo Keawe—, yo deseo que mis cincuenta dólares retornen a mí.

Y a buen seguro no bien acababa de pronunciar estas palabras cuando su bolsillo se hallaba tan repleto como antes.

—No hay duda que es una botella maravillosa —afirmó Keawe.

—Y ahora, buenos días, mi simpático compañero, ¡y que el diablo le acompañe en vez de a mí! —díjole el misterioso vendedor.

—¡Aguarde! —exclamó Keawe—. No deseo proseguir esta broma. Tenga de nuevo su botella.

—Amigo, usted la ha comprado por menos dinero de lo que yo pagué por ella —replicó el desconocido frotándose las manos—; por lo tanto, la botella es suya ahora; y por mi parte sólo me interesa ya verle marcharse.

Y dicho esto, y seguido por un sirviente chino, condujo a Keawe fuera de la casa.

Ahora bien, cuando Keawe estuvo en la calle con la botella debajo del brazo, y empezó a pensar: "Si fuese verdad todo lo relativo a esta botella, yo habría hecho un mal negocio —juzgó—. Pero tal vez ese hombre solamente me ha engañado". Lo primero que hizo fue recontar su dinero; la cantidad era exacta; cuarenta y nueve dólares norteamericanos y uno en moneda de Chile. "Parece que es verdad —afirmó Keawe—. Ahora probaré otra cosa."

Las calles, en aquella parte de la ciudad, estaban tan despejadas como la cubierta de un barco, y aunque ya era mediodía, no se veían peatones. Entonces Keawe dejó la botella en la cuneta y se marchó. Por dos veces miró hacia atrás, y allí estaba la botella lechosa, redonda y panzuda, donde la había dejado. Por tercera vez volvió a mirar y dobló una esquina, pero no bien acababa de hacer esto, cuando sintió que algo se le clavaba en el codo, y he aquí que era el cuello largo de la botella que, como era panzuda, hacía bulto en el bolsillo de su impermeable.

—Parece que no hay duda —díjose Keawe.

Lo que hizo después fue comprar un sacacorchos en un bazar y, apartándose hacia unos sembrados, intentó allí sacar el corcho; pero cuantas veces probó a sacarlo, otras tantas saltaba el sacacorchos y el corcho quedaba tan entero como antes.

—Este corcho es singular —dijo Keawe, y seguidamente comenzó a temblar y a trasudar, porque estaba atemorizado a causa de aquella botella.

Yendo de regreso camino del puerto, vio una tienda donde un hombre vendía cascos y cachiporras de la isla, antiguas divinidades paganas, monedas viejas, cuadros de China y Japón, y toda suerte de cosas raras que la gente de mar trae en sus cofres marinos. Al ver todo eso, Keawe tuvo una idea. Se acercaría a ese hombre y le ofrecería la botella por cien dólares. El dueño de la tienda primeramente se sonrió y le ofreció cinco dólares; pero, por supuesto, se trataba de una botella rara; nunca había visto un vidrio semejante en objetos manufacturados de esa sustancia, ni tan preciosos colores refulgiendo bajo el blanco lechoso, y menos tan extraña sombra revoloteando en el centro. Así, pues, después de mucho regatear respecto a la bondad de la botella, el tendero entregó a Keawe sesenta dólares de plata por ésta y la colocó en un anaquel situado entre dos ventanas.

—Ahora bien —dijo Keawe—; he vendido por sesenta dólares lo que compré por cincuenta, o para hablar con más propiedad, por un poco menos, porque uno de mis dólares me lo dieron en moneda chilena. Ahora sabré la verdad acerca de otro extremo.

Así, pues, se fue a su camarote del barco, y cuando abrió su cofre, ¡oh sorpresa!, allí estaba la botella, que había llegado más a prisa que él mismo. Se hallaba en aquel momento en el camarote un compañero de Keawe, apellidado Lopaca.

—¿Qué le pasa a usted? —preguntó Lopaca—. ¿Qué mira de hito en hito en su cofre?

Ambos estaban solos en el castillo de popa y Keawe le confió su secreto, contándole cuanto le había ocurrido.

—He aquí un negocio bien extraño —afirmó Lopaca—; temo que sufrirá molestias por esta botella; pero hay un punto que está bien claro, y es que usted está seguro de las dificultades que ha de acarrearle; pero convendría que también lo estuviera de los beneficios. Decídase de una vez: ¿qué es lo que pretende de esa botella? Dé sus órdenes, y si sus deseos se cumplen, yo mismo le compraré la botella; porque tengo la idea de hacerme con una goleta propia para negociar entre las islas.

—Mi ilusión no es ésa, sino poseer una hermosa casa y jardín en la costa de Kona, donde nací, en la que el sol penetre hasta la puerta, las flores abunden en el jardín, los vidrios refuljan en las ventanas, los cuadros adornen las paredes y se vean por todas las mesas *bibelots* y finos tapetes; todo igual a lo que vi en la casa donde solamente estuve un día. La deseo de un piso más, y con balcones, tal como la del palacio del rey; y deseo vivir allá sin preocupaciones y divertirme con mis amigos y mis parientes.

—Está bien —dijo Lopaca—; nos llevaremos la botella de vuelta con nosotros a Hawai, y si todo se cumple como usted supone, le compraré la botella como le prometí, y entonces pediré una goleta.

Ambos lo convinieron así, y no pasó mucho tiempo sin que el vapor llevase, de retorno hacia Honolulú, a Keawe, a Lopaca y a la botella. Apenas habían desembarcado, encontraron en el muelle a un amigo, quien lo primero que hizo fue dar el pésame a Keawe.

—No sé por qué me da usted el pésame —respondió Keawe.

—¿Es posible que no haya oído todavía que su anciano tío, aquel buen viejo, ha fallecido, y su primo, aquel hermoso muchacho, ha muerto ahogado?

Keawe se afligió mucho y empezó a llorar y a lamentar-

se tanto, que se olvidó de la botella. Pero Lopaca pensaba por cuenta propia, y cuando el pesar de Keawe amainó, le dijo.

–Estaba pensando que acaso tenía su tío algunas tierras en Hawai, en el distrito de Kau...

–No precisamente en Kau –contestó Keawe–, sino hacia las sierras, un poco más hacia el sur de Hookena.

–¿Esas tierras pasarán a ser propiedad de usted ahora? –preguntó Lopaca.

–Sí, ciertamente –respondió Keawe, y de nuevo se lamentó por la pérdida de sus parientes.

–Este no es momento para lamentaciones –replicó Lopaca–. Bulle una idea en mi mente. ¿No habrá ocasionado todas estas desgracias la botella? Porque éste es el lugar propio para su casa.

–Si esto fuera así –gritó Keawe–, sería un modo horrible de complacerme matando a mis parientes. Pero, naturalmente, esto es posible; porque precisamente ésta es la región en que yo vi con la imaginación mi casa ideal.

–La casa, sin embargo, no está todavía construida –dijo Lopaca.

–No, no parece que sea así –contestó Keawe–, porque aunque mi tío poseía algunas plantaciones de café, de avaava y de plátanos, eso no me proporcionaría grandes riquezas; y el resto de su posesión es tierra de lava negra.

–Vamos al abogado –dijo Lopaca–; todavía bulle esta idea en mi mente.

Ahora bien, cuando llegaron a la oficina del abogado se enteraron de que el tío de Keawe había reunido tal fortuna en sus últimos días, que era multimillonario y había dejado una enormidad de dinero.

–¡Ya tiene usted el dinero para la casa! –gritó Lopaca.

–Si usted desea construir una casa nueva, he aquí la dirección, en esta tarjeta, de un arquitecto recién llegado, pero de quien ya se habla mucho.

–¡Tanto mejor! –exclamó Lopaca–. Parece que todos nuestros planes se realizan a pedir de boca; sigamos obedeciendo las órdenes.

Así, pues, se dirigieron a ver al arquitecto y éste les mostró proyectos de casas, que tenía sobre su escritorio.

–Usted desea algo no común –dijo el arquitecto–. ¿Le gusta este proyecto?

Y extendió a Keawe un plano.

Al posar Keawe su mirada en el plano, no pudo reprimir un grito, pues lo que allí aparecía dibujado era exactamente la casa que había visto en su imaginación. "Me gusta esta casa –pensó–, aunque no me agrada la forma en que ha llegado a mí; ahora, sin embargo, no me produce una impresión desfavorable y pienso aprovechar tanto lo bueno como lo malo."

Así, pues, Keawe manifestó al arquitecto todo lo que deseaba y cómo le gustaría tener la casa amueblaba, adornadas las paredes con cuadros, y con chucherías las mesas; y preguntó sencillamente al arquitecto cuánto le costaría la obra con todos su detalles.

El arquitecto hizo muchas preguntas y tomando la pluma calculó lo que costaría. Cuando concluyó sus operaciones, señaló la misma cantidad que Keawe acababa de heredar.

Lopaca y Keawe se miraron mutuamente y asintieron con la cabeza.

"Es evidente que he de poseer esta casa quiera o no quiera –pensó Keawe–. Proviene del diablo y temo que nada bueno saldrá de esto para mí; pero de lo que estoy seguro es de que no desearé nada más mientras la botella esté en mi poder. Con la casa ya estoy comprometido, y he de aceptar no solamente lo provechoso, sino también los inconvenientes de este asunto."

En efecto, determinó con el arquitecto las cláusulas del contrato y firmaron un documento; después Keawe y Lopaca

se embarcaron nuevamente hacia Australia, porque habían convenido entre ellos que no debían intervenir en absoluto ni en la construcción ni en el adorno de la casa, sino dejarlo todo al gusto del arquitecto y del diablillo de la botella.

El viaje de vuelta fue una buena travesía. Sólo que Keawe tuvo que estar todo el tiempo sobre aviso consigo mismo, porque había jurado que no desearía nada nuevo ni aceptaría más favores del diablo. Volvieron cuando había transcurrido el tiempo concedido al arquitecto. Este les dijo que la casa estaba ya lista, y entonces Keawe y Lopaca tomaron pasaje en el vapor *Hall* dirigiéndose vía Kona a ver la finca y comprobar si todo había sido efectuado exactamente conforme a las ideas que tenía Keawe en su mente.

La casa se hallaba en la ladera de la montaña y se veía desde los barcos. Por encima, el bosque se elevaba hacia las nubes preñadas de lluvia; hacia abajo la negra lava se extendía hasta los arrecifes donde estaban enterrados los antiguos reyes. Un jardín florecía alrededor de la casa, esmaltado con diferentes matices de flores. También se veía a un lado un huerto de papayas y a otro uno de árboles del pan, y precisamente frente al mar un mástil de un barco había sido erigido para que ondease en él la bandera. Por lo que se refiere a la casa, era de tres pisos y cada uno tenía grandes habitaciones con amplios balcones. Los vidrios de las ventanas eran tan transparentes como el agua y tan brillantes como el día. Las habitaciones estaban adornadas con toda clase de muebles. De los muros pendían los cuadros con marcos dorados: cuadros de barcos y de hombres luchando, de las más hermosas mujeres y de paisajes singulares. En ninguna parte del mundo hay cuadros de color tan nítido como los que Keawe encontró en su casa.

Por lo que toca a los adornos y *bibelots,* eran en extremo delicados: relojes de carillón y cajas de música, hombrecitos meneando la cabeza, libros llenos de dibujos, escudos de valía de todas las partes del mundo y los más divertidos rompecabezas para distraer el ocio de un hombre solitario. Y como a nadie le hubiera gustado tener una casa tan espaciosa para pasear solamente por ella y contemplarla, había unos balcones tan amplios que podían dar cabida a gusto a una ciudad entera. Por eso Keawe no sabía qué habitación preferir, si el pórtico de atrás, por donde penetraba la brisa de la montaña y que daba sobre los huertos y las flores, o el balcón del frente, desde donde se podía respirar aire del mar, contemplar la ladera de la montaña y vislumbrar el barco *Hall* en su viaje semanal entre Hookena y las colinas de Pele, o las goletas que navegaban por la costa en busca de madera, ava-ava y bananas.

Keawe y Lopaca, una vez visto todo, se sentaron en el pórtico.

—Muy bien. ¿Está todo como usted lo había pensado? —preguntó Lopaca.

—Las palabras no pueden expresar lo que siento —contestó Keawe—. Todo está mejor de lo que yo soñaba, y me siento trastornado de satisfacción.

—Solamente hay que considerar una cosa —dijo Lopaca—, y es que todo esto puede ser natural en absoluto, y el diablillo de la botella no tiene nada que ver con esto. Ahora, si yo comprare la botella y después de todo no lograre la goleta que deseo, me habría arriesgado inútilmente. Sé que le di mi palabra de comprarla, pero también pienso que usted no se negará a concederme alguna prueba más.

—He jurado que no aceptaré más favores del diablo —dijo Keawe—; ya he hecho demasiado.

—No exijo que le pida usted un nuevo favor —replicó Lopaca—, solamente deseo ver al diablillo en persona. Con eso no se gana nada ni hay nada de que avergonzarse y, sin embargo, si yo lo viese una sola vez, estaría seguro del asunto. Así, pues, acceda a mis deseos y permítame ver al diablillo;

y después de haberlo visto, he aquí el dinero preparado y le compraré la botella.

—Una sola cosa me asusta —dijo Keawe—. El diablillo acaso parezca tan horrible, que si posa usted la mirada en él, puede ser que no desee más la botella.

—Soy un hombre de palabra —dijo Lopaca—, y aquí está el dinero.

—Muy bien —replicó Keawe—. Yo mismo tengo curiosidad en verle. Así que venga, señor diablillo, y permítanos verle.

No bien acabó de decir esto, el diablo los miró desde la botella una y otra vez, tan rápido como una lagartija; y esta aparición paralizó a Keawe y Lopaca. Ya había anochecido cuando pudieron recobrar el dominio de su mente y su facultad de hablar; y entonces Lopaca tendió el dinero hacia Keawe y tomó la botella.

—Soy un hombre de palabra —dijo—, pues si no lo fuera no tocaría esta botella ni con el pie. Está bien; lograré una goleta y unos cuantos dólares para mi bolsillo, y después me libraré de este diablillo tan pronto como pueda. Porque, a decir verdad, su imagen me ha descorazonado.

—Lopaca —dijo Keawe—, no quiero que usted piense mal de mí; sé que es de noche y los caminos malos, y el pasaje por las tumbas es expuesto para caminar a tales horas, pero confieso que desde que he visto el diminuto rostro del diablillo no puedo comer ni dormir ni rezar hasta que se aleje de mí. Le daré una linterna y una canasta para colocar la botella y cualquier cuadro o cosa de valor de mi casa que más le agrade; pero váyase enseguida y duerma en Hookena, con Nahiuu.

—Keawe —dijo Lopaca—, muchos hombres tomarían esto a mal; sobre todo cuando yo me estoy portando tan amistosamente con usted al mantener mi palabra y comprar la botella. Por todo esto, por ser de noche, por la oscuridad, el paso por las tumbas ha de ser diez veces más peligroso para un hombre con semejante pecado sobre su conciencia, y con tal botella debajo del brazo. Sin embargo, por mi parte me encuentro en extremo atemorizado y no tengo corazón para maldecirle. Me voy, pues, y ruego a Dios que pueda usted ser feliz en su casa, yo afortunado con mi goleta, y ambos lleguemos al fin al cielo, a pesar del diablo y de su botella.

Entonces Lopaca se fue hacia la montaña, mientras Keawe, de pie en el balcón del frente, escuchaba el trotar del caballo y observaba cómo la linterna relucía por el sendero y por entre los riscos de las cuevas donde yacían los antiguos reyes. Durante todo este tiempo temblaba y se apretaba las manos, rezando por su amigo, a la vez que daba gracias a Dios por haber escapado de aquel peligro.

Pero al día siguiente amaneció tan radiante y su nueva casa aparecía tan deliciosa para ser habitada, que se disiparon sus temores. Los días se sucedían y Keawe vivía en la casa en continua alegría. Su sitio preferido era el pórtico de la parte posterior de la casa, donde comía, pasaba el tiempo y leía las novedades de los diarios de Honolulú. Cuando llegaba alguien se le permitía ver la casa, los cuadros y las habitaciones. Y la fama de esta casa se propagó por todas partes; por lo que fue llamada Ka-Hale Nui –la Casa Grande– en toda la región de Kona; y a veces la Casa Resplandeciente, pues Keawe pagaba a un chino para que durante todo el día la limpiase con paños y cepillos. Los cristales, los dorados, las delicadas chucherías y los cuadros brillaban tan resplandecientes como una clara mañana. Así que Keawe no podía pasear por aquellas habitaciones sin cantar, pues su corazón rebosaba alegría; y cuando los barcos surcaban el mar, él enarbolaba su enseña y sus colores en el mástil.

Pasó algún tiempo hasta que Keawe decidió ir a Kailua para visitar a sus amigos. Estos le agasajaron muy bien; pero al día siguiente se retiró muy temprano, y al galope de su caballo tomó el camino de su casa, pues se impacientaba por verla y estar otra vez en ella; además esa noche era la fecha en que los muertos salían de sus tumbas y vagaban por los alrededores de Kona; y como estaba en relaciones con el diablo, puso buen cuidado en no encontrarse con los difuntos. Un poco más hacia adelante, más allá de Honaunau, Keawe notó la presencia de una mujer que se bañaba en la orilla del mar; al parecer se trataba de una muchacha bien desarrollada, aunque al principio Keawe no le prestó mucha atención. Sin embargo, más tarde Keawe vio cómo se agitaba la blanca camisa de la muchacha y luego su rojo *holuku*, al vestirse, y cuando él llegó frente a la joven ya ésta había acabado de arreglarse y se encontraba de pie a un costado del camino, cubierta con su rojo *holuku*. El baño de mar la había refrescado y sus ojos, que eran hermosísimos, brillaban. Al verla así, Keawe tiró rápidamente de las riendas y detuvo su caballo.

—Creí que conocía a todas las personas de esta región —dijo—. ¿Cómo es posible que no la conozca a usted?

—Soy Kokua, la hija de Kiano —respondió la muchacha—, y acabo de regresar de Oahu. Pero ¿usted quién es?

—Después le diré quién soy, no inmediatamente —replicó Keawe apeándose—. Porque bulle en este momento una idea en mí, y si usted supiera quién soy, ya que seguramente habrá usted oído hablar de mí, puede ser que no me diera una respuesta sincera. Pero ante todo, dígame: ¿está usted casada?

Al oír esta pregunta, Kokua se echó a reír.

—Verdaderamente es usted el que hace preguntas —afirmó, preguntando también a su vez—: Y usted, ¿es casado?

—Le aseguro que no, Kokua —replicó Keawe—, y nunca hasta este momento pensé en casarme. Pero le voy a decir toda la verdad. Al encontrarla a usted aquí en este camino y al ver sus ojos, que parecen dos estrellas, mi corazón voló hacia usted tan ligero como un pájaro. Ahora bien, si usted no siente por mí nada, dígamelo, y volveré a emprender mi marcha; pero si usted juzga que no soy peor que cualquier otro joven, dígamelo también, e iré a casa de su padre esta misma noche y mañana le hablaré.

Kokua no respondió palabra alguna, pero miraba hacia el mar y se reía.

—Kokua —dijo Keawe—, si no me dices nada, lo interpretaré como buena respuesta. ¡Vamos a casa de tu padre!

La joven iba delante sin hablar; sólo de vez en cuando miraba hacia atrás y al punto esquivaba su mirada: mordisqueaba la cintas de su sombrero.

Cuando llegaron a la puerta de la casa, Kiano salió al balcón y saludó a Keawe por su nombre. Al oírlo la muchacha, levantó su mirada asombrada, pues la fama de la gran residencia había llegado hasta ella; y por cierto que la casa era una gran tentación. Pasaron toda esa noche juntos y muy alegres; la muchacha se mostró tan arrogante como atrevida en presencia de sus padres, mofándose amigablemente de Keawe, pues poseía una inteligencia muy viva. Al día siguiente Keawe habló unas palabras con Kiano y después se encontró con la muchacha a solas.

—Kokua —díjole—, anoche te burlaste de mí durante toda la velada; todavía tienes tiempo de despacharme. Yo no quería decirte quién era porque poseo una casa elegante y temí que tú podrías pensar demasiado en la casa y muy poco en el hombre que te ama. Ahora ya lo sabes todo, y si no quieres verme más, dímelo enseguida.

—No —fue la afirmación de Kokua, y al aceptarlo ya no se reía, ni Keawe le preguntó nada más.

Este fue el noviazgo y galanteo de Keawe; todo sucedió rápidamente: la flecha también hiende el aire con rapidez, y la bala de un rifle es aún más veloz; sin embargo, ambas alcanzan el blanco. Todo había sucedido apresuradamente y también había llegado lejos. La imagen de Keawe se grabó de manera profunda en la mente de Kokua; ésta oía sonar su voz con acento inconfundible entre las olas que azotaban la lava, y por este joven a quien había visto sólo dos veces hubiera dejado al padre, a la madre y a su isla nativa. Por lo que se refiere a Keawe, volaba a caballo por el sendero de la montaña bajo el risco de las tumbas, y el sonido de las herraduras de su corcel y el canto que el propio jinete, loco de alegría, entonaba para si, repercutían en las cavernas de los muertos; Keawe, cantando, retornó ese día a la Casa Resplandeciente. Sentóse y comió en la galería amplia y espléndida; y el sirviente chino se extrañaba de la alegría de su amo al oírle cantar entre bocado y bocado. El sol se hundió en el mar y llegó la noche; Keawe, en lo alto de las montañas, se paseaba por las galerías a la luz de los faroles, cantando sin cesar, tanto, que su canción extrañaba a los marineros de las embarcaciones.

"Me encuentro ahora en este elevado lugar que lo domina todo –pensó para sus adentros–. La vida no puede presentárseme mejor; me hallo en la cumbre de la montaña y todas las rocas que miro a mi alrededor están por debajo de ésta. Por primera vez quiero encender la luz en las habitaciones y bañarme en mi elegante bañera con agua fría y caliente, y dormir solo en la alcoba nupcial."

Así, pues, el chino recibió órdenes de encender las calderas, y mientras estaba ocupado en cumplir estas órdenes en el sótano cerca de la cocina, oía a su amo cantar y regocijarse arriba en las habitaciones, profusamente iluminadas. Cuando el agua estuvo caliente, el chino avisó a su amo. Keawe entró en el cuarto de baño. El chino le oía seguir cantando, mientras llenaba la bañera de mármol y se desnudaba. De pronto cesó el canto. El chino prestó atención, y al no oír ya cantar, preguntó a su amo si todo estaba bien. Keawe le contestó que sí y que se fuera a dormir. Ya no se oyó cantar más en la Casa Resplandeciente, pero en cambio el chino oyó a su amo ir y venir sin descanso por la galería.

Lo que había pasado era que al desnudarse Keawe para bañarse, notó en su cuerpo una mancha parecida al liquen en una roca, eso fue lo que truncó el canto. Keawe comprendió la significación de esa mancha: sabía que se había contagiado del mal de los chinos, ¡la lepra!

Es bien triste para cualquier persona darse cuenta de que se halla atacada por esa enfermedad. Para cualquiera sería tristísimo tener que abandonar una mansión tan hermosa y cómoda y partir lejos de sus amigos a la costa norte de Molokai, hacia aquel destierro que se encuentra entre elevados riscos y rompeolas. Pero ¿qué significaba todo esto, si lo comparamos con el sufrimiento de Keawe, quien habiendo encontrado su amor el día anterior, habiéndolo conquistado precisamente esa misma mañana, veía ahora quebrarse sus ilusiones y esperanzas como se hace añicos una copa de cristal?

Durante un rato Keawe permaneció sentado en el borde de la bañera; después dio un salto y, gritando, salió corriendo; y corría; corría como un desesperado de acá para allá a todo lo largo de la galería.

"Sin lanzar la menor protesta yo podría abandonar Hawai, y la casa de mis padres –pensaba Keawe–. Con facilidad podría dejar este palacio de muchas ventanas y situado en este elevado lugar en la cumbre de la montaña. Muy resueltamente podría ir a Molokai, a Kalaupapa, entre los riscos, para vivir entre los leprosos y morir al fin allí, lejos de mis padres. Pero ¿qué mal he cometido, qué pecado pesa sobre mi alma para que encontrase ayer tarde a Kokua, fresca y resplandeciente, al salir de bañarse en el mar? ¡Kokua, cuya alma me ha trastornado! ¡Kokua, la luz de mi vida! Ya nunca podré casarme con ella, nunca más podré verla, ni tocarla con mis manos cariñosas. Y por eso me lamento, por ti, ¡oh Kokua!"

Conviene notar qué clase de hombre era Keawe. Sin ninguna dificultad hubiera podido vivir en la Casa Resplandeciente durante muchos años sin que nadie se hubiese enterado de su enfermedad; pero esto era a costa de la pérdida de Kokua, y eso no lo podría sufrir. También podía haberse casado con ella, aun estando enfermo; muchos lo hubieran hecho, porque tienen alma negra; pero Keawe amaba a Kokua varonilmente y había determinado no hacerle daño alguno ni exponerla al peligro de contagio.

Pasada la medianoche se acordó de la botella. Keawe dirigióse entonces al pórtico en la parte trasera de la casa y recordó el día en que el diablo le miró desde la botella; y al recordar esa mirada la pareció sentir que la sangre se le helaba en las venas.

"Cosa horrible esa botella –pensó–, y horrible es el diablo, y también es horrible el exponerse a las llamas del infierno. Pero ¿qué otra esperanza me queda de curarme de esta enfermedad y de casarme con Kokua? ¿Por qué no he de molestar al diablo nuevamente para conquistar a Kokua, siendo así que le he molestado una sola vez para lograr esta casa para mí?"

Después recordó Keawe que al día siguiente regresaba al barco *Hall* a Honolulú. "Allá es donde tengo que dirigirme ante todo, para visitar a Lopaca –pensó–, pues la única esperanza que me queda es recuperar la botella de la que me libré con tanta alegría."

Keawe no pudo conciliar el sueño un solo minuto; la comida no le pasaba de la garganta. Sin embargo remitió una carta a Kiano, y a la hora aproximada de la llegada del vapor bajó a caballo serpenteando el risco de las tumbas. Llovía; el caballo andaba con dificultad; Keawe miraba los negros agujeros de las cuevas y envidiaba a los muertos que dormían allí ya libres de pesares; recordaba cómo había galopado el día anterior y se asombraba de aquel cambio tan repentino. Por fin llegó a Hookena, donde, como de costumbre, se hallaba apiñada toda la población en espera del barco. Muchas personas estaban sentadas a la sombra, en el almacén, bromeando y contando las novedades del día; pero Keawe no sentía deseos de hablar: solamente miraba cómo caía la lluvia sobre las casas y cómo las olas se rompían contra las rocas, y entonces se le anudó aún más la garganta.

–Miren a Keawe, el de la Casa Resplandeciente; no parece muy animado –decíanse entre sí los parroquianos. Esto era cierto, pero no había por qué extrañarse.

Poco después llegó el *Hall*, y Keawe dirigióse a él en un bote ballenero. La popa del barco estaba atestada de *haoles* visitantes del volcán, excursión acostumbrada; en la parte central del barco se apretujaban los canacos, y en la proa se veían toros salvajes de Hilo y caballos de Kau. Keawe, apartándose de todos, se sentó, y su mirada se dirigió hacia la casa de Kiano. Esta se levantaba allá abajo en la costa, entre las negruzcas rocas y bajo la sombra de palmeras, y allí frente a la puerta un *holoku* rojo, no mayor que una mosca a tal distancia, se movía de un lado para otro, diligente como una hormiga. "¡Ah, reina de mi corazón –gritó Keawe para sus adentros–; voy a arriesgar mi alma para conquistarte!"

No mucho después del crepúsculo, y cuando se encendieron las luces, los *haoles,* como de costumbre, se sentaron para jugar a los naipes y beber *whisky*. Pero Keawe se paseó por cubierta toda la noche, y también durante todo el día siguiente, mientras el barco navegaba próximo a la costas de sotavento de Maui y de Molokai; cual animal salvaje en su jaula, así Keawe se paseaba sobre cubierta.

Al atardecer el barco pasó delante de Diamond Head, y llegó al fin al muelle de Honolulú. Keawe desembarcó junto con otras personas, y empezó a preguntar por Lopaca. Pero le dijeron que su amigo había llegado a ser el patrón de una goleta –la mejor que había en las islas– y había salido hacia Pola-Oola o Kahiki. Así que era inútil buscar a Lopaca. En esto Keawe se acordó de que tenía un amigo allí –se trataba de un abogado de la ciudad, cuyo nombre no hace al caso–, y preguntó su dirección. Le contestaron que el susodicho hombre de leyes se había convertido de improviso en una persona muy rica y que había adquirido una casa nueva y muy elegante en la costa de Waikiki. Al oír esto, una idea asaltó a Keawe. Llamó, pues, a un coche y se dirigió a casa del abogado.

Esta era enteramente nueva y los árboles del jardín eran todavía muy jóvenes. El abogado, cuando apareció en la puerta, parecía un hombre contento y satisfecho.

–¿En qué puedo servirle? –preguntó a Keawe.

–Creo que usted es amigo de Lopaca –contestó Keawe–, y Lopaca me había comprado cierto objeto curioso que desearía encontrar de nuevo. Por eso pensé que tal vez usted podría indicarme quién es su dueño en la actualidad.

El rostro del abogado se oscureció.

–No he de negarle que sé de qué se trata, señor Keawe –afirmó–, aunque este negocio es bastante feo y no me gusta hablar de él. Puede usted estar seguro de que no sé nada: he perdido su pista; pero se me ocurre que si usted acudiera a cierto lugar, creo que allí podrían indicarle algo.

Y el abogado le dio un nombre, que no hay tampoco por qué mencionar. Durante varios días Keawe peregrinó por la ciudad de casa en casa, encontrando por todas partes vestidos y carruajes nuevos, mansiones elegantes recién construidas y gente muy contenta, aunque sus rostros se ensombrecían cuando Keawe les mencionaba la botella.

"No hay duda de que estoy sobre la pista –pensó–. Estos vestidos nuevos, así como los carruajes, son regalos del diablillo, y estos rostros satisfechos son de aquellas personas que se han aprovechado del hechizo y se libraron al fin de ese maldito objeto. Cuando vea unas mejillas pálidas y oiga suspirar, entonces sabré que estoy cerca de la botella."

Por fin le enviaron a un *haole* que habitaba en la calle de Britania. Cuando llegó a la casa, cerca de la hora de cenar, notó las características que le eran ya familiares: la mansión nueva, el jardín mostraba señales de haber sido plantado hacía poco y la luz eléctrica brillaba en el hueco de las ventanas; mas el joven blanco que apareció ante su vista estaba pálido como un cadáver, ojeroso, y tenía el cabello despeinado y una mirada tan desesperada, que sólo era comparable a la del hombre que aguarda la horca.

"Aquí está la botella, no hay dudas", pensó Keawe y no trató en modo alguno de andar con rodeos.

—Vengo a comprarle la botella —le espetó directamente.

Al oír esto el joven *haole* de la calle Britania se tambaleó y tuvo que apoyarse en la pared.

—¡La botella! —exclamó anhelante—. ¡Comprar la botella!

Después el joven, agotado al parecer, asió a Keawe del brazo, lo condujo a un salón y llenó dos vasos de vino.

—A su salud —exclamó Keawe, el cual en otros tiempos había tratado mucho con blancos—. Sí —agregó—, vengo a comprarle la botella. ¿Qué precio tiene en la actualidad?

Al oír esto, el joven dejó caer su vaso y miró a Keawe como a un aparecido.

—¿El precio? —repitió—. ¡El precio! ¿No sabe usted el precio?

—Eso es lo que pregunto —insistió Keawe—. Pero ¿por qué está usted tan afectado? ¿Ocurre algo con el precio?

—Ha bajado mucho su valor desde que usted la vendió, señor Keawe —contestó el joven titubeando.

—Bien, bien, tendré que pagar menos por ella —dijo Keawe—. ¿Cuánto le ha costado a usted?

El joven estaba tan blanco como una hoja de papel.

—Dos centavos —contestó al fin.

—¿Qué? —gritó Keawe. ¿Dos centavos? Es decir, que sólo puede usted venderla a una persona. Y el que la compre...

Las palabras se ahogaron en los labios de Keawe; el que la comprase no podría ya venderla de nuevo, y el diablillo de la botella se quedaría con él hasta su muerte y después se lo llevaría a los infiernos.

El joven de la calle de Britania cayó de rodillas a los pies de Keawe, gritando:

—¡Por Dios, cómprela! Puede usted si quiere quedarse con toda mi fortuna. Estaba loco cuando la compré a ese precio. Desfalqué en la casa en que trabajaba. Me hallaba perdido sin remedio: ¡mi fin era la cárcel!

—¡Pobre hombre! —dijo Keawe—. Usted arriesgó su alma en un caso tan desesperado, y sólo para evitar el justo castigo de su propia deshonra; ¿y cree usted que yo puedo vacilar cuando para mí se trata del amor? Déme la botella, y el cambio, pues estoy seguro de que ya lo tiene preparado. Aquí tiene una moneda de cinco centavos.

Era como lo suponía: el joven ya tenía el cambio preparado en un cajón del escritorio; la botella mudó de dueño, y apenas Keawe la tuvo en sus manos, cuando ya había formulado su deseo de hallarse completamente sano. Y así fue, cuando llegó a su alcoba y se desnudó delante del espejo, su cuerpo apareció tan limpio como el de un niño. Pero algo extraño sucedió, no bien se había visto libre de su enfermedad, por verdadero milagro, sus ideas cambiaron; ya no le importaba la lepra y muy poco Kokua; un solo pensamiento le atenazaba: el de estar ligado para siempre con el diablo y haber perdido la esperanza de evitar el ser pasto de las llamas en el infierno. En su imaginación veía continuamente arder las llamas, estremeciéndose su alma, invadida por espesas tinieblas en medio de la luz.

Cuando Keawe se repuso un poco, dióse cuenta de que era de noche, es decir, la hora en que la orquesta tocaba en el hotel. Allá se dirigió, porque temía quedarse solo y allí, entre rostros alegres, iba de un lado para otro y escuchaba música, aunque también durante todo el tiempo oía en su alma el chisporrotear de las llamas y veía el fuego rojo ardiendo en el pozo sin fondo del abismo. De pronto la orquesta tocó *Hiki-ao-ao*, la canción que había cantado junto con Kokua, y al oírla recobró su valor.

"Ya está hecho –pensó–, y de nuevo tendré que aceptar lo bueno junto con lo adverso."

Así, pues, volvió a Hawai en el primer barco, y tan pronto como le fue posible, una vez arreglado todo, se casó con Kokua y la llevó a las montañas, a su Casa Resplandeciente.

Ahora bien, mientras Keawe y Kokua permanecían juntos, el corazón del esposo estaba apaciguado; mas tan pronto como éste se quedaba solo, se apoderaba de él un terror inmenso, y oía el chisporrotear de las llamas y veía el fuego rojo arder en un pozo sin fondo.

La muchacha, por supuesto, se le entregó por completo, y el corazón de Kokua se sobresaltaba cuando veía a Keawe y cuando éste apretaba con su mano la de ella. Kokua estaba tan bien formada y era tan bella en todo su ser, desde el cabello a los diminutos pies, que nadie podía verla sin sentir alegría. Su carácter era agradable. Para todos tenía alguna frase buena y adecuada. Siempre estaba cantando e iba de un lado a otro recorriendo la Casa Resplandeciente gorjeando como un pajarillo: ¡era lo más resplandeciente que había en la casa! Y Keawe la contemplaba y escuchaba con delicia, mas luego iba a esconderse en algún rincón llorando y lamentándose al recordar el precio que había pagado por esa felicidad, y tener que secar sus ojos después y lavar su rostro para ir a reunirse con su mujer en las amplias galerías, deleitarse con sus cantos y, estando su espíritu decaído y enfermo, contestar forzadamente a sus sonrisas.

Mas llegó un día en que los pies de la muchacha ya no se movían tan ligeramente, ni se la oía cantar con tanta frecuencia. Ya no era solamente Keawe quien estaba solo, ni quien se escondía para llorar, sino que ambos se separaban uno del otro y se sentaban en distintos balcones. Keawe estaba tan sumergido en su desesperación, que apenas observó este cambio en su mujer; es más: estaba muy contento por tener más tiempo de estar a solas y cavilar en su destino, y no estar obligado a sonreír frecuentemente y a la fuerza, teniendo el corazón destrozado. Pero un día que pasaba lentamente por delante de la casa, Keawe oyó los sollozos de una niña y vio a Kokua tendida en el pavimento del balcón cubriéndose el rostro con las manos y llorando como una desesperada.

—Haces bien en llorar en esta casa, Kokua —dijo Keawe—. Y sin embargo daría mi vida porque tú, por lo menos te sintieras feliz.

—¡Feliz! —gritó Kokua—. Keawe, cuando vivías solo en tu Casa Resplandeciente, todos en la isla afirmaban que eras un hombre feliz; la risa y el canto no se separaron de tu boca, y tu rostro era tan claro como el amanecer. Pero desde que te casaste con la pobre Kokua (y sólo Dios sabe qué clase de mal hay en mí), desde ese día no has sonreído más. ¡Oh! —exclamó con desesperación—. ¿Qué es lo que me pasa? Creía que era hermosa y sabía que te amaba. ¿Qué sucede, sin embargo, puesto que oscurezco la vida a mi esposo?

—¡Pobre Kokua! —dijo Keawe sentándose a su lado y tratando de asir su mano; pero ella la apartó—. ¡Pobre Kokua! —repitió—. ¡Pobre niña, hermosa mía! Siempre he pensado que podía ahorrarte este dolor. Está bien, todo lo sabrás. Y entonces por lo menos tendrás lástima del pobre Keawe; entonces comprenderás cuánto te quería antes, pues por poseerte arrostró hasta el infierno, y cuanto te quiere todavía, siendo un pobre condenado, ya que todavía puede alegrarse y sonreír cuando te mira.

Y Keawe le contó todo desde el principio.

—¿Has hecho esto por mí? —exclamó Kokua—. ¡Ah!, ¿por qué me preocupo entonces? —y le abrazó llorando de emoción.

—¡Ay niña! —díjole Keawe—, y sin embargo, cuando pienso en el fuego del infierno, no puedo menos de acongojarme muchísimo.

—No me digas eso —replicó su esposa—. Ningún hombre puede ir al infierno solamente por amar a Kokua. Te aseguro, Keawe, que con estas propias manos te he de salvar o pereceré junto a ti. ¡Cómo! Tú me amaste hasta sacrificar tu alma por mí, ¿y piensas que yo no moriré por salvarte?

—¡Ah queridísima Kokua! Puedes morir cien veces, pero ¿con qué fin? Cuando yo sea condenado, entonces tendrás que dejarme —afirmó Keawe.

—Eres bastante ignorante —contestó Kokua—. Yo fui educada en una escuela de Honolulú; no soy, por lo tanto, una muchacha vulgar. Y te afirmo que salvaré a mi amado. ¿Qué hay con te haya costado un centavo? No todo el mundo es americano. En Inglaterra existe una moneda llamada *farthing,* un cuarto de penique, y cuyo valor es de medio centavo norteamericano. ¡Ah, qué desgracia! —exclamó la joven—. Esto poco puede ayudarnos, pues hay que encontrar el comprador, y no hallaremos a nadie tan valiente como mi Keawe. Pero, ahora que me acuerdo, en Francia circula una pequeña moneda llamada céntimo y de las que dan cinco, poco más o menos, por un centavo. Nada mejor podemos hacer, Keawe, que ir a las islas francesas; vámonos a Tahití en el primer barco. Allí tendremos cuatro céntimos, tres, dos y uno; podremos vender la botella por cuatro céntimos, y el comprador podrá también venderla. ¡Ven, Keawe mío! Bésame, y no te preocupes más. Kokua te defenderá.

–¡Bendito sea Dios! –exclamó Keawe–. No puedo creer que Dios quiera castigarme por amarte, tan buena como eres. Sea como tú quieres; llévame a donde desees: mi vida y mi salvación las pongo en tus manos.

Al día siguiente muy temprano, Kokua empezó sus preparativos. Buscó el cofre que Keawe llevaba siempre cuando había sido marinero y guardó en él primeramente la botella; luego colocó sus más lujosos vestidos y las más valiosas joyas y adornos, así como las mejores chucherías de la casa. "Porque –le decía– la gente tiene que pensar que somos ricos: si no, ¿quién creerá en la historia de la botella?" Mientras preparaba el equipaje, Kokua estaba alegre como un pajarillo, y sólo cuando miraba a Keawe se le llenaban los ojos de lágrimas y corría entonces a abrazarle. En cuanto a Keawe, sentía su alma un tanto aliviada al haber compartido su secreto y al vislumbrar alguna esperanza; parecía ya otro hombre; sus pies se movían más ligeros y respiraba de nuevo más aliviado. Sin embargo, el terror no le abandonaba por completo; y de vez en cuando, así como el viento apaga la vela, la esperanza moría en su alma y veía cómo se agitaban las llamas y cómo él mismo ardía ya en las lenguas de fuego del infierno.

En el país se decía que el matrimonio iba en viaje de placer a los Estados Unidos, noticia que pareció un tanto extraña, y, sin embargo, no tan extraña si alguien hubiera podido adivinar la causa. Así, pues, se fueron a Honolulú en el barco *Hall,* y de allí, en el vapor *Umatilla,* a San Francisco, con una multitud de *haoles.* Ya en San Francisco, tomaron pasajes en el bergantín correo *El Pájaro Tropical,* para Papeete, principal ciudad francesa en las islas del Sur. Llegaron un día claro azotado por fuertes vientos alisios y vieron cómo se rompían las olas en los riscos de la costa. Allí estaba Motuiti con sus palmeras; más cerca, unas goletas navegaban próximas a la playa, y allá al fondo se di-

111

visaban las blancas casas de la ciudad entre los árboles verdes, coronado todo por las montañas y las nubes de Tahití, la isla sabia.

Keawe y Kokua decidieron que lo más prudente sería alquilar una casa, y así lo hicieron. Encontraron una frente al consulado británico, lugar donde podían ostentar mejor su riqueza y hacerse conocer por sus carruajes y caballos. Todo esto lo podían lograr mientras la botella estuviese en su poder, y por eso Kokua, que era más osada que Keawe, siempre que necesitaba veinte o cien dólares, molestaba al diablillo. Muy pronto la ciudad advirtió su presencia, y la pareja convirtióse en el tema obligado de las conversaciones que giraban en torno a los carruajes, caballos y ricos vestidos de los extranjeros de Hawai, especialmente el espléndido collar de Kokua.

Ante todo, lo primero que hicieron fue familiarizarse con el idioma tahitiano, el cual, por cierto, es muy parecido al hawaiano, a excepción de algunos sonidos y palabras. Tan pronto como adquirieron facilidad para expresarse, empezaron a activar la venta de la botella. Hay que tener en cuenta que no era cosa fácil tratar este negocio. Antes bien, era cuestión ardua persuadir a la gente de que no se estaban burlando de ella al ofrecerle la fuente de la felicidad por cuatro céntimos. Todos desconfiaban y se reían, o juzgaban que el cariz siniestro del asunto anulaba los beneficios, y todos se alejaban de Keawe y de Kokua como de personas poseídas por el diablo. Así que, lejos de ganar terreno, lo iban perdiendo; hasta los chicos en la calle al divisarlos salían corriendo y gritando, cosa intolerable para Kokua; los católicos se persignaban cuando pasaban a su lado, y todos en general, empezaron, como obrando de mutuo acuerdo, a esquivarlos.

Estaban deprimidos. Llegada la noche, se sentaban en aquella casa nueva, después de un día abrumador, y no cambiaban una palabra entre sí. A veces el silencio era interrumpido por Kokua, quien prorrumpía súbitamente en sollozos. A veces oraban juntos, a veces sacaban la botella del armario y permanecían toda la noche observando cómo la sombra revoloteaba en su interior. Esas noches estaban demasiado asustados para poder descansar. Transcurría mucho tiempo hasta que el sueño se apoderaba de ambos, y si alguno caía rendido por él, pronto se despertaba y encontraba a su compañero llorando quedamente en algún rincón oscuro, o a veces advertía que el otro había huido de la casa y de la cercanía de la botella, para descansar en el jardín bajo los arbustos, o para vagar por la playa a la luz de la luna.

Así sucedió una noche cuando Kokua se despertó. Keawe se había ido; su mujer tanteó el lugar donde dormía, pero estaba frío; entonces sintió miedo y se sentó en la cama. A la luz tenue de la luna que se filtraba por las ventanas, podía distinguir la botella sobre el pavimento. Afuera soplaba un viento fuerte; los grandes árboles de la avenida crujían y las hojas secas se arremolinaban ruidosamente en el balcón. A pesar de estos sonidos, Kokua percibió otro distinto y extraño; difícilmente podría decir si provenía de un hombre o de un animal, era triste como la muerte y desgarraba el corazón el oírlo. Quedamente se levantó, abrió la puerta y miró hacia el huerto alumbrado por la luna. Allá, bajo los plátanos, estaba tendido Keawe, boca abajo, quejándose.

La primera idea de Kokua fue correr hacia él para consolarle, pero bien pronto se detuvo obediente a una segunda inspiración. Keawe se había portado siempre ante ella como un hombre valiente, y no convenía que ahora, al descubrirle así, le avergonzase. Pensando esto, retornó a la casa.

"¡Cielos! –pensó Kokua–, ¡qué despreocupada he sido, qué débil! El, y no yo, es quien se encuentra en peligro inminente; él es, y no yo, quien ha echado esa maldición sobre su alma; es por mí, por el amor que me tiene, y que tan poco merezco, por quien contempla tan de cerca las llamas del infierno y, ¡ay!, hasta percibe el humo de las mismas, tendido ahora en el jardín a la intemperie y a la luz de la luna. Soy tan pobre de espíritu, tan apocada, que nunca hasta este momento he comprendido mi deber ni tuve idea del mismo antes. Pero ahora por lo menos sacaré fuerzas de flaqueza; ahora me despediré de las blancas escalinatas que ascienden al cielo y de mis amigos que me esperan allá. Amor por amor, y que el mío sea igual al de Keawe. Alma por alma y que la mía sea la que perezca."

Kokua era una mujer diligente y, por eso, a los pocos minutos estaba ya vestida; tomó el cambio, es decir, los preciosos céntimos que cada uno conservaba; porque como estas monedas eran tan poco usadas, se habían provisto de las mismas en una oficina del Gobierno. Cuando ya se encontró fuera de la casa, en la avenida, el viento arrastró densas nubes que cubrieron la luna. La ciudad dormía, y Kokua no sabía a dónde dirigirse, cuando, en esto, oyó toser a alguien entre las sombras de los árboles.

—Anciano —dijo Kokua—, ¿qué hace usted aquí afuera en esta noche tan fría?

El viejo apenas podía articular palabra por la tos, mas ella comprendió que se trataba de un pobre, y extranjero en la isla.

—¿Quiere usted hacerme un favor? —preguntóle Kokua—. Como extranjeros que somos y como anciano a una joven, ¿quiere usted ayudar a una hawaiana?

—¡Ah! —exclamó el anciano—. ¡Así que usted es la bruja de las Ocho Islas y trata ahora de enredar a mi vieja alma! Porque he oído hablar de usted y sabré enfrentarme con su maldad —añadió el anciano.

—Siéntese acá y permítame que le cuente lo que sucede —dijo Kokua. Y le narró la historia de Keawe desde el principio hasta el final.

—¿Y ahora? —preguntó ella—. Yo soy su mujer, a quien él

procuró bienestar vendiendo su alma. ¿Y qué tendría yo que hacer? Si me dirijo a él yo mismo y me ofrezco a comprarle la botella, rehusará; pero si va usted, se la venderá con gusto. Esperaré a usted aquí; usted la comprará por cuatro céntimos y yo después a usted por tres. ¡Que Dios proporcione fuerzas a esta pobre muchacha!

—Si usted quisiera engañarme —dijo el viejo—, creo que Dios la castigaría.

—¡Y tanto que lo haría! —exclamó Kokua—. Esté usted seguro de ello. Además, yo no podría ser tan falsa. Dios no lo soportaría.

—Déme los cuatro céntimos y espere acá —accedió al fin el anciano.

Ahora bien, al encontrarse Kokua sola en la calle, desfalleció su espíritu. El viento rugía entre los árboles y le parecía que era el crepitar de las llamas del infierno; las sombras se proyectaban vacilantes a la luz del farol, y le parecía que eran las manos de seres sanguinarios que se extendían para atraparla. Si hubiese tenido energía suficiente para correr, habría huido; si hubiese tenido aliento, hubiese gritado con todas sus fuerzas; pero la verdad es que no podía hacer nada; solamente se hallaba allí, de pie en la calzada, como una niña asustada.

Después divisó al viejo de regreso que traía la botella en la mano.

—He cumplido su encargo —díjole—. Dejé a su esposo llorando como un niño. Hoy ya podrá dormir tranquilo.

Y diciendo esto, sacó la botella.

—Antes que usted me la dé —díjole Kokua jadeante—, pida como favor la curación de su tos.

—Soy ya un viejo —replicó el otro— y estoy demasiado cerca de la sepultura para aceptar algún favor del diablo. Pero ¿qué significa esto? ¿Por qué no toma usted la botella? ¿Vacila usted?

—No vacilo —exclamó Kokua—, solamente me encuentro débil; concédame un momento. Es mi mano la que se resiste. Mis músculos se contraen hacia atrás y se resisten a tocar esto tan maldito. ¡Un momento! ¡Sólo un momento!...

El anciano miró a Kokua amablemente, diciendo:

—¡Pobre niña! Usted tiene miedo. Su alma vacila. Bien está. Déjeme la botella. Soy viejo y nunca podré ser ya feliz en este mundo, y en lo que se refiere al otro...

—¡Démela! —exclamó Kokua jadeante—. Aquí está su dinero. ¿Piensa usted que soy tan vil? Déme la botella.

—Que Dios la bendiga, niña —accedió el viejo.

Kokua escondió la botella debajo de su *holoku,* se despidió del anciano y dirigióse por la avenida sin saber adónde iba. Porque todos los caminos eran iguales para ella: todos conducían al infierno. A veces andaba despacio, otras veces corría; a veces gritaba fuertemente en la oscuridad de la noche y otras veces caía exhausta al lado de la cuneta y lloraba. Todo lo que había oído hablar del infierno se le presentó de nuevo en su imaginación; veía arder las llamas, olía el humo y sentía la carne quemada sobre las brasas.

Ya cercana la aurora, retornó a su casa. El viejo había dicho la verdad: Keawe dormía como un niño tranquilo. Kokua se detuvo y contempló su rostro.

"Ahora, esposo mío —dijo para sus adentros—, puedes dormir; cuando despiertes volverás a cantar y a reír; pero para la pobre Kokua, ¡ay de mí!, para la pobre Kokua ya no habrá más sueño, ni más cantos, ni más delicias ni alegrías en la tierra ni en el cielo."

Diciendo esto, se acostó en la cama al lado de su esposo, y su agotamiento era tan grande, que un sueño profundo se apoderó de ella inmediatamente.

Por la mañana, muy tarde ya, su marido se despertó y le dio la buena noticia. Tan contento estaba Keawe, que no prestó atención a la tristeza de su esposa, aunque ésta casi no podía disimularla. Las palabras se le anudaban en la garganta a Kokua, pero esto no tenía importancia, porque Keawe llevaba la conversación. Tampoco ella comía nada, pero ¿quién podía notarlo, ya que Keawe vaciaba los platos? Kokua le miraba y le oía como a un ser extraño que se ve entre sueños. A veces aquélla se olvidaba de lo dicho o no lo entendía y se llevaba la mano a la frente; el saber que ella misma estaba condenada y oír charlar alegremente a su esposo, le parecía algo en extremo monstruoso.

Durante toda la comida Keawe no dejó de engullir, de conversar y de planear la época de su regreso; y le agradecía por haberle salvado y la mimaba llamándola su fiel compañera. Keawe también se reía del anciano que debía de ser un loco por haber comprado semejante botella.

—Parecía un viejo respetable —afirmó Keawe—. Pero nadie puede juzgar por las apariencias. Pues ¿para qué necesitaba el viejo la botella?

—Esposo mío —dijo Kokua humildemente—, su propósito puede haber sido bueno.

Keawe se rió, aunque sin poder ocultar su irritación.

—¡Qué tontería! —exclamó—. Era un bribón, te digo; y demasiado viejo, pues era muy difícil vender la botella por cuatro céntimos. La suma es muy pequeña y el asunto empieza a oler a chamusquina. ¡Brrr! —barbotó Keawe estremeciéndose—. Es cierto que yo la compré por un centavo, aunque no sospechaba que había monedas de menos valor. Mis angustias me enloquecían. Nunca se dará otro caso igual. Y el que posea ahora la botella se la llevará a la tumba.

—¡Oh esposo mío! —gritó Kokua—. ¿No es horrible el salvarse a sí mismo a costa de la condena de otro? Me parece que yo no podría reírme. Estaría anonadada y llena de melancolía. Oraría por el que tuviera la botella.

Entonces Keawe, aunque sentía que era verdad lo que ella decía, se enfadó más aún:

—¡Cállate! —gritó—. Si te gusta, puedes seguir melancólica, pero ese proceder no es el propio de una buena esposa. Si pensases en mí, te sentirías avergonzada.

Dichas estas palabras salió, y Kokua se quedó sola.

¿Qué posibilidad tenía de poder vender la botella en dos céntimos? Ninguna; así lo comprendía. Y aunque hubiese habido alguna para su esposo, tenía éste prisa por salir de esas tierras para volver al país donde no había monedas menores de un centavo. ¡Y he aquí que al día siguiente de su sacrificio, su esposo se alejaba de ella censurándola!

Kokua no quería intentar aprovechar el tiempo que aún le quedaba, sino que permanecía en la casa y sacaba la botella y la contemplaba con un miedo inenarrable. Luego la volvía a esconder, con verdadera repugnancia.

Varias veces Keawe la ofreció sacarla a pasear.

—Esposo mío, estoy enferma —se excusaba—, estoy agotada. Discúlpame, no puedo divertirme.

Al oír esto Keawe se irritaba más con ella, pues pensaba que su esposa daba vueltas en su magín al asunto del anciano, y también se enojaba consigo mismo porque comprendía que ella tenía razón y se avergonzaba de mostrarse tan alegre.

—Esta es tu fidelidad y éste es tu amor —gritó él—. Tu esposo acababa de salvarse de la perdición eterna, que le amenazaba, por el amor que te tiene, y tú no puedes estar alegre. Kokua, tu corazón no es leal.

Y dicho esto, se fue, furioso de nuevo. Anduvo vagando por la ciudad todo el día. Encontró a varios amigos y tomó algunas copas con ellos; después alquilaron un coche y se fueron al campo, donde siguieron bebiendo. A pesar de todo, Keawe sentíase decaído porque se divertía mientras su esposa estaba triste, y también porque en el fondo de su corazón comprendía que ella tenía más razón que él; y esta seguridad le hacía beber todavía más.

Ahora bien, allí mismo en la taberna se encontraba un viejo blanco llamado Haole, que se puso a beber con él; seguramente era un contramaestre de un ballenero, un desertor, un minero o un huido de presidio. Demostraba ser poco inteligente y sus maneras y expresiones eran groseras; le gustaba beber y ver cómo se emborrachaban los otros, y ahora chocaba siempre su copa con la de Keawe. Al cabo de poco tiempo ninguno tenía ya dinero.

–¡Eh, usted! Usted es rico; siempre nos lo ha dicho. Parece que tiene usted una botella o alguna otra tontería.

–Sí –contestó Keawe–, soy rico. Iré a casa y traeré el dinero que guarda mi esposa, pues es ella la administradora.

–Procede usted mal, marinero –díjole el supuesto contramaestre–; no confíe nunca a nadie la bolsa con sus dólares; todas las mujeres son falsas como el agua. Debería usted vigilarla.

Estas palabras se grabaron en la mente de Keawe, porque estaba atontado de tanto como había bebido.

"No me extrañaría que ella también fuese falsa –pensó–. Porque ¿qué otro motivo tendría para estar tan abatida al verme liberado? Pero le demostraré que no soy un hombre a quien se puede engañar. La sorprenderé en el acto."

Por consiguiente, todos volvieron a la ciudad y Keawe rogó al contramaestre que le aguardase en la esquina, y siguió adelante por la avenida, ya solo, hasta llegar a la puerta de su hogar. Ya había anochecido; en el interior de la casa se veía luz, pero no se oía ningún ruido. Keawe dio un rodeo por detrás de la casa, abrió con precaución la puerta trasera y miró hacia el interior.

Allí estaba Kokua sentada sobre el piso, con una lámpara a su lado. Ante su esposa se encontraba la botella de color lechoso, redonda y panzuda con su largo cuello. Al mirarla, Kokua se retorcía desesperadamente las manos. Durante mucho tiempo Keawe permaneció inmóvil en el umbral de la puerta. Primeramente no comprendió el significado de aquello; mas después el terror se apoderó de él, pues creyó que la compra se había efectuado de mala fe y que la botella había retornado nuevamente a él como ocurrió en San Francisco. Al pensar esto, sintió que sus piernas no le sostenían y que los vapores del vino se esfumaban de su mente como la niebla despeja el río al amanecer. También le cruzó por la mente otra idea; pero una idea tan extraña, que se le colorearon las mejillas.

"Tengo que estar seguro de lo que pienso", se dijo.

Así, pues, cerró de nuevo la puerta, dio la vuelta a la casa y luego entró haciendo ruido como si acabase de llegar. Al abrir la puerta de la habitación no vio ya ninguna botella y Kokua estaba sentada en una silla mirándole como si acabase de despertarse.

—Me he divertido durante todo el día bebiendo con unos buenos compañeros y ahora vengo a buscar dinero para continuar bebiendo y jaranear con ellos.

Su rostro y su voz eran tan severos como los de un juez, mas Kokua estaba muy afligida para notarlo.

—Haces bien en gastar tu dinero, esposo mío —dijo con voz temblorosa.

—¡Oh, hago bien todas las cosas! —exclamó Keawe dirigiéndose directamente al cofre, del que sacó varias monedas. Mientras efectuaba esta operación, miró hacia el rincón donde antes guardaban la botella, pero no estaba allí. Al notarlo, el cofre se le cayó de las manos y le pareció que la casa se le venía encima, asfixiándole como una espiral de humo; pues comprendía que ahora estaba perdido y no había salvación. "Es lo que temía —pensó—; ha sido mi mujer quien la compró."

Luego, repuesto ya algo, aunque un sudor copioso y tan frío como el agua de pozo le caía por el rostro, se volvió a su esposa y le dijo:

—Kokua, ya estás enterada de lo que me pasa. Ahora regreso a divertirme con mis alegres compañeros –y al decir esto se sonrió–. Buscaré más alegrías en el vino, si tú me lo permites.

Ella se abrazó a sus rodillas y las besó entre las lágrimas que corrían por su mejillas.

–¡Oh! –gritó la esposa–. ¡No te pido más que una palabra amable!

–No pensemos nunca mal uno del otro –dijo Keawe, y salió de la casa.

Ahora bien: Keawe solamente había tomado unos céntimos del cambio que habían guardado a la llegada. Estaba bien seguro de que no bebería más. Su esposa había preferido perder su alma por él, ahora debía él dar la suya por la de su compañera. No pensaba en otra cosa.

En la esquina le esperaba el contramaestre.

–Mi esposa tiene la botella –dijo Keawe–, y si usted no me ayuda para recobrarla, no tendré más dinero, ni habrá más vino por esta noche.

–Supongo que no hablará usted en serio respecto a esa botella... –repuso el contramaestre.

–Sin embargo, es así –replicó Keawe–. ¿Tengo yo la apariencia de bromear?

–Es cierto –dijo el contramaestre–. Usted está tan serio como un fantasma.

–Muy bien –convino Keawe–. Aquí tiene usted dos céntimos. Vaya usted a mi casa y ofrezca usted a mi mujer dos céntimos por la botella, y, si no me equivoco, se la entregará inmediatamente. Tráigala y yo se la compraré por un céntimo. Porque eso es lo determinado acerca de la botella: que siempre hay que venderla por suma menor de la que se compra. En modo alguno, sin embargo, diga a mi esposa que usted va de mi parte.

–Marinero, yo me pregunto si usted se burla de mí –dijo el contramaestre.

–Aunque así fuese, esto no le perjudicaría a usted.

—Es cierto, marinero —confirmó el contramaestre.

—Y si usted duda de mí —agregó—, puede hacer un experimento. En cuanto usted salga de la casa, desee que su bolsillo se llene de dinero o tener una botella de buen ron, o lo que quiera, y usted verá si es verdad lo que le he dicho respecto al valor de la botella.

—Muy bien, canaco —asintió el contramaestre—. Haré la prueba; pero si usted me cree tonto, le demostraré, apaleándole, que yo no lo soy, sino usted.

Así, pues, el contramaestre del ballenero se alejó por la avenida y Keawe se quedó esperándole. Se hallaba cerca del mismo lugar donde su esposa había esperado la noche anterior, pero Keawe estaba más resuelto y no titubeaba en su propósito. Su alma, sí, estaba amargada por la desesperación. Parecía que pasaba mucho tiempo antes de que oyera una voz que cantara en la avenida oscurecida. Sabía que la voz era del contramaestre, pero, era extraño, cuán aguardentosa se oía ahora.

El contramaestre, tambaleándose, volvió a la luz del farol. Llevaba la botella del diablo debajo de su chaqueta y otra botella en su mano, levantándola hacia su boca mientras caminaba y bebiendo de la misma.

—Veo que tiene usted la botella —dijo Keawe.

—¡Manos arriba! —gritó el contramaestre, dando un salto hacia atrás—. No toque usted la botella. Si da un paso hacia mí, le romperé la cara. Creyó usted que yo podía servirle como anzuelo, ¿no es cierto?

—¿Qué quiere usted decir? —preguntó Keawe.

—¿Qué quiero decir? —gritó el contramaestre—. Que la botella es bastante buena, eso es lo que quiero decir. Cómo la conseguí por dos céntimos, no puedo saberlo; pero de lo que sí estoy seguro es de que no la venderé por uno.

—¿Dice usted que no quiere vendérmela? —preguntó Keawe jadeante.

—No, señor —contestó el contramaestre—, pero le daré un trago de ron si le gusta.

—Quiero advertirle que el hombre que se quede con la botella irá al infierno.

—Lo que creo es que cuando muera iré a alguna parte, y también que esta botella es la mejor compañera que por ahora tengo... ¡No, señor! —gritó nuevamente—. Esta botella es mía ahora, y si quiere usted, vaya a buscar otra.

—¿Será esto verdad? —gritó Keawe—. Por su propio bien se lo ruego: véndamela.

—No creo en sus cuentos —replicó el contramaestre—. Usted pensó que yo era un imbécil, pero ahora ve usted que no lo soy. Y con esto termina todo. Si usted no quiere tomar un trago de ron, lo beberé yo. ¡Por su salud, y buenas noches!...

El contramaestre se alejó por la avenida hacia la ciudad, desapareciendo con él la botella de la historia.

Keawe voló hacia Kokua tan rápido como el viento; su alegría fue inmensa aquella noche, y desde entonces ha sido grande la paz de su existencia en la Casa Resplandeciente.

En *Cuentos de los mares del Sur,* Madrid, Espasa Calpe, "Austral", 1959 (traducción de J. L. Izquierdo Hernández).

Jack London

John Griffith London, conocido como Jack London, nació en 1876 en la costa de la hermosa bahía de San Francisco, Estados Unidos. De cuna muy humilde, tuvo una vida plena de miseria, dificultades y aventuras, casi tan extraordinarias como las que describe en sus libros. Esa infancia y esa juventud marcaron para siempre su pasión por la justicia social; fue así como tomó partido por los desheredados y por los trabajadores, por esos hombres que suelen llamarse "marginados de la sociedad": vagabundos, pordioseros, aventureros de toda laya.

A los 16 años se alistó como grumete en un velero que se dirigía a Japón y cazó focas en el mar de Bering. Vuelto a su patria, la recorre en todas direcciones, así como también el Canadá; se convirtió al socialismo y realizó estudios en la Universidad de California. Pero inmediatamente partió para Alaska en compañía de buscadores de oro; cuando regresa, 17 meses más tarde, no trae oro pero sí un acopio de experiencias que constituyen la base de los mejores cuentos que escribiría en los restantes veinte años de su vida.

En 1904 se fue a Manchuria como corresponsal de guerra, al igual que antes había estado en la Guerra de los Boers, en Africa del Sur.

En 1913 era el escritor mejor pagado y más popular del

mundo entero: sus cuentos y sus novelas habían sido traducidos a más de diez lenguas. Publicó 50 volúmenes, entre los que podemos citar: *Al hombre del camino, El llamado de la selva, El fuego, La lucha de clases, Relatos de la patrulla pesquera, El talón de hierro, Antes de Adán, Martín Edén, Aurora espléndida, El crucero de Snark, John Barleycorn, El mexicano, Jerry de las islas, Miguel, hermano de Jerry, La pequeña señora de la casa grande…*

Murió, en 1916, por propia decisión.

ENCENDER UN FUEGO

El día había amanecido frío y gris, absolutamente frío y gris, cuando el hombre se apartó del camino principal del Yukón y trepó el elevado terraplén donde un sendero apenas visible y poco transitado conducía al este, entre espesos bosques de abetos. Era una ladera pronunciada, y al llegar a la cima se detuvo para recobrar el aliento, disculpándose ante sí mismo con una mirada al reloj. Eran las nueve. Aunque no se veía ni una nube en el cielo, no había el menor indicio del sol. Era un día despejado, y sin embargo parecía como si un velo intangible lo cubriera todo, una melancolía sutil que oscurecía las cosas y que se debía a la ausencia del sol. Estaba acostumbrado a la falta del sol. Habían pasado ya unos cuantos días desde que lo viera por última vez, y sabía que habrían de pasar muchos más antes que el alentador astro se asomara apenas sobre la línea del horizonte para desaparecer inmediatamente de la vista en viaje al sur.

Lanzó una mirada hacia atrás, al camino por el que había llegado. El Yukón, de un kilómetro de ancho, yacía oculto bajo un metro de hielo, sobre el que se había acumulado otro tanto de nieve. Y todo era de un blanco puro, con suaves ondulaciones allí donde se agolpaba el hielo que formaba la helada. Al norte y al sur, hasta donde alcanzaba su vista, la blancura era ininterrumpida, excepción hecha de una delgada línea negra, del grosor de un cabello, que se curvaba y retorcía en torno de la isla cubierta de abetos, hacia el sur, y se curvaba y retorcía hacia el norte, donde desaparecía detrás de otra línea cubierta de abetos. Esta línea oscura era la senda, el camino principal que llevaba al sur a lo largo de ochocientos kilómetros, hasta el paso Chilcoot, y las aguas saladas; y al norte, a lo largo de ciento quince kilómetros a Dawson, y más al norte aun, mil seiscientos kilómetros hasta Nulato, y por último hasta St. Michael, a orillas del mar de Bering, dos mil kilómetros más.

Pero todo eso –la senda misteriosa, extensa y estrecha, la ausencia de sol en el cielo, el tremendo frío y lo extraño y sombrío de todo aquello– no impresionó para nada al hombre. Y no porque estuviese muy acostumbrado a ello. Era un recién llegado a la región, un *chchaquo,* y ése era su primer invierno. Lo que le pasaba era que carecía de imaginación. Era veloz y agudo en las cosas de la vida, pero sólo en las cosas y no en sus significados. Veinticinco grados bajo cero equivalían a un frío desagradable, pero nada más. Este hecho no lo llevaba a meditar acerca de su fragilidad en tanto criatura de temperatura, ni sobre la vulnerabilidad del hombre en general, capaz de vivir sólo dentro de ciertos estrechos límites de frío y de calor, y a partir de allí no lo conducía al campo conjetural de la inmortalidad y al papel del hombre en el universo. Veinticinco grados bajo cero significaban para él la mordedura de la helada que hacía doler, y de la que había que protegerse usando mitones, orejeras, mocasines abrigados y calcetines gruesos.

Veinticinco grados bajo cero eran para él ni más ni menos que veinticinco grados bajo cero. Que pudiese significar algo más que eso era un pensamiento que jamás había tenido cabida en su mente.

Mientras se volvía para proseguir la marcha, escupió especulativamente. Hubo un estallido seco, explosivo, que lo sobresaltó. Volvió a escupir. Y otra vez, en el aire, antes de que pudiera llegar a la nieve, la saliva restalló. El sabía que a veinticinco grados bajo cero la saliva restallaba al tocar la nieve, pero esta saliva había crujido en el aire. Indudablemente la temperatura era inferior a veinticinco grados bajo cero.

Cuánto más baja, no lo sabía. Pero no importaba. Se dirigía a la antigua posesión situada en el ramal izquierdo del Henderson, adonde se encontraban sus compañeros. Habían llegado allí atravesando la línea divisoria, desde la región del arroyo Indian, en tanto que él iba dando un rodeo para estudiar la posibilidad de extraer madera, en primavera, de las islas del Yukón. Llegaría al campamento a las seis; ya había oscurecido, era cierto, pero los muchachos estarían allí, habría un fuego encendido, y estaría aguardándolo una cena caliente. En cuanto al almuerzo, apretó la mano contra el bulto saliente que llevaba bajo la chaqueta. Estaba también debajo de la camisa, envuelto en un pañuelo y en contacto con la piel desnuda. Era la única manera de impedir que las galletas se congelaran. Se sonrió con deleite para sus adentros al pensar en las galletas, cada una partida por la mitad y empapada en grasa, con una generosa tajada de tocino frito adentro.

Se hundió entre los corpulentos abetos. La senda se distinguía apenas. Desde que pasara el último trineo habían caído por lo menos treinta centímetros de nieve. Se alegró de viajar sin trineo y ligero de equipaje. En realidad no llevaba más que el almuerzo envuelto en el pañuelo. Lo que lo sorprendió, sin embargo, fue el frío. Por cierto que hacía frío, decidió, mientras se frotaba la nariz y las mejillas entumecidas con la mano cubierta por un mitón. Era un hombre de barba y patillas abundantes, pero el pelo de la cara no le protegía los altos pómulos ni la ansiosa nariz que se hundía agresivamente en el aire helado.

Detrás del hombre trotaba un perro, un perro esquimal

de gran tamaño, el clásico perro lobo, gris y sin ninguna diferencia en su aspecto o temperamento respecto de su hermano, el lobo salvaje.

El tremendo frío abatía al animal. Sabía que aquél no era momento para viajar. Su instinto le hablaba con mayor realismo que al hombre su raciocinio. En realidad, no se trataba sólo de una temperatura ligeramente inferior a los veinticinco grados bajo cero. Era de cuarenta grados bajo cero. El perro no sabía nada acerca de termómetros. Posiblemente en su cerebro no existiera la aguda conciencia de una situación de frío intenso, como existía en el del hombre. Pero el animal tenía instinto. Experimentaba una aprensión vaga pero amenazadora que lo dominaba y lo hacía arrastrarse pegado a los talones del hombre, induciéndolo a cuestionarse cada uno de los movimientos inusitados de éste, como a la espera de que llegara al campamento o buscara refugio en alguna parte y encendiera un fuego. El perro había aprendido lo que era el fuego, y lo deseaba; o por lo menos ansiaba escamotear al aire la tibieza de su propio cuerpo y hundirse con ella bajo la nieve, acurrucado.

La humedad helada del aliento se le había posado en la piel, en un fino polvillo de escarcha, y las mandíbulas, el hocico y las pestañas blanqueaban especialmente bajo su aliento cristalizado. La barba y el bigote rojizos del hombre se había convertido en hielo y aumentaba con cada exhalación tibia y húmeda. Además, el hombre mascaba tabaco, y la mordaza de hielo le apretaba los labios con tanta fuerza que no podía limpiarse la barbilla cuando escupía el jugo. El resultado era una barba de cristal, del color y la solidez del ámbar, que crecía constantemente en su barbilla y que, si llegaba a caer, se quebraría, como un vidrio, en fragmentos. Pero aquel apéndice no le molestaba. Era el castigo de todos los que mascaban tabaco en esa región, y él ya había estado allí durante otros dos períodos de intenso frío. No tanto como en esta ocasión, lo sabía, pero el termómetro de alcohol de Sixty Miles había registrado veinticinco y hasta treinta y dos grados bajo cero. Siguió durante varios kilómetros por entre los bosques, cruzó una amplia llanura cubierta de montículos, y se dejó caer por un terraplén hasta el lecho helado de un arroyuelo. Era el Henderson, y supo que se hallaba a quince kilómetros de la bifurcación. Miró el reloj. Eran las diez. Estaban haciendo unos seis kilómetros y medio por hora, y calculó que llegaría a la bifurcación a las doce y media. Decidió que celebraría ese acontecimiento almorzando allí.

Mientras avanzaba por el lecho del arroyo, el perro se pegó de nuevo a sus talones, con la cola caída en señal de desaliento. El surco de la vieja senda para trineos era claramente visible, pero las últimas huellas estaban cubiertas por treinta centímetros de nieve. Hacía un mes que nadie recorría el arroyo silencioso. El hombre siguió adelante sin detenerse. No era muy dado a la meditación, y en ese momento en particular no tenía nada en qué pensar, salvo que iba a almorzar en la bifurcación y que a las seis de la tarde se reuniría en el campamento con los muchachos. No había nadie con quien hablar; y si lo hubiera habido, la conversación hubiera resultado imposible debido a la mordaza de hielo que le aprisionaba la boca. De manera que prosiguió masticando tabaco monótonamente, e incrementando la longitud de su barba de ámbar.

De vez en cuando se le reiteraba el pensamiento de que hacía mucho frío, y de que nunca había experimentado una temperatura semejante. Mientras caminaba, se frotaba los pómulos y la nariz con el dorso de la mano enfundada en un grueso mitón. Lo hacía automáticamente, y de cuando en cuando cambiaba de mano. Pero por más que se frotara, en el instante en que dejaba de hacerlo se le entumecían los pómulos y enseguida la punta de la nariz. Estaba seguro de que las mejillas se le iban a congelar. Lo sabía, y sintió un poco de pena por no habérselas ingeniado para confeccionar un protector para la nariz como el que llevaba Bud en épocas de mucho frío. El protector cubría también las mejillas, y las salvaba. Pero, después de todo, no importaba demasiado. ¿qué eran una mejillas entumecidas? Un poco doloroso, y nada más. Nunca resultaba grave.

Aunque la mente del hombre estuviera vacía de pensamientos, era un observador agudo, y advirtió los cambios que había experimentado el arroyo, las curvas, los meandros y las acumulaciones de troncos. Siempre miraba con especial cuidado dónde ponía los pies. En cierto momento, al doblar una curva, se detuvo con un sobresalto, como un caballo asustado, describió un rodeo para apartarse del lugar por el que venía caminando y retrocedió unos cuantos pasos por la senda. Sabía que el arroyo estaba helado hasta el fondo –ningún arroyo podía contener agua en ese invierno ártico– pero también sabía que había manantiales que surgían burbujeando de las laderas y corrían bajo la nieve y sobre el hielo del arroyo. El hombre sabía que ni los fríos más intensos helaban esos manantiales, y conocía perfectamente el peligro que suponían. Eran trampas. Ocultaban bajo la nieve estanques de agua que podía tener de ocho centímetros a un metro de profundidad. A veces estaban cubiertos por una fina capa de hielo de algo más de un centímetro, oculta a su vez por la nieve. Otras veces alternaban las capas de agua y de hielo, de manera que cuando un viajero rompía una y la atravesaba, continuaba rompiendo las siguientes, hundiéndose y mojándose a veces hasta la cintura.

Por eso había retrocedido con tanto pánico. Sintió que el suelo cedía bajo sus pies, y oyó el crujido de una fina capa de hielo oculta bajo la nieve. Y mojarse los pies en esa temperatura significaba problemas y peligro. En el mejor de los casos implicaba una demora, pues se vería obligado a detenerse y encender una hoguera, y descalzarse bajo su protección mientras secaba los calcetines y los mocasines. Se detuvo y estudió el lecho del arroyo y sus orillas, y decidió que la corriente de agua venía de la derecha. Reflexionó un rato, mientras se frotaba la nariz y las mejillas, y luego dio un rodeo por la izquierda, pisando con cautela y probando el suelo antes de cada paso. Una vez fuera de peligro, mordió un nuevo trozo de tabaco, y retomó su ritmo de seis kilómetros y medio por hora.

En el curso de las dos horas siguientes, se topó con varias trampas semejantes. Generalmente la nieve acumulada sobre los estanques ocultos tenía un aspecto hundido, como acaramelado, que anunciaba el peligro. En una ocasión tuvo una advertencia certera; y otra vez, sospechando el peligro, obligó al perro a ir adelante. El animal no quería ir. Se resistió hasta que el hombre lo empujó, y luego atravesó la superficie blanca, ininterrumpida. De pronto, el suelo se hundió, el animal se hizo a un lado y buscó terreno más seguro. Se había mojado las patas delanteras, y casi enseguida el agua adherida a ellas se convirtió en hielo. Hizo rápidos esfuerzos por lamérselas, y luego se dejó caer en la nieve y empezó a arrancarse a mordiscos el hielo que se le había formado entre los dedos. Era una cuestión de instinto. Permitir que el hielo permaneciese allí significaba dolor. El no lo sabía, simplemente obedecía a un misterioso dictado que surgía desde las zonas más profundas de su ser. Pero el hombre sí lo sabía, pues se había formado una opinión al respecto, y se quitó el mitón de la mano derecho y ayudó al perro a arrancarse las partículas de hielo. No había dejado los dedos al descubierto más de un minuto, y le asombró el rápido entumecimiento que los inmovilizó. Por cierto que hacía frío. Se puso el mitón apresuradamente, y se golpeó la mano contra el pecho con energía febril.

A las doce, el día había alcanzado su máxima luminosidad, pero el sol había descendido demasiado hacia el sur, en su viaje invernal, como para trasponer el horizonte. La Tierra se interponía entre él y el arroyo Henderson, donde el hombre caminaba bajo el cielo despejado, a mediodía, sin proyectar sombra alguna.

A las doce y media en punto llegó a la bifurcación del arroyo. Estaba satisfecho de la velocidad que había logrado. Si lograba mantenerla, estaría con los muchachos a las seis. Se desabotonó la chaqueta y la camisa y sacó el almuerzo. La acción no le llevó más de un cuarto de minuto, y, sin embargo, en ese breve instante el entumecimiento se apoderó de sus dedos descubiertos. No se puso el mitón; en cambio, se golpeó los dedos una docena de veces contra los muslos. Después se sentó a comer en un tronco cubierto de nieve. El hormigueo que sintió después de golpearse los dedos contra la pierna cesó tan rápido que se sobresaltó. Ni siquiera había podido morder una galleta. Se golpeó los dedos varias veces y los introdujo nuevamente en el mitón, al tiempo que descubría la otra mano para comer. Trató de tomar un bocado, pero la mordaza de hielo se lo impidió. Se había olvidado de encender el fuego para derretirla. Se rió de su simpleza, y mientras lo hacía notó que los dedos que tenía al descubierto se le iban entumeciendo. Advirtió también que el hormigueo que había sentido en los dedos de los pies, al sentarse ya se había desvanecido. Se preguntó si los pies se le habían calentado, o si los tenía entumecidos. Los movió dentro de los mocasines, y decidió que los tenía entumecidos.

Se puso el mitón apresuradamente y se levantó. Estaba un poco asustado. Golpeó el suelo con los pies varias veces, hasta que volvió a sentir el hormigueo. En verdad, hacía frío, pensó. Aquel hombre del arroyo Sulphur no había mentido al decir cuánto frío podía llegar a hacer en esa región.

¡Y pensar que en esa oportunidad él se había reído! Eso le demostraba que no había que estar tan seguro de las cosas. No cabía la menor duda, hacía un frío terrible. Empezó a pasearse de un lado a otro, golpeando los pies con fuerza contra el suelo y agitando los brazos, hasta que volvió a entrar en calor y se tranquilizó. Después sacó los fósforos y se dispuso a encender el fuego. Obtuvo leña entre la maleza, donde el deshielo de la primavera anterior había depositado ramas estacionadas. Trabajó cuidadosamente, y partiendo de un fuego reducido, pronto logró una crepitante hoguera. A su calor derritió el hielo de la cara y se comió las galletas. Por el momento había sometido al frío del espacio exterior. El perro demostró su satisfacción ante el fuego, y se tendió sobre la nieve a la distancia exacta para calentarse sin quemarse.

Cuando el hombre terminó, llenó su pipa y la fumó tranquilamente. Después se calzó los mitones, se acomodó con firmeza las orejeras de la gorra, y echó a andar por la senda izquierda del arroyo. El perro, decepcionado, anheló vivamente el fuego. Ese hombre no conocía el frío. Probablemente todas las generaciones de sus antepasados habían ignorado el frío, el verdadero frío, el que llega a los cuarenta grados bajo cero. Pero el perro sí lo conocía: todos sus antepasados lo habían conocido, y él había heredado ese conocimiento. Y él sabía que no era bueno echar a andar con ese frío terrible. Era el momento apropiado para acurrucarse en un agujero en la nieve y esperar que una cortina de nubes ocultase la faz del espacio exterior, de donde llegaba el frío. Por otra parte, entre el perro y el hombre no existía una verdadera intimidad. Uno era el esclavo del otro, y las únicas caricias que había recibido eran las del látigo y los sonidos ásperos y amenazadores, surgidos de la garganta del hombre. Por eso el perro no hizo esfuerzo alguno por comunicar su aprensión al hombre. La suerte de éste no le preocupaba; si ansiaba volver junto al fuego era por su exclusivo bien. Pero el hombre silbó y le habló con el lenguaje del látigo, y el perro se pegó a sus talones y lo siguió.

El hombre mordió una porción de tabaco, y comenzó una nueva barba de ámbar. Además, el aliento húmedo le cubrió de un polvillo blanco el bigote, las cejas y las pestañas. No parecía haber tantos manantiales en el afluente izquierdo del Henderson, y durante media hora el hombre no advirtió señales de ninguno. Y entonces sucedió. En un sitio donde no había indicio alguno, donde la nieve blanda, ininterrumpida, parecía anunciar una superficie sólida debajo, el hombre se hundió. No era profundo. Se mojó hasta la mitad de las pantorrillas antes de subir, atropelladamente, a tierra firme.

Estaba furioso, y maldijo su suerte en voz alta. Había abrigado la esperanza de reunirse en el campamento, con los muchachos, a las seis, y esto lo demoraría una hora, porque tendría que encender un fuego y secar su calzado. Esto último era imperioso a esas bajas temperaturas; eso lo sabía; y se volvió hacia la orilla y trepó por el terraplén. Arriba, enredado en los matorrales que rodeaban los troncos de varios abetos pequeños, se veía un depósito de leña seca, formado por el deshielo: varas y ramas, principalmente, pero también grandes trozos de troncos estacionados, además de hierbas secas del año anterior.

Arrojó varios trozos grandes sobre la nieve. Servirían como base y evitarían que la llama recién surgida, que había obtenido acercando un fósforo a un trozo de madera de abedul, que sacó del bolsillo, se hundiera en la nieve que de lo contrario se derretiría. La corteza ardió con más facilidad que el papel. La puso en la base de la hoguera y alimentó la llama naciente con briznas de pasto seco y con las ramitas más pequeñas.

Trabajó lentamente y con cautela, con aguda conciencia

del peligro. Gradualmente, a medida que el fuego se fortalecía, fue aumentando el tamaño de los leños que la alimentaban. Acuclillado en la nieve, sacaba la madera de entre los matorrales y la arrojaba directamente al fuego. Sabía que no debía fracasar. Cuando hace más de cuarenta grados bajo cero, un hombre no debe fracasar en su primer intento de encender un fuego. Es decir, si tiene los pies mojados. Si tiene los pies secos y fracasa, puede correr un kilómetro por la senda y restablecer la circulación. Pero con los pies mojados y helados es imposible hacer circular la sangre. Cuanto más se corre, más se hielan los pies húmedos.

Todo eso, el hombre lo sabía. El veterano del arroyo Sulphur se lo había dicho el otoño anterior, y recién comprendió lo acertado del consejo. Ya había desaparecido toda sensibilidad de sus pies. Para encender el fuego había tenido que quitarse los mitones, y los dedos se le habían entumecido también. Su ritmo de seis kilómetros y medio por hora había mantenido el corazón bombeando sangre a la superficie del cuerpo y a las extremidades. Pero en el instante en que se había detenido, el corazón había aminorado la acción de bombeo. El frío del espacio afligía aquel extremo desprotegido del planeta, y el hombre por hallarse en aquel extremo recibía todo el rigor del castigo. La sangre estaba viva, como el perro, y como el perro quería ocultarse, protegerse de aquel frío implacable. Mientras el hombre caminaba a más de seis kilómetros por hora, bombeaba la sangre, quiérase o no, hasta la superficie. Pero ahora ésta se retiraba y se hundía en las cavidades más profundas de su cuerpo. Las extremidades fueron las primeras en sentir su ausencia. Los pies mojados se le helaron primero, mientras que los dedos expuestos a la intemperie se le entumecieron, aunque todavía no hubieran empezado a congelarse. La nariz y las mejillas ya se le congelaban, mientras que la piel del cuerpo se le enfriaba a medida que perdía su sangre.

Pero el hombre estaba a salvo. Los dedos de los pies y la nariz y las mejillas sólo se verían rozados por el hielo, porque el fuego comenzaba a arder con fuerza. Lo alimentaba con ramas del tamaño de su dedo. Un minuto más, y podría alimentarlo con ramas del grosor de su muñeca, y entonces podría quitarse los zapatos y los calcetines, y mientras se le secaban, mantendría los pies calientes junto al fuego, claro está que frotándolos primero con un puñado de nieve. El fuego era un éxito. Estaba salvado. Recordó el consejo del veterano del arroyo Sulphur y sonrió. El veterano había anunciado con suma seriedad la ley según la cual nadie debe viajar solo por el Klondike con una temperatura inferior a los veinticinco grados bajo cero. Pues bien, allí estaba él; había sufrido aquel accidente; estaba solo; y se había salvado. Aquellos veteranos, al menos algunos de ellos, eran bastante afeminados, pensó. Todo lo que había que hacer era conservar la cabeza, y no había nada que temer. Cualquier hombre que lo fuese de verdad podía viajar solo. Pero la rapidez con que se le helaban las mejillas y la nariz resultaba asombrosa. Jamás se le había ocurrido que los dedos pudieron quedar sin vida en tan poco tiempo. Y así, sin vida, se hallaban los suyos, porque apenas podía mantenerlos unidos para tomar una rama, y los sentía lejos de su cuerpo y hasta de él. Cuando tocaba una rama tenía que mirar para ver si había logrado aferrarla. La conexión entre él y sus dedos no funcionaba.

Pero nada de esto importaba demasiado. Allí estaba el fuego, crepitando y chisporroteando y prometiendo vida con cada llamarada juguetona. Empezó a desatarse los mocasines. Los gruesos calcetines alemanes eran como fundas de hierro que le llegaban a la mitad de las pantorrillas; y los cordones de los mocasines eran cables de acero retorcidos y anudados como por alguna conflagración. Tironeó con los dedos entumecidos durante unos minutos; luego, al darse cuenta de lo tonto que resultaba esto, sacó el cuchillo de su vaina. Pero antes de que pudiera cortar los cordones, ocurrió. Fue por su culpa, o más bien, causa de su error. No debió encender el fuego bajo las ramas del abeto, sino en un claro. Pero le había resultado más fácil sacar las ramas del matorral y arrojarlas directamente al fuego. El árbol bajo el cual se hallaba estaba cubierto por una pesada carga de nieve. Hacía semanas que no soplaba el viento, y las ramas estaban excesivamente cargadas. Cada vez que sacaba una ramita, comunicaba al árbol una leve agitación, una agitación imperceptible para él, pero suficiente para provocar el desastre. En lo más alto del árbol una rama volcó su cargamento de nieve que cayó sobre las ramas inferiores, y el proceso continuó, extendiéndose y abarcando a todo el árbol. Creció como una avalancha, y descendió sin previo aviso sobre el hombre y el fuego. Y el fuego se extinguió. Donde antes ardía, no quedaba más que un manto de nieve fresca y desordenada.

El hombre se sobresaltó. Fue como si acabara de escuchar su propia sentencia de muerte. Durante un momento permaneció sentado, mirando fijamente el lugar donde antes había ardido el fuego. Después se sintió totalmente sereno. Tal vez el veterano del arroyo Sulphur tuviese razón. Si hubiera tenido un compañero de viaje, ahora no correría peligro. El compañero podría encender el fuego. Bien, dependía de él encenderlo de nuevo, y esta segunda vez no podía fracasar. Aunque lo lograra, lo más probable era que perdiera algunos dedos de los pies. Debía tenerlos muy congelados ya, y tardaría un rato en encender el segundo fuego.

Estos eran sus pensamientos, pero no se sentó a meditar sobre ellos. Se mantuvo atareado mientras cruzaban por su mente. Armó una nueva base para la hoguera, esta vez en campo abierto, donde ningún árbol traidor pudiese sofocarla. Luego recogió pastos secos y ramitas minúsculas de la resaca del deshielo. No podía unir los dedos como para arrancarlas, pero logró recogerlas de a puñados. De este modo reunió muchas ramas más grandes para utilizarlas después, cuando el fuego hubiera adquirido fuerza. Y mientras tanto, el perro, que estaba sentado, lo miraba con avidez ansiosa, porque lo consideraba el proveedor del fuego y el fuego tardaba en llegar.

Cuando estuvo listo, el hombre buscó en su bolsillo un segundo trozo de corteza de abedul. Sabía que la corteza estaba allí, y aunque no podía sentirla con los dedos, la oía crujir mientras intentaba asirla. Por más que lo intentó, no logró aferrarla. Y mientras tanto tenía aguda conciencia de que, segundo a segundo, los pies se le helaban más y más. Comenzó a invadirle el pánico, pero luchó contra él y mantuvo la calma. Se calzó los mitones con los dientes, y agitó los brazos hacia adelante y hacia atrás y hacia adelante, mientras se golpeaba las manos con fuerza contra los costados. Lo hizo primero sentado, luego de pie, mientras el perro lo contemplaba sentado en la nieve, con su espesa cola enroscada en torno a las patas delanteras para calentarlas, sus agudas orejas de lobo apuntadas hacia adelante. Y el hombre, mientras agitaba y sacudía en el aire las manos y los brazos, sintió una gran oleada de envidia al contemplar a la criatura, caliente y segura en su envoltura natural.

Al poco tiempo experimentó las primeras señales lejanas de sensibilidad en los golpeados dedos. El leve cosquilleo fue haciéndose más fuerte, hasta convertirse en un dolor agudo, insoportable, pero que el hombre recibió con satisfacción. Se arrancó el mitón de la mano derecha y buscó la corteza de abedul. Los dedos desnudos volvían rápidamente a entumecerse. Luego sacó su puñado de fósforos de azufre. Pero el tremendo frío ya había ahuyentado la vida de sus dedos. En su esfuerzo por separar un fósforo de los otros, todo el puñado cayó a la nieve. Trató de recogerlo, pero no pudo. Los dedos muertos no podían tocar ni asir. Se mostró sumamente cauteloso. Apartó de su mente el pensamiento de los pies, la nariz y las mejillas heladas, y concentró toda su alma en los fósforos. Miró, usando la visión en vez del tacto, y cuando vio los dedos a ambos lados del puñado los cerró; mejor dicho, quiso cerrarlos, pero la comunicación estaba ya totalmente cortada, y los dedos no le obedecieron. Se puso el mitón derecho, y sacudió la mano salvajemente contra la rodilla. Luego, con las dos manos enfundadas en los mitones, recogió el puñado de fósforos, junto con mucha nieve, y se lo puso en el regazo. Pero esto no mejoró en nada su situación.

Tras algunas manipulaciones, consiguió aprisionar el paquete entre las palmas de sus manos enguantadas. De este modo se lo llevó a la boca. El hielo crujió y se resquebrajó cuando, con un violento esfuerzo, logró abrirla. Contrajo la mandíbula inferior, elevó el labio superior y raspó el puñado de fósforos con los dientes, para separar uno. Lo logró, y lo dejó caer sobre el regazo. Pero su situación no mejoraba. No podía recogerlo. Entonces ideó una manera. Recogió el fósforo con los dientes y lo frotó contra el muslo. Lo frotó veinte veces antes de lograr encenderlo. Cuando llameó, lo acercó con los dientes a la corteza de abedul. Pero el azufre ardiente se le metió en las fosas nasales y en los pulmones, haciéndole toser espasmódicamente. El fósforo cayó en la nieve y se apagó.

El veterano del arroyo Sulphur tenía razón, pensó en el instante de desesperación controlada que siguió al incidente: a más de veinticinco grados bajo cero, se debe viajar siempre acompañado. Se golpeó las manos, pero no experimentó la menor sensación. De pronto se desnudó ambas manos, sacándose los mitones con los dientes. Como los músculos de sus

143

brazos no estaban helados, pudo apretar con fuerza las manos contra los fósforos. Entonces se frotó el puñado contra la pierna. ¡Estalló en llamas, setenta fósforos de azufre ardiendo al mismo tiempo! No había viento que los apagara. Ladeó la cabeza para escapar a los vapores sofocantes, y acercó el manojo llameante a la corteza de abedul. Mientras lo hacía, cobró conciencia de una sensación en la mano. La carne se le quemaba. Podía olerla, y la sentía muy por debajo de la superficie. La sensación se convirtió en un dolor que se fue agudizando. Aun así lo soportó, acercando con torpeza la llama de los fósforos a la corteza que no se encendía porque sus propias manos que estaban ardiendo se interponían y absorbían la mayor parte de la llama.

Por fin, cuando no pudo soportarlo más, abrió las manos de golpe. Los fósforos encendidos cayeron chirriando sobre la nieve, pero la corteza de abedul estaba encendida. Empezó a acumular hierba seca y las ramitas más diminutas sobre la llama. No podía seleccionar, porque tenía que llevar el combustible entre las palmas de las manos. Adheridos a las ramas había fragmentos de madera podrida y de musgo verde y los arrancó lo mejor que pudo con los dientes. Alimentó la llama con cuidado y torpemente. Significaba vida, y no debía extinguirse. La retirada de la sangre de la superficie de su cuerpo lo hizo tiritar ahora, y sus movimientos se entorpecieron. Un trozo grande de musgo verde cayó directamente sobre la llama. Trató de sacarlo con los dedos, pero el temblor de su cuerpo lo hizo desbaratar el núcleo del fuego, y las hierbas y ramitas se dispersaron. Trató de reunirlas de nuevo, pero a pesar de la tensión del esfuerzo, los temblores lo dominaron y las ramas se dispersaron sin remedio. Cada ramita emitió una bocanada de humo y se apagó. El proveedor del fuego había fracasado. Mientras miraba apáticamente a su alrededor, su mirada recayó en el perro, sentado frente a él, en la nieve, al otro lado de las ruinas del fuego. Se movía con impaciencia, inquieto, y levantaba primero una pata, luego la otra, trasladando de una a otra el peso de su cuerpo, con ansiosa avidez.

La visión del perro le hizo concebir una idea descabellada. Recordó la historia de un hombre que, atrapado en una tormenta de nieve, mató un novillo y se introdujo en su interior, y así logró salvarse. Mataría al perro y enterraría las manos en el cuerpo caliente hasta que desapareciera el entumecimiento. Después encendería otra hoguera.

Habló al perro; lo llamó. Pero en su voz había una extraña nota de temor que atemorizó al animal, que nunca lo había oído hablar así. Algo sucedía, y su naturaleza recelosa presentía el peligro. No sabía qué peligro, pero de algún modo, en algún sitio de su cerebro surgió una aprensión hacia el hombre. Agachó las orejas ante el sonido de la voz del hombre, y sus movimientos inquietos y el desplazamiento y la elevación de las patas delanteras se hicieron más pronunciados; pero no se acercó al hombre. Este se puso sobre las manos y las rodillas y se arrastró hacia el perro. Su postura inusitada despertó nuevamente sospechas en el animal, que se hizo a un lado atemorizado.

El hombre se sentó unos instantes en el suelo y luchó por recuperar la calma. Luego se puso los mitones con los dientes y se levantó. Primero miró hacia abajo para asegurarse de que se había puesto de pie realmente, ya que la ausencia de sensibilidad en los pies le había hecho perder relación con la tierra. La posición erguida hizo que las sospechas comenzaran a disiparse en la mente del perro. Y cuando le habló perentoriamente, con el sonido del látigo en la voz, el perro volvió a su obediencia habitual y se le acercó. Cuando lo tuvo al alcance de la mano, el hombre perdió el control. Extendió con celeridad los brazos hacia al animal, y experimentó auténtica sorpresa al descubrir que sus ma-

145

nos no podían apretar, que no podía doblar los dedos ni tenía sensibilidad en ellos. Había olvidado por un instante que los tenía helados, y que se estaban helando más y más. Todo esto sucedió rápidamente, y antes de que el animal pudiera huir, le rodeó el cuerpo con los brazos. Se sentó en la nieve, y de este modo sostuvo al perro, que gruñía, gemía y forcejeaba.

Pero eso era lo único que podía hacer, rodearle el cuerpo con los brazos y seguir sentado. Se dio cuenta de que ni siquiera podía matarlo. No había forma de hacerlo. Con sus manos inútiles no podía ni sacar ni sostener el cuchillo, ni estrangular al animal. Lo soltó, y éste huyó salvajemente, con la cola entre las piernas y sin dejar de gruñir. Se detuvo a unos diez metros y lo contempló con curiosidad, con las orejas apuntadas hacia adelante.

El hombre se buscó las manos con la mirada para localizarlas, y las halló colgando al extremo de los brazos. Le pareció curioso tener que utilizar la vista para encontrar las manos. Volvió a balancear los brazos hacia adelante y hacia atrás, golpeándose las manos enguantadas contra los costados. Lo hizo durante cinco minutos, con violencia, y el corazón bombeó sangre suficiente hacia la superficie como para que dejara de temblar. Pero en las manos no surgió sensación alguna. Tenía la impresión de que colgaban como pesos a los extremos de los brazos, pero cuando trató de localizar la sensación, no pudo hallarla.

Lo acometió cierto temor a la muerte, un miedo sordo y depresivo. El temor se hizo pronto muy agudo, cuando cayó en la cuenta de que ya no se trataba de que se le congelaran los dedos de los pies o de las manos o de perder las manos y los pies, sino que era una cuestión de vida o muerte, en la que llevaba todas las de perder. La idea le produjo pánico, y se volvió y corrió por el lecho del arroyo, a lo largo de la senda, vieja y ya casi invisible. El perro lo siguió y se mantuvo a su lado. Corría ciegamente, sin intención, con un miedo tal como jamás había experimentado en toda su vida. Poco a poco, mientras trastabillaba y tropezaba en la nieve, empezó a ver las cosas de nuevo: las orillas del arroyo, los atascamientos de viejos troncos, los álamos desnudos y el cielo. Correr lo hizo sentirse mejor. Ya no tiritaba. Tal vez, si seguía corriendo, los pies se le descongelarían; y de todos modos, si lograba correr lo suficiente, podría llegar al campamento junto a los muchachos. Sin duda perdería varios dedos de los pies y de las manos, y parte de la cara; pero los muchachos lo cuidarían y salvarían lo que quedara de él cuando llegara. Y al mismo tiempo, había otro pensamiento en su mente, que le decía que nunca llegaría al campamento con los muchachos, que estaba a demasiados kilómetros de distancia, que el congelamiento ya estaba demasiado avanzado, y que pronto estaría rígido y muerto. Confinó este pensamiento a un lugar recóndito de su mente, y se negó a considerarlo, aunque a veces pugnara por avanzar y exigiera ser escuchado, mientras el hombre lo rechazaba y se esforzaba por pensar en otras cosas.

Le resultó curioso que pudiera correr con los pies tan helados que no los sentía cuando tocaban la tierra y sostenían el peso de su cuerpo. Le parecía deslizarse sobre la superficie sin tocar siquiera la tierra. Una vez había visto en algún lado un Mercurio alado, y se preguntó si Mercurio se habría sentido como él cuando rozaba la tierra.

Su teoría de correr hasta llegar al campamento y a los muchachos tenía un defecto: carecía de la resistencia necesaria. Varias veces tropezó y finalmente se tambaleó, trastabilló y cayó. Trató de incorporarse, pero no pudo. Decidió que debía sentarse y descansar, y la próxima vez sencillamente caminaría. Mientras se sentaba a recobrar el aliento, advirtió una sensación de calor y bienestar. Ya no temblaba, y hasta le parecía que una intensa calidez le inundaba el pecho y el tronco. Y sin embargo, cuando se tocaba la nariz y las mejillas, no percibía sensación alguna. La carrera no las descongelaría. Como tampoco descongelaría sus manos ni sus pies. Entonces lo asaltó el pensamiento de que las partes heladas de su cuerpo debían estar extendiéndose. Trató de alejar el pensamiento, de olvidarlo, de pensar en otra cosa; tenía conciencia del pánico que le causaba, y el pánico lo asustó. Pero el pensamiento se afirmó, y persistió, hasta provocar una visión de su cuerpo totalmente helado. No pudo soportarlo, y se lanzó a otra carrera alocada por la senda. Aminoró la marcha y caminó, pero la idea del congelamiento que se extendía lo hizo correr nuevamente.

Y el perro lo seguía siempre, pegado a sus talones. Cuando se cayó por segunda vez, el perro enroscó la cola sobre las patas delanteras y se sentó delante de él, mirándolo entre ansioso y atento. El calor y la seguridad del animal lo enfurecieron y lo maldijo hasta que el perro bajó las orejas en un gesto apaciguador. Esta vez los temblores invadieron al hombre con mayor rapidez. Perdía la batalla contra el hielo, que estaba invadiendo su cuerpo por todos los flancos. El pensamiento lo impulsó a seguir, pero no había corrido más de treinta metros, cuando tropezó y cayó de bruces sobre la nieve. Fue su último pánico. Cuando hubo recuperado el aliento y el control sobre sí mismo, empezó a pensar en la idea de recibir a la muerte con dignidad. La idea, sin embargo, no se le presentó en esos términos. Su opinión al respecto era que se había comportado como un tonto, corriendo como un pollo con la cabeza cortada: ése fue el símil que se le ocurrió. Bien, de cualquier manera estaba condenado a congelarse, y era mejor que lo hiciera con cierta decencia. Y con esta nueva paz de espíritu llegaron los primeros atisbos de somnolencia. Buena idea, pensó, dormir hasta la muerte, morir durmiendo. Era como si le dieran una anestesia. Congelarse no era tan malo como la gente creía. Había maneras mucho peores de morirse.

Se imaginó a los muchachos que hallaban su cuerpo al día siguiente. De pronto se vio con ellos, avanzando por la senda y buscándose a sí mismo. Y todavía con ellos, llegó a un recodo de la senda y se encontró yaciendo en la nieve. Ya no se pertenecía a sí mismo, pues aun entonces estaba fuera de sí mismo, de pie con los compañeros y mirándose, echado en la nieve. Por cierto que hacía frío, pensó. Cuando volviera a los Estados Unidos podría contarle a la gente lo que era el verdadero frío. De allí pasó a una visión del veterano del arroyo Sulphur. Podía verlo con claridad, cómodo y abrigado, mientras fumaba su pipa.

—Tenías razón, caballo viejo, tenías razón —le susurró al veterano del arroyo Sulphur.

Después el hombre se hundió en lo que le pareció el sueño más tranquilo y agradable que había disfrutado en toda su vida.

Sentado frente a él, esperando, se hallaba el perro. El breve día llegaba a su fin con un largo y lento crepúsculo. No había indicio alguno de que se preparara un fuego, y además, en la experiencia del perro éste nunca había visto hombre alguno que se sentara así sobre la nieve sin antes encender un fuego. A medida que el crepúsculo avanzaba, iba dominándolo su ansiosa añoranza de calor, y mientras elevaba y desplazaba las patas delanteras, gimió suavemente y enseguida acható las orejas, a la espera del castigo del hombre. Pero el hombre permaneció en silencio. Más tarde el perro gimió con más vigor, y más tarde aun se acercó al hombre, arrastrándose sobre la nieve, hasta que olfateó la muerte. Se erizó y retrocedió. Se demoró un poco más, aullando bajo las estrellas que brincaban y bailaban y resplandecían en el cielo frío. Luego se volvió y avanzó trotando por la senda, hacia el campamento que conocía, donde otros hombres le proporcionarían alimento y fuego.

En *La ley de la vida y otros cuentos,* Buenos Aires, CEAL, 1981 (traducción de Nora Dottori).

Katherine Mansfield

KATHERINE MANSFIELD, seudónimo literario de Kathleen Beauchamp, nació en Wellington, Nueva Zelanda, en 1888. Se la considera una de las grandes maestras del cuento y una de las pocas mujeres que alcanzaron fama, junto a Emily Brönte y Virginia Woolf, entre otras.

Como en Chéjov, a quien ella admiraba y con el que tiene cierto parentesco literario, los argumentos son mínimos; no obstante la semejanza casi se detiene en eso, pues la atmósfera que logra Katherine es absolutamente propia y describe caracteres que son esencialmente anglosajones. A pesar de haberse ido a Inglaterra, toda su vida vivió con nostalgia de su tierra natal y, como casi siempre sucede, son las impresiones de la niñez las que nutren buena parte de las ficciones. Porque, es en la infancia cuando se marcan indeleblemente en nuestras almas esas obsesiones que luego se prolongan a lo largo de toda la existencia. En su caso, la reconstrucción de sus años en Karori, el pueblito donde transcurrió su infancia, le servirán para recomponer su espíritu desolado por las catástrofes de la Primera Guerra. De estos recuerdos surgirá *Preludio*, relato que señala el momento de su mayor madurez como escritora, aunque fue entonces ignorado unánimemente por la crítica.

Mansfield debió sobrellevar enormes esfuerzos para

conseguir editores que se interesaran en su obra. Y no fue sino hasta 1922, cuando se publicó *Fiesta en el jardín*, que se la reconoció en los ambientes literarios. ¡Cuánta soledad, cuánto dolor hay en la historia del arte por la incomprensión y el resentimiento de los mediocres! Pero este merecido reconocimiento llegaría demasiado tarde. La pleuresía que venía sufriendo se agravó ese mismo año y se vio obligada a abandonar la escritura. Katherine Mansfield muere al año siguiente. El único elogio que la reconfortó fue el de la gente más simple, quienes se sintieron identificados con los personajes de sus cuentos.

Su marido, el famoso crítico inglés John Middleton Murry, publicó sus primeros trabajos en un periódico que él mismo dirigía; durante la vida de su mujer editó tres ediciones de cuentos. Algunos de sus libros más famosos son *En una pensión alemana, Preludio, La fiesta en el jardín, Algo infantil*. Mansfield escribió, además, *Diario*. En él anotó, con un estilo preciso y brillante, desde sus estados de ánimo más íntimos hasta hechos simples, acontecimientos fugaces de la vida que podrían ser parte de un conmovedor relato.

Katherine Mansfield, creadora de un estilo muy original, fue una mujer tremendamente sensible. John Murry, quien desde temprano supo valorar su talento, la recordará con hermosas palabras: "Cuando se daba, a la vida, al amor, a algún espíritu de la verdad a la que servía, se daba realmente. Amaba la vida, con toda su belleza y su dolor. Aceptaba la vida por completo y poseía el derecho de aceptarla, porque había soportado en sí misma todo el sufrimiento que la vida puede prodigar sobre un alma".

Al igual que su gran maestro e inspirador, Chéjov, contrajo tuberculosis y murió a los 34 años, en Fontainebleau.

La casa de muñecas

Cuando la querida y anciana señora Hay volvió a la ciudad, después de pasar una temporada con los Burnell, les envió a las niñas una casa de muñecas. Era tan grande que el carrero y Pat la llevaron al patio donde quedó, apoyada sobre dos cajas de madera, junto a la puerta del depósito. Allí nada podía pasarle, porque era verano. Y tal vez el olor de la pintura hubiese desaparecido para el momento en que debieran entrarla. Porque en verdad, el olor de pintura que despedía la casa de muñecas ("¡Tan dulce de parte de la anciana señora Hay, sin duda, y tan generosa!") era suficiente para descomponer a cualquiera, en opinión de la tía Beryl. Aun antes de que le quitaran el envoltorio. Y cuando se lo quitaron…

Allí estaba la casa de muñecas, de un verde oscuro y oleoso con detalles de un amarillo brillante. Sus dos sólidas chimeneas pequeñas, pegadas al tejado, estaban pintadas de rojo y blanco, y la puerta, que relucía con el barniz amarillo, era como una pequeña losa de caramelo. Cuatro ventanas, ventanas reales, estaban divididas en paneles mediante un ancho trazo de verde. En verdad había un diminuto porche, también pintado de amarillo, con grandes gotas de pintura congelada que pendían del borde.

–¡Perfecta, perfecta casita! ¿A quién podía importarle el olor? Era parte de la alegría, de la novedad.

—¡Que alguien la abra rápidamente!

El gancho del costado estaba cerrado con fuerza. Pat logró abrirlo con el cortaplumas y todo el frente de la casa giró hacia atrás. Y uno se encontraba mirando en el mismo momento tanto la sala como el comedor y la cocina y los dos dormitorios. ¡Ese es el modo en que debe abrirse una casa! ¿Por qué no se abren así todas las casas? ¡cuánto más atractivo que atisbar, a través del resquicio de una puerta un vestíbulo humilde y reducido con un perchero y dos paraguas! Eso es, ¿verdad? lo que uno desea conocer de una casa cuando pone la mano sobre el llamador. Tal vez sea esa la manera en que Dios abre las casas en plena noche cuando está dando una serena vuelta con un ángel…

—¡Oh! —exclamaron las niñas Burnell, como si estuvieran desesperadas. Era demasiado maravillosa, era demasiado para ellas. Nunca habían visto nada igual en su vida. Todos los cuartos estaban empapelados. Había cuadros en las paredes, pintados sobre el papel, completos con sus marcos dorados. Una alfombra roja cubría todos los pisos, salvo el de la cocina. Había sillas de pana roja en la sala y verde en el comedor. Mesas, camas con cobijas verdaderas, una cuna, una estufa, un aparador con platitos y una gran jarra. Pero lo que a Kezia le gustó más que nada, lo que le gustó extremadamente, fue la lámpara. Estaba ubicada en el centro de la mesa del comedor, una exquisita lámpara pequeña color ámbar con un globo blanco. Incluso estaba cargada con combustible para encenderla aunque, claro, no se la podía encender. Pero tenía algo dentro que parecía combustible y que se movía cuando uno sacudía la lámpara.

El padre y la madre muñecos, que parecían arrellanados muy rígidos como si se hubiesen desmayado en la sala, y sus dos hijitos dormidos arriba, en realidad eran demasiado grandes para la casa de muñecas. No parecían corresponder a la casa. Pero la lámpara era perfecta. Parecía sonreírle a Kezia, decirle: "Vivo aquí". La lámpara era real.

Las niñas Burnell no podían caminar lo bastante rápidamente a la escuela a la mañana siguiente. Ardían en deseos de contarle a todo el mundo, de describir, de... bien, de alardear con la casa de muñecas antes de que sonara la campana de la escuela.

—Yo soy la que tiene que contar —dijo Isabel— porque soy la mayor. Y ustedes dos pueden hablar después. Pero yo debo contarlo primero.

No había nada que responder. Isabel era mandona, pero siempre tenía razón, y Lottie y Kezia sabían muy bien cuáles eran los poderes que correspondían a la condición de ser la mayor. Pasaron entre los botones de oro del borde del camino y no dijeron nada.

—Y yo voy a elegir quién debe venir a verla primero. Mamá dijo que yo podía.

Porque se había convenido que mientras la casa de muñecas estuviera en el patio, podían invitar a las niñas del colegio, de a dos por vez, para que fueran a verla. No que fueran a tomar el té, claro, ni a corretear por la casa. Sino que se quedaran de pie, tranquilas, en el patio, mientras Isabel señalaba las bellezas y Lottie y Kezia observaban encantadas...

Pero por mucho que se apresuraran, para el momento en que habían llegado a la embetunada empalizada del campo de juego de los varones, la campana comenzaba a sonar. Apenas tuvieron tiempo de quitarse el sombrero y de ponerse en fila antes de que comenzaran a pasar lista. No importaba. Isabel intentó compensar esto con un aire de gran importancia y misterio y susurrándoles con la mano sobre la boca a las compañeras:

—Tengo algo que contarles en el recreo.

Llegó el recreo y las compañeras rodearon a Isabel. Las niñas de su clase casi lucharon por rodearla con los brazos, por caminar con ella, por brillar halagadoramente, por ser su amiga especial. Tenía toda una corte bajo los enormes pinos en el costado del campo de juego. Codeándose, lanzando risitas, las niñitas se apiñaron. Y las únicas dos que se quedaron fuera del círculo eran las dos que siempre estaban fuera, las pequeñas Kelvey. Sabían que no debían acercarse a las Burnell.

Porque era el caso que la escuela a la que concurrían las niñas Burnell de ningún modo era el lugar que hubiesen elegido los padres de haber habido alguna elección posible. Pero no había ninguna. Era la única escuela en kilómetros. Y la consecuencia era que todas las niñas del vecindario, las hijitas del juez, las hijas del médico, las hijas del almacenero, las del lechero, se veían obligadas a mezclarse. Para no hablar del hecho de que había también un número igual de rudos y toscos muchachitos. Pero la línea debía trazarse en algún punto. Se la trazaba con las Kelvey. A muchas de las niñas, incluso las Burnell, no se les permitía siquiera hablarles. Estas pasaban frente a las Kelvey con la cabeza muy levantada, y como eran las que imponían la moda en todas las cuestiones de conducta, todo el mundo eludía a las Kelvey. Hasta la maestra tenía una voz especial para ellas y una sonrisa especial para las otras alumnas cuando Lil Kelvey se acercaba a su escritorio con un ramo de flores terriblemente vulgares.

Eran las hijas de una ágil y trabajadora mujercita que iba de casa en casa a lavar ropa. Eso era bastante terrible, ¿pero dónde estaba el señor Kelvey? Nadie lo sabía con seguridad, pero todos decían que estaba en la cárcel. De modo que las niñas eran hijas de una lavandera y de un preso. ¡Muy buena compañía para los hijos de otra gente! Y tenían aspecto de ser lo que eran. Era difícil entender por qué la señora Kelvey las hacía tan conspicuas. La verdad era que las vestía con "prendas" que le regalaban las personas para las cuales trabajaba. Lil, por ejemplo, que era una chica robusta y fea, con grandes pecas, iba a la escuela con un vestido hecho con una sarga verde de una carpeta de la casa de los Burnell, con mangas de pana roja de las cortinas de los Logan. El sombrero, colocado sobre la alta frente, era un sombrero de mujer adulta, una vez propiedad de la señorita Lecky, la encargada del correo. En la parte posterior estaba recogido y adornado con una gran pluma escarlata. ¡Qué pequeño mamarracho parecía! Era imposible no reírse de ella. Y su hermanita, nuestra Else, lucía un largo vestido blanco, más bien como un camisón, y un par de botines de varón. Pero fuera lo que fuese que luciera nuestra Else, siempre hubiese parecido extraña. Era una criatura delgaducha, con pelo recortado y ojos enormes y solemnes, un pequeño búho blanco. Nadie la había visto nunca sonreír y rara vez hablaba. Iba por la vida aferrada a Lil, con una parte de la falda de Lil apretada en la mano. Adonde iba Lil, Else la seguía. En el campo de juego, en el camino yendo o viniendo de la escuela, se veía a Lil marchando al frente y a nuestra Else aferrada detrás. Sólo cuando deseaba algo o ya no le queda aliento, nuestra Else le daba un tirón a Lil, y ésta se detenía y se daba vuelta. Las hermanas Kelvey nunca dejaban de entenderse.

Ahora rondaban el círculo: no se podía impedir que escucharan. Cuando las niñitas se dieron vuelta y se rieron, Lil, como de costumbre, mostró su sonrisa tonta y avergonzada, pero nuestra Else sólo miró…

Y la voz de Isabel, tan orgullosa, siguió contando. La alfombra causó gran sensación, pero otro tanto sucedió con las camas con cobijas reales y con la estufa y la puerta del horno.

Cuando terminó, intervino Kezia:

—Te has olvidado de la lámpara, Isabel.

—Oh, sí —dijo Isabel—, hay una pequeña lámpara, toda de cristal amarillo, con un globo blanco sobre la mesa del comedor. No se la podría distinguir de una verdadera.

—La lámpara es lo mejor de todo —exclamó Kezia. Pensaba que Isabel no le daba ni la mitad de la importancia que merecía la lámpara. Pero nadie le prestó atención. Isabel estaba eligiendo a las dos compañeras que debían volver de la escuela con ellas esa tarde, para ver la casa. Eligió a Emmie Cole y Lena Logan. Pero cuando las otras supieron que todas tendrían la oportunidad, no supieron qué más hacer por Isabel. Una por una pasaron los brazos en torno de la cintura de Isabel y la llevaron a pasear. Tenían algo que susurrarle, un secreto: —Isabel es *mi* amiga.

Sólo las pequeñas Kelvey se apartaron, olvidadas, ellas no tenían nada más que escuchar.

Pasaron los días y cuantas más niñas vieron la casa, más se difundió la fama del juguete. Se convirtió en el tema del momento. La única pregunta era:

—¿Has visto la casa de muñecas de las Burnell? Oh, ¿no es encantadora?

—¿No la has visto? ¡Oh, qué pena!

Incluso la hora de la comida se pasaba conversando de la casa. Las pequeñas se sentaban debajo de los pinos a comer gruesos sandwiches de cordero y grandes trozos de torta con una cubierta de manteca. Siempre, sentadas todo lo cerca que podían, estaban las hermanas Kelvey, nuestra Else aferrada a Lil, escuchando también, mientras masticaban su sandwich de mermelada que sacaban de un papel de periódico con grandes manchas rojas.

—Mamá —preguntó Kezia—, ¿no puedo invitar a las Kelvey una sola vez?

—Claro que no, Kezia.

—¿Pero por qué no?

—Vete, Kezia. Sabes muy bien por qué no.

Al fin, todas la habían visto menos ellas. Ese día, el tema perdió bastante importancia. Era la hora del almuerzo. Las niñas estaban juntas bajo los pinos y de pronto, cuando miraron a las Kelvey que sacaban la comida del papel de diario, siempre solas, siempre escuchando, desearon mostrarse espantosas con ellas. Emmie Cole comenzó a murmurar:

—Lil Kelvey va a ser sirvienta cuando crezca.

—¡Oh, qué terrible! —exclamó Isabel Burnell, y le hizo ojos a Emmie.

Emmie tragó de una manera muy significativa y le hizo una señal de afirmación con la cabeza a Isabel, como había visto que su madre hacía en esas ocasiones.

—Es verdad... es verdad... es verdad —dijo.

Entonces se abrieron especialmente los ojitos de Lena Logan.

—¿Le pregunto? —susurró.

—Apuesto a que no lo haces —dijo Jessie May.

—Bah, no me asusta —replicó Lena. De pronto lanzó un pequeño chillido y bailó frente a las otras niñas—. ¡Miren! ¡Mírenme! ¡Mírenme ahora! —exclamó Lena. Y deslizándose, arrastrando un pie, lanzando pequeñas risitas con la boca cubierta con la mano, Lena se acercó a las Kelvey.

Lil levantó la mirada, que tenía puesta en su comida. Envolvió el resto y lo guardó rápidamente. Nuestra Else dejó de masticar. ¿Qué era lo que venía ahora?

—¿Es verdad que vas a ser sirvienta cuando seas grande, Lil Kelvey? —preguntó Lena con voz estridente.

Silencio total. Pero en lugar de responder, Lil sólo mostró su tonta sonrisa avergonzada. No parecía que le importara en absoluto la pregunta. ¡Qué papelón para Lena! Las niñas comenzaron a reír.

Lena no pudo soportar eso. Puso las manos sobre las caderas y se adelantó.

—¡Sí, tu padre está en la cárcel! —siseó desdeñosamente.

Eso fue algo tan maravilloso de decir que las niñitas se alejaron apresuradamente en grupo, muy pero muy excitadas, enloquecidas de júbilo. Alguien encontró una cuerda larga, y comenzaron a saltar. Y nunca saltaron tan alto, ni entraron ni salieron del juego tan rápidamente, ni hicieron cosas tan osadas como aquella mañana.

Por la tarde, Pat fue a buscar a las niñas Burnell con la calesa. Había visitas. Isabel y Lottie, a las que les gustaban las visitas, corrieron arriba a cambiarse el delantal. Pero Kezia se demoró. No había nadie a la vista y comenzó a mecerse en los grandes portones blancos del patio. De pronto miró hacia la calle y vio dos pequeños puntos. Estos se fueron haciendo más grandes, se acercaban a Kezia. Esta vio que eran las Kelvey. Kezia dejó de mecerse. Se deslizó del portón como si fuera a escaparse, pero luego vaciló. Las Kelvey se acercaron más y junto a ellas caminaban sus sombras, muy largas, extendidas a través del camino con las cabezas entre los botones de oro. Kezia volvió a treparse al portón. Se había decidido: saltó afuera.

—Hola —saludó a las hermanas Kelvey que pasaban.

Las niñas quedaron tan sorprendidas que se detuvieron. Lil mostró su tonta sonrisa. Nuestra Else abrió grandes los ojos.

—Pueden entrar a ver nuestra casa de muñecas, si quieren —dijo Kezia, y arrastró la puntera de su zapato por el suelo. Pero antes esas palabras, Lil se ruborizó y sacudió rápidamente la cabeza.

–¿Por qué no? –preguntó Kezia.

Lil abrió la boca y luego dijo:

–Tu mamá le dijo a mamá que tú no debías hablar con nosotras.

–Oh, bien –dijo Kezia. No sabía qué replicar–. No importa, igual pueden entrar a ver nuestra casa de muñecas. Vengan, no hay nadie.

Pero Lil sacudió la cabeza aún con más fuerza.

–¿No quieren verla? –preguntó Kezia.

De pronto hubo un tirón en la falda de Lil. Esta se volvió. Nuestra Else la estaba mirando con ojos grandes, implorantes; fruncía el entrecejo, deseaba entrar. Por un momento Lil miró dubitativamente a nuestra Else. Pero entonces nuestra Else tiró nuevamente de la falda. Empezó a avanzar. Kezia condujo a las otras. Como dos gatitos perdidos, las hermanas siguieron a través del patio hasta donde estaba la casa de muñecas.

–Allí está –dijo Kezia.

Hubo una pausa. Lil respiraba ruidosamente, casi resoplaba; nuestra Else estaba como una piedra.

–La abriré para ustedes –dijo Kezia amablemente. Abrió el gancho y todas miraron dentro.

–Ahí está la sala y el comedor, y ése es el…

–¡Kezia!

Era la voz de la tía Beryl. Se dieron vuelta. En la puerta posterior estaba la tía Beryl, con una mirada tal como si no pudiera creer en lo que estaba viendo.

–¿Cómo te atreves a hacer pasar a las pequeñas Kelvey al patio? –dijo con voz fría y furiosa–. Sabes tan bien como yo que no te permiten hablar con ellas. Márchense niñas, márchense ya mismo. Y no vuelvan nunca –dijo la tía Beryl–. Y entró en el patio y las espantó como si fuesen pollos.

—¡Márchense inmediatamente! —ordenó en tono frío y orgulloso.

No aguardaron las Kelvey a que se lo dijeran dos veces. Ardiendo de vergüenza, poniéndose una muy junto a la otra, Lil muy encorvada como la madre, nuestra Else azorada, de alguna manera consiguieron atravesar el enorme patio y se escurrieron por el portón blanco.

—¡Niñita mala y desobediente! —le dijo acremente a Kezia la tía Beryl, mientras cerraba de un golpe la puerta de la casa de muñecas.

Esa tarde había sido espantosa. Había llegado una carta de Willie Brent, una carta terrible y amenazadora que decía que si ella no se reunía con él esa tarde en Pulman's Busch, ¡Willie vendría a la puerta de la casa a preguntar el motivo! Pero ahora que había atemorizado a esas pequeñas ratitas Kelvey y le había dado una reprimenda a Kezia, se sentía un poco más tranquila. Había desaparecido esa espantosa presión. Se fue hacia la casa tarareando.

Cuando las Kelvey estuvieron bien alejadas de la casa de las Burnell, se sentaron a descansar sobre un gran caño de desagüe. Lil se sacó el sombrero con la pluma y lo sostuvo sobre la rodilla. Contemplativamente miraron hacia las dehesas de heno, más allá del abra, hacia el grupo de zarzos donde las vacas de los Logan aguardaban que las ordeñaran. ¿En qué pensaban?

De pronto, nuestra Else se acercó a su hermana. Pero ahora había olvidado a la dama enojada. Tendió un dedo y acarició la pluma de la hermana; sonrió con su extraña sonrisa.

—He visto la pequeña lámpara —dijo suavemente.

Ambas se quedaron nuevamente en silencio.

En *La chica cansada y otros cuentos*, Buenos Aires, CEAL, 1983 (traducción de Nora Dottori).

Jorge Luis Borges

JORGE LUIS BORGES es de los grandes escritores del siglo, su obra traspasó las fronteras y las lenguas. Había nacido en Buenos Aires pero ya de chico vivió en Europa. Allí hizo su secundario en Suiza, en tiempos de la Primera Guerra Mundial, y luego en España se vinculó con los escritores del ultraísmo. Para 1923 apareció su primer libro de poemas, *Fervor de Buenos Aires,* y en 1925, *Luna de enfrente*, al que le siguió *Inquisiciones* y luego, en 1926, *El tamaño de mi esperanza.*

La obra temprana de Borges, especialmente su poesía, está llena de nostalgia por los barrios porteños y por aquellos paisajes pampeanos en que gauchos armados con facones defendían su honor. Cuando todavía era yo un muchacho, versos suyos me ayudaron a descubrir melancólicas bellezas de Buenos Aires: en viejas calles de barrio, en rejas y aljibes de antiguos patios, y hasta en la modesta magia que la luz rojiza del crepúsculo convoca en charcos de agua.

Luego, ya a fines de la década del treinta, me vinculé amistosamente con él durante las reuniones de la prestigiosa revista *Sur*. En esos encuentros, que llegaban a durar hasta altas horas de la madrugada, supimos conversar acerca de Platón y de Heráclito de Éfeso, con el pretexto de vicisitudes porteñas. Y en medio de las discusiones sobre Stevenson, Henry James, Coleridge, Cervantes, Quevedo, era frecuente que acabáramos hablando del tiempo, Nietzsche y el eterno retorno, los números transfinitos y la expansión del universo, que tanto le apasionaba.

Gracias a su genio deslumbrante logró dar forma a lo que era un supuesto del Círculo de Viena: convertir la metafísica en una rama de la literatura fantástica.

Una constante que tenazmente se reitera en su obra es la hipótesis de que la realidad en que vivimos es un sueño, poblado por seres misteriosos que habitan en rombos, bibliotecas o laberintos; ajenos al tiempo, ya que el tiempo es sufrimiento y muerte.

Pero el remoto murmullo del hombre de carne y hueso acaba por hacerse escuchar desde las grietas de su propio ser. Y entonces, Borges deja entrever sus más entrañables angustias y pasiones, en algún poema, en un relato como en la "Historia de los ecos de un nombre", donde se manifiestan aquellos sentimientos *demasiado humanos*.

Es el momento en que Borges, luego de haber intentado refutar el tiempo, escribe, bella y conmovedoramente: "And yet, and yet... negar la sucesión temporal, negar el yo, negar el universo astronómico, son desesperaciones aparentes y consuelos secretos... El tiempo es un río que me arrebata, pero yo soy el río; es un tigre que me destroza, pero yo soy el tigre; es un fuego que me consume, pero yo soy el fuego. El mundo, desgraciadamente es real; yo, desgraciadamente, soy Borges".

Escribió otras grandes obras como: *Cuaderno San Martín, Evaristo Carriego, Discusión, Historia de la eternidad, El jardín de los senderos que se bifurcan, Ficciones, El Aleph, El Libro de arena...*

Su muerte, en Ginebra en 1986, nos privó de un mago, de uno de los grandes poetas de cualquier tiempo. Y todos los que vinimos después, inevitablemente, hemos tomado algo de su tesoro.

El milagro secreto

*Y Dios lo hizo morir durante cien
años y luego lo animó y le dijo:
–¿Cuánto tiempo has estado aquí?
–Un día o parte de un día –respondió.*

Alcorán, II 261.

La noche del catorce de marzo de 1939, en un departamento de la Zeltnergasse de Praga, Jaromir Hladík, autor de la inconclusa tragedia *Los enemigos,* de una *Vindicación de la eternidad* y de un examen de las indirectas fuentes judías de Jakob Boehme, soñó con un largo ajedrez. No lo disputaban dos individuos sino dos familias ilustres; la partida había sido entablada hace muchos siglos; nadie era capaz de nombrar el olvidado premio, pero se murmuraba que era enorme y quizá infinito; las piezas y el tablero estaban en una torre secreta; Jaromir (en el sueño) era el primogénito de una de las familias hostiles; en los relojes resonaba la hora de la impostergable jugada; el soñador corría por las arenas de un desierto lluvioso y no lograba recordar las figuras ni las leyes del ajedrez. En ese punto, se despertó. Cesaron los estruendos de la lluvia y de los terribles relojes. Un ruido acompasado y unánime, cortado por algunas voces de mando, subía de la Zeltnergasse. Era el amanecer; las blindadas vanguardias del Tercer Reich entraban en Praga.

El diecinueve, las autoridades recibieron una denuncia, el mismo diecinueve, al atardecer, Jaromir Hladík fue arrestado. Lo condujeron a un cuartel aséptico y blanco, en la ribera opuesta del Moldau. No pudo levantar uno solo de los cargos de la Gestapo: su apellido materno era Jaroslavski, su sangre era judía, su estudio sobre Boehme era judaizante, su firma dilataba el censo final de una protesta contra el Anschluss. En 1928 había traducido el *Sepher Yezirah* para la editorial Hermann Barsdorf; el efusivo catálogo de esa casa había exagerado comercialmente el renombre del traductor; ese catálogo fue hojeado por Julius Rothe, uno de los jefes en cuyas manos estaba la suerte de Hladík. No hay hombre que, fuera de su especialidad, no sea crédulo: dos o tres adjetivos en letra gótica bastaron para que Julius Rothe admitiera la preeminencia de Hladík y dispusiera que lo condenaran a muerte, *pour encourager les autres*. Se fijó el día veintinueve de marzo, a las nueve a.m. Esa demora (cuya importancia apreciará después el lector) se debía al deseo administrativo de obrar impersonal y pausadamente, como los vegetales y los planetas.

El primer sentimiento de Hladík fue de mero terror. Pensó que no lo hubieran arredrado la horca, la decapitación o el degüello, pero que morir fusilado era intolerable. En vano se redijo que el acto puro y general de morir era lo temible, no las circunstancias concretas. No se cansaba de imaginar esas circunstancias: absurdamente procuraba agotar todas las variaciones. Anticipaba infinitamente el proceso, desde el insomne amanecer hasta la misteriosa descarga. Antes del día prefijado por Julius Rothe, murió centenares de muertes, en patios cuyas formas y cuyos ángulos fatigaban la geometría, ametrallado por soldados variables, en número cambiante, que a veces lo ultimaban desde lejos; otras, desde muy cerca. Afrontaba con verdadero temor (quizá con verdadero coraje) esas ejecuciones imaginarias; cada simulacro duraba unos pocos segundos; cerrado el círculo, Jaromir interminablemente volvía a las trémulas vísperas de su muerte. Luego reflexionó que la realidad no suele coincidir con las previsiones; con lógica perversa infirió que prever un detalle circunstancial es impedir que éste suceda. Fiel a esa débil magia, inventaba, *para que no sucedieran,* rasgos atroces; naturalmente, acabó por temer que esos rasgos fueran proféticos. Miserable en la noche, procuraba afirmarse de algún modo en la sustancia fugitiva del tiempo. Sabía que éste se precipitaba hacia el alba del día veintinueve; razonaba en voz alta: "Ahora estoy en la noche del veintidós; mientras dure esta noche (y seis noches más) soy invulnerable, inmortal". Pensaba que las noches de sueño eran piletas hondas y oscuras en las que podía sumergirse. A veces anhelaba con impaciencia la definitiva descarga, que lo redimiría, mal o bien, de su vana tarea de imaginar. El veintiocho, cuando el último ocaso reverberaba en los altos barrotes, lo desvió de esas consideraciones abyectas la imagen de su drama *Los enemigos*.

Hladík había rebasado los cuarenta años. Fuera de algunas amistades y de muchas costumbres, el problemático ejercicio de la literatura constituía su vida; como todo escritor, medía las virtudes de los otros por lo ejecutado por ellos y pedía que los otros lo midieran por lo que vislumbraba o planeaba. Todos los libros que había dado a la estampa le infundían un complejo arrepentimiento. En sus exámenes de la obra de Boehme, de Abenesra y de Fludd, había intervenido esencialmente la mera aplicación; en su traducción del *Sepher Yezirab,* la negligencia, la fatiga y la conjetura. Juzgaba menos deficiente, tal vez, la *Vindicación de la eternidad:* el primer volumen historia las diversas eternidades que han ideado los hombres, desde el inmóvil Ser de Parménides hasta el pasado modificable de Hinton; el segundo niega (con Francis Bradley) que todos los hechos del universo integran una serie temporal. Arguye que no es infinita la cifra de las posibles experiencias del hombre y que basta una sola "repetición" para demostrar que el tiempo es una falacia... Desdichadamente, no son menos falaces los argumen-

171

tos que demuestran esa falacia; Hladík solía recorrerlos con cierta desdeñosa perplejidad. También había redactado una serie de poemas expresionistas; éstos, para confusión del poeta, figuraron en una antología de 1924 y no hubo antología posterior que no los heredara. De todo ese pasado equívoco y lánguido quería redimirse Hladík con el drama en verso *Los enemigos.* (Hladík preconizaba el verso, porque impide que los espectadores olviden la irrealidad, que es condición del arte.)

Este drama observaba las unidades de tiempo, de lugar y de acción; transcurría en Hradcany, en la biblioteca del barón de Roemerstadt, en una de las últimas tardes del siglo diecinueve. En la primera escena del primer acto, un desconocido visita a Roemerstadt. (Un reloj da las siete, una vehemencia de último sol exalta los cristales, el aire trae una apasionada y reconocible música húngara.) A esta visita siguen otras. Roemerstadt no conoce las personas que lo importunan, pero tiene la incómoda impresión de haberlos visto ya, tal vez en un sueño. Todos exageradamente lo halagan, pero es notorio –primero para los espectadores del drama, luego para el mismo barón– que son enemigos secretos, conjurados para perderlo. Roemerstadt logra detener o burlar sus complejas intrigas; en el diálogo, aluden a su novia, Julia de Weidenau, y a un tal Jaroslav Kubin, que alguna vez la importunó con su amor. Este, ahora, se ha enloquecido y cree ser Roemerstadt... Los peligros arrecian; Roemerstadt, al cabo del segundo acto, se ve en la obligación de matar a un conspirador. Empieza el tercer acto, el último. Crecen gradualmente las incoherencias: vuelven actores que parecían descartados ya de la trama; vuelve, por un instante, el hombre matado por Roemerstadt. Alguien hace notar que no ha atardecido: el reloj da las siete, en los altos cristales reverbera el sol occidental, el aire trae una apasionada música húngara. Aparece el primer interlocutor y repite las palabras que pronunció en la primera escena del primer acto. Roemerstadt le habla sin asombro; el espectador entiende que Roemerstadt es el miserable Jaroslav Kubin. El drama no ha ocurrido: es el delirio circular que interminablemente vive y revive Kubin.

Nunca se había preguntado Hladík si esa tragicomedia de errores era baladí o admirable, rigurosa o casual. En el argumento que he bosquejado intuía la invención más apta para disimular sus defectos y para ejercitar sus felicidades, la posibilidad de rescatar (de manera simbólica) lo fundamental de su vida. Había terminado ya el primer acto y alguna escena del tercero; el carácter métrico de la obra le permitía examinarla continuamente, rectificando los hexámetros, sin el manuscrito a la vista. Pensó que aún le faltaban dos actos y que muy pronto iba a morir. Habló con Dios en la oscuridad: "Si de algún modo existo, si no soy una de tus repeticiones y erratas, existo como autor de *Los enemigos*. Para llevar a término ese drama, que puede justificarme y justificarte, requiero un año más. Otórgame esos días, Tú de quien son los siglos y el tiempo". Era la última noche, la más atroz, pero diez minutos después el sueño lo anegó como un agua oscura.

Hacia el alba, soñó que se había ocultado en una de las naves de la biblioteca del Clementinum. Un bibliotecario de gafas negras le preguntó: "¿Qué busca?". Hladík le replicó: "Busco a Dios". El bibliotecario le dijo: "Dios está en una de las letras de una de las páginas de uno de los cuatrocientos mil tomos del Clementinum. Mis padres y los padres de mis padres han buscado esa letra; yo me he quedado ciego buscándola". Se quitó las gafas y Hladík vio los ojos, que estaban muertos. Un lector entró a devolver un atlas. "Este atlas es inútil", y se lo dio a Hladík. Este lo abrió al azar. Vio un mapa de la India, vertiginoso. Bruscamente seguro, tocó una de las mínimas letras. Una voz ubicua le dijo: "El tiempo de tu labor ha sido otorgado". Aquí Hladík se despertó.

Recordó que los sueños de los hombres pertenecen a Dios y que Maimónides ha escrito que son divinas las palabras de un sueño, cuando son distintas y claras y no se puede ver quién las dijo. Se vistió; dos soldados entraron en la celda y le ordenaron que los siguiera.

Del otro lado de la puerta, Hladík había previsto un laberinto de galerías, escaleras y pabellones. La realidad fue menos rica: bajaron a un traspatio por una sola escalera de fierro. Varios soldados, alguno de uniforme desabrochado, revisaban una motocicleta y la discutían. El sargento miró el reloj: eran las ocho y cuarenta y cuatro minutos. Había que esperar que dieran las nueve; Hladík, más insignificante que desdichado, se sentó en un montón de leña. Advirtió que los ojos de los soldados rehuían los suyos. Para aliviar la espera, el sargento le entregó un cigarrillo. Hladík no fumaba; lo aceptó por cortesía o por humildad. Al encenderlo, vio que le temblaban las manos. El día se nubló; los soldados hablaban en voz baja como si él ya estuviera muerto. Vanamente, procuró recordar a la mujer cuyo símbolo era Julia de Weidenau...

El piquete se formó, se cuadró. Hladík, de pie contra la pared del cuartel, esperó la descarga. Alguien temió que la pared quedara maculada de sangre. Entonces le ordenaron al reo que avanzara unos pasos. Hladík, absurdamente, recordó las vacilaciones preliminares de los fotógrafos. Una pesada gota de lluvia rozó una de las sienes de Hladík y rodó lentamente por su mejilla; el sargento vociferó la orden final.

El universo físico se detuvo.

Las armas convergían sobre Hladík, pero los hombres que iban a matarlo estaban inmóviles. El brazo del sargento eternizaba un ademán inconcluso. En una baldosa del patio una abeja proyectaba una sombra fija. El viento había cesado, como en un cuadro. Hladík ensayó un grito, una sílaba, la torsión de una mano. Comprendió que estaba paralizado. No le llegaba ni el más tenue rumor del impedido mundo. Pensó "estoy en el infierno, estoy muerto". Luego reflexionó que en tal caso, también se hubiera detenido su pensamiento. Quiso ponerlo a prueba: repitió (sin mover los labios) la misteriosa cuarta égloga de Virgilio. Imaginó que los ya remotos soldados compartían su angustia; anheló comunicarse con ellos. Le asombró no sentir ninguna fatiga, ni siquiera el vértigo de su larga inmovilidad. Durmió, al cabo de un plazo indeterminado. Al despertar, el mundo seguía inmóvil y sordo. En su mejilla perduraba la gota de agua; en el patio, la sombra de la abeja, el humo del cigarrillo que había tirado no acababa nunca de dispersarse. Otro "día" pasó, antes que Hladík entendiera.

Un año entero había solicitado de Dios para terminar su labor: un año le otorgaba su omnipotencia. Dios operaba para él un milagro secreto: lo mataría el plomo germánico, en la hora determinada, pero en su mente un año trascurriría entre el orden y la ejecución de la orden. De la perplejidad pasó al estupor, del estupor a la resignación, de la resignación a la súbita gratitud.

No disponía de otro documento que la memoria; el aprendizaje de cada hexámetro que agregaba le impuso un afortunado rigor que no sospechan quienes aventuran y olvidan párrafos interinos y vagos. No trabajó para la posteridad ni aun para Dios, de cuyas preferencias literarias poco sabía. Minucioso, inmóvil, secreto, urdió en el tiempo su alto laberinto invisible. Rehizo el tercer acto dos veces. Borró algún símbolo demasiado evidente: las repetidas campanadas, la música. Ninguna circunstancia lo importunaba. Omitió, abrevió, amplificó; en algún caso, optó por la versión primitiva. Llegó a querer el patio, el cuartel; uno de los rostros que lo enfrentaban modificó su concepción del carácter de Roemerstadt. Descubrió que las arduas cacofonías que alarmaron tanto a Flaubert son meras supersticiones visuales: debilidades y molestias de la palabra escrita, no de la palabra sonora... Dio término a su drama: no le faltaba ya resolver sino un solo epíteto. Lo encontró; la gota de agua resbaló en su mejilla. Inició un grito enloquecido, movió la cara, la cuádruple descarga lo derribó.

Jaromir Hladík murió el veintinueve de marzo, a las nueve y dos minutos de la mañana.

En *Artificios* (1944), *Obras completas I*,
Buenos Aires, Emecé, 1989.

Oscar Wilde

OSCAR WILDE nació en Dublin, en 1854. Su verdadero nombre fue Oscar Fingall O'Flahertie Wills.

Fue un niño solitario e inclinado al estudio, mimado por la aristocracia londinense. Sus obras de teatro eran grandes éxitos; frases de sus personajes eran repetidas en aquel mundo elegante; ganaba y gastaba sumas fabulosas y, en cierto modo, servía de modelo a la sociedad en que vivía. Imponía modos, gustos, maneras de hablar. Se consideraba a sí mismo como "Rey de la vida" y solía decir que empleaba su genio para vivir y sólo su talento para escribir; pero el tiempo, implacable y sorpresivo, demostró lo contrario: mientras su vida fue un trágico fracaso, su obra sigue viviendo. Muy a menudo escribía frases que parecían sólo deslumbrantes juegos, pero que en el fondo eran sombrías revelaciones de un espíritu quizá profundamente atormentado ¿No dijo, acaso, en aquellos tiempos aparentemente felices y llenos de triunfos, que todos los hombres nacen reyes pero la mayor parte mueren en el destierro?

La obra de Oscar Wilde abarca prácticamente todos los géneros: novela (*El retrato de Dorian Gray);* teatro (*El abanico de Lady Windermere, La importancia de llamarse Ernesto, Salomé, Una mujer sin importancia, La duquesa de Padua*); cuento (*El fantasma de los Canterville, El crimen de Lord Arthur Savile*, *La esfinge sin secreto*, *El Príncipe Feliz*); poesía (*La Esfinge*, la *Balada de la cárcel de Reading*); ensayos (*El alma del hombre bajo el socialismo*, *El crítico como artista*); epístola (*De Profundis*).

Agotó todos los placeres. Acusado de homosexualidad, rechazó altivamente defenderse y fue condenado a dos años de trabajos forzados en la cárcel de Reading, donde se comportó con admirable entereza. Aceptó el oprobio con la misma pasividad con la que en sus años de triunfo había aceptado la desmedida admiración. Se cuenta que cuando estaba esperando en la estación con los demás presos para ser llevado a la cárcel alguien se acercó y lo escupió en la cara, pero él ni siquiera pestañeó. Quizá ya se había hecho a la idea de aceptar la terrible desdicha como forma de lograr la redención. Pero cuando salió de la cárcel, después de una atroz experiencia, era un hombre destruido, sin fuerzas para comenzar una vida nueva.

Así vivió sus últimos años en un pequeño hotel del Barrio Latino de París, donde murió pobre y olvidado, en 1900, dos años después de escribir su famosa *Balada de la cárcel de Reading*, admirable obra de aquel horrendo final.

Fue enterrado en el cementerio de los pobres. Las únicas flores que hubo sobre su ataúd fueron las del dueño de la pensión.

▸

El Príncipe Feliz

En lo más elevado de la ciudad sobre una excelente columna, alzábase la estatua del Príncipe Feliz. Estaba toda revestida con laminillas de oro fino. En vez de ojos, tenía dos fulgurantes zafiros, y un gran rubí púrpura relucía en el puño de su espada. Por todo eso era muy admirada.

—Es tan preciosa como una escultura de Praxiteles —observó uno de los concejales— que deseaba ser renombrado como experto en obras de arte. Aunque no es tan útil —añadió, temeroso de que la gente lo tomara por un hombre poco práctico, pues en verdad no lo era.

—¿Por qué no eres como el Príncipe Feliz? —preguntaba una madre sensata a su hijo que lloraba pidiendo la luna—. El Príncipe Feliz nunca llora por nada.

—Me alegra ver que en el mundo hay alguien completamente feliz —murmuró un hombre fracasado mirando la maravillosa estatua.

—Parece un ángel —dijeron los niños del orfanato al salir de la catedral con sus delantales blancos y limpios y las alegres capas escarlata.

—¿Cómo lo saben? —preguntó el profesor de matemáticas—. Nunca han visto alguno.

—Lo hemos visto en sueños —contestaron los niños.

Y el profesor de matemáticas frunció el ceño y se puso muy serio, porque no le gustaba que los niños soñaran.

Una noche llegó volando a la ciudad una golondrina pequeñita. Sus amigas se habían ido a Egipto seis semanas antes, ella se había quedado porque estaba enamorada de un junco precioso. Se habían conocido a principios de la primavera, y un día en que ella volaba río abajo detrás de una mariposa amarilla, el esbelto talle del junco le hizo detener su vuelo y le habló:

—Te amaré —exclamó la golondrina, a la que le gustaba ir al grano, y el junco respondió con una reverencia hacia ella.

Feliz revoloteó en torno a él, rozando el agua con sus alas, ondulando su plateada superficie. Así fueron sus amoríos y duraron todo el verano.

—Es un desafortunado enamoramiento —clamaban las otras golondrinas. Ese junco es pobre y tiene demasiada familia. Y emprendieron el vuelo.

Era cierto, la orilla estaba abarrotada de juncos. Pronto se sintió muy sola y empezó a cansarse de su enamorado.

—No tiene conversación —objetó—, y me parece que es muy voluble, porque siempre coquetea con la brisa.

En realidad, siempre que la brisa soplaba, el junco se deshacía en gráciles reverencias.

—Confieso que no le gusta moverse de su casa —siguió diciendo la golondrina—, a mí me encanta viajar, por consiguiente, mi amado debería tener los mismos gustos.

Al fin le preguntó:

—¿Quiere venir conmigo?

Pero el junco se negó moviendo la cabeza. Estaba muy apegado a su casa.

—¡Te has burlado de mí! —y se fue volando.

Y voló todo el día, y al anochecer llegó a la ciudad.

—¿Dónde me alojaré? —se dijo—. Espero ser bien recibida. Entonces distinguió la estatua.

–Me alojaré aquí –exclamó–. Está bien situada y el aire es puro. Y se acomodó precisamente en medio de los pies del Príncipe Feliz.

–Tengo una alcoba de oro –murmuró para sí mirando alrededor, y se preparó para dormir.

Pero cuando ya ponía su cabecita debajo del ala le cayó encima una enorme gota de agua.

–¡Qué cosa tan extraña! –exclamó–. No hay una sola nube en el cielo, las estrellas están claras y brillantes, no obstante llueve. En verdad, el clima del norte de Europa es aterrador. Al junco solía gustarle la lluvia, pero era por puro egoísmo.

Le cayó otra gota.

–¿De qué sirve una estatua si no resguarda de la lluvia? –dijo–. Tendré que buscar un buen copete de chimenea –y decidió echarse a volar.

Pero antes de que hubiera podido abrir sus alas cayó una tercera gota, entonces levantó la cabeza y vio... ¡Ay, lo que vio!

Los ojos del Príncipe Feliz estaban llenos de lágrimas que resbalaban por sus mejillas de oro. Su rostro embellecido por la luz de la luna, provocó en la pequeña golondrina un sentimiento pleno de piedad.

–¿Quién eres? –le preguntó.

–Soy el Príncipe Feliz.

–¿Por qué lloras entonces? –preguntó la golondrina–. Me has empapado.

–Cuando estaba vivo y tenía un corazón humano –contestó la estatua–, no sabía qué eran las lágrimas porque vivía en el palacio de Sans-Souci, donde no se permite la entrada al sufrimiento. Durante el día jugaba en el jardín con mis compañeros y por la noche iniciaba el baile en el gran salón. El jardín estaba cercado por una altísima pared pero nunca se me ocurrió preguntar qué había al otro lado, porque todo cuanto me rodeaba era encantador.

183

—Mis cortesanos me llamaban el Príncipe Feliz, y en verdad lo era si el placer es la felicidad. Así viví y así morí. Y ahora que estoy muerto me han colocado aquí arriba, tan alto, que puedo ver toda la fealdad y toda la miseria de mi ciudad. No obstante mi corazón de plomo, no hago sino llorar.

"¿Cómo? ¿No es de oro puro?", se dijo la golondrina, pero era demasiado educada para comentarlo en voz alta.

—Allá lejos —prosiguió la estatua, con su voz grave y musical— en un callejón, hay una pobre vivienda. Una de las ventanas está abierta, y por ella puedo ver a una mujer sentada delante de una mesa. Su rostro es flaco y ajado, tiene las manos hinchadas y rojas, pinchadas por la aguja, porque es costurera. Está bordando pasionarias en un vestido de raso que va a lucir en el próximo baile de la Corte, la más bella de las damas de la reina. En una esquina de la habitación, su hijito enfermo está en la cama. Tiene fiebre y pide naranjas. Su madre no puede darle más que agua del río, y por eso llora. Golondrina, golondrina, golondrinita, ¿no querrías llevarle el rubí de la empuñadura de mi espada? Mis pies están clavados en este pedestal y no puedo moverme.

—Me esperan en Egipto —dijo la golondrina—. Mis amigas vuelan arriba y abajo del Nilo y conversan con las flores de loto. Pronto irán a dormir en la tumba del gran rey. El rey está allí, en su ataúd embalsamado con especias y envuelto en lino amarillo. Lleva una joya de jade verde alrededor del cuello y sus manos son como hojas resecas.

—Golondrina, golondrina, golondrinita —insistió el Príncipe—, ¿no te quedarás conmigo una sola noche y serás mi mensajera? ¡El niño está sediento y la madre está triste!

—No me gustan los niños —contestó la golondrina—. El verano pasado, cuando yo vivía en el río, había dos chicos ordinarios, hijos del molinero, que siempre me tiraban piedras. Por supuesto, nunca me alcanzaron, porque nosotras las golondrinas volamos demasiado alto para ello, además pertenezco a una familia famosa por su agilidad; sin embargo, era una falta de respeto.

Pero el Príncipe Feliz parecía tan triste que la golondrina lo lamentó.

–Hace mucho frío aquí –contestó la golondrina–, pero me quedaré otra noche y seré tu mensajera.

–Gracias golondrinita –contestó el Príncipe.

Entonces la golondrina sacó con su pico el inmenso rubí del puño de la espada y voló con él los tejados de la ciudad.

Pasó junto a la torre de la catedral, donde había ángeles de mármol esculpidos. Voló junto al palacio y oyó música de baile. Una joven preciosa salió al balcón con su enamorado.

–¡Qué hermosas son las estrellas! –suspiró el muchacho–, y qué prodigiosa es la fuerza del amor.

–Espero que mi traje esté listo para el baile oficial –le contestó ella–. He mandado que lo borden con pasionarias, pero las costureras son tan negligentes...

Cruzó el río y vio los fanales colgados en los mástiles de los barcos. Pasó sobre el barrio judío y vio a los viejos negociar unos con otros y pesar monedas en balanzas de cobre. Por fin llegó a la pobre vivienda y miró adentro. El niño se agitaba febril en su cama y la madre se había quedado dormida de cansancio. Revoloteó dentro de la habitación y dejó el gran rubí sobre la mesa, al lado del dedal de la mujer. Luego voló dulcemente sobre la cama, abanicando la frente del niño con sus alas.

–¡Qué frescor siento! –dijo el niño–. Debo estar mejor –y se sumió en un sueño delicioso.

Así, la golondrina voló de nuevo junto al Príncipe Feliz y le contó lo que había hecho. "Es extraordinario, no obstante el frío, siento calor".

–Es porque has hecho una buena acción –dijo el Príncipe.

Y la golondrina meditando se quedó dormida.

Al despuntar el día voló hacia el río y tomó un baño.

—¡Qué notable fenómeno! —exclamó el profesor de ornitología, que pasaba sobre el puente—. ¡Una golondrina en invierno!

Y escribió una larga carta sobre el tema y la envió al director del periódico local. Todo el mundo la comentó, tal era la abundancia de palabras que no podían comprenderla.

—Esta noche me voy a Egipto —anunció la golondrina. Visitó todos los monumentos y estuvo mucho tiempo sentada en lo alto del campanario de la iglesia. Fuera donde fuera, los gorriones piaban y se decían:

—¡Qué visitante tan distinguida!

Y esto la alegraba.

Cuando salió la luna voló junto al Príncipe Feliz.

—¿Tienes algún encargo para Egipto? —gritó—. Me voy ahora.

—Golondrina, golondrina, golondrinita —dijo el Príncipe—, ¿no te quedarás conmigo una noche más?

—En Egipto me esperan. Mañana mis amigas volarán hacia la segunda catarata. Allí el hipopótamo reposa entre los juncos. En su gran templo de granito vive el dios Memnón, quien mientras transcurre la noche observa las estrellas, y cuando aparece el brillante Venus, lanza un grito de alegría regresando a su interrumpido silencio. A mediodía, los leones de amarilla melena bajan a beber a la orilla del agua. Sus ojos, simulan verdes aguamarinas, sus rugidos, superan el estruendo de la catarata.

—Golondrina, golondrina, golondrinita —repitió el Príncipe—: allá, al otro lado de la ciudad, veo a un joven en una buhardilla, está inclinado sobre una mesa cubierta de papeles, y en un vaso, a su lado, hay un ramito de violetas marchitas. Su cabello es negro y ondulado, y sus labios son rojos como la granada, y tiene los ojos grandes y soñadores. Intenta terminar una obra para el director del teatro, pero tiene demasiado frío para seguir trabajando. En su hogar no hay fuego, y el hambre le ha hecho perder el conocimiento.

—Me quedaré una noche más contigo –dijo la golondrina, que tenía buen corazón–. ¿Debo llevarle otro rubí?

–¡Ay! ¡No me quedan más rubíes! –dijo el Príncipe–. Sólo me quedan los ojos. Son dos zafiros rarísimos que hace mil años trajeron de la India; arranca uno de ellos y llévaselo. Lo venderá a un joyero y con él comprará leña y podrá terminar la obra.

—Querido Príncipe –objetó la golondrina–, no puedo hacer eso –y se echó a llorar.

—Golondrina, golondrina, golondrinita –suplicó el Príncipe–, haz lo que te pido.

Así que la golondrina arrancó el ojo del Príncipe y voló hacia la buhardilla del estudiante. Era fácil entrar en ella, porque había un agujero en el tejado. Entró como flecha por él y se metió en la estancia. El joven había hundido la cabeza entre sus brazos, de modo que no oyó el aleteo del pájaro, y cuando la levantó vio el precioso zafiro descansando sobre las violetas marchitas.

—Empiezo a ser apreciado –exclamó–. Esto procede de algún rico admirador. Ahora podré terminar mi obra. –Su expresión era de completa felicidad.

Al día siguiente, la golondrina voló hasta el puerto. Descansó sobre el mástil de un gran navío y contempló a los marineros izando arcas, ayudándose con cuerdas desde la cala.

—¡Elévenla! –gritaban a cada cajón que llegaba a cubierta.

—Me voy a Egipto –gritó la golondrina, pero nadie le hizo caso, y cuando surgió la luna voló junto al Príncipe Feliz.

—He venido a decirte adiós –gritó.

—Golondrina, golondrina, golondrinita –dijo el Príncipe–, ¿no querrás quedarte conmigo una noche más?

—Es invierno –contestó la golondrina–, y la escarcha no tardará en llegar. En Egipto, el sol calienta sobre las verdes palmas y los cocodrilos duermen en el barro o miran enfadadamente a su alrededor. Mis compañeras están construyendo sus nidos en el templo de Baalbec, y las blancas y rosadas palomas las contemplan mientras se arrullan. Amado Príncipe, tengo que dejarte, pero jamás te olvidaré, y la próxima primavera te traeré dos excelsas joyas a cambio de las que diste. El rubí será más rojo que una rosa roja, y el zafiro, mucho más azul que el inmenso mar.

—Allá abajo, en la plaza —observó el Príncipe—, hay una chiquilla vendedora de cerillos, se le han caído al arroyo y ya no sirven. Su padre le pegará si no lleva algo de dinero a casa, y está llorando. No tiene zapatos ni medias y su cabecita está sin protección. Arráncame el otro ojo y dáselo, y así su padre no la azotará.

—Me quedaré una noche más contigo —dijo la golondrina—, pero no puedo arrancarte el único ojo que tienes, si lo hiciera, te quedarías cabalmente ciego.

—Golondrina, golondrina, golondrinita —dijo el Príncipe—, haz lo que te mando.

Y la golondrina arrancó el otro ojo del Príncipe y se fue volando con él. Pasó ante la pequeña vendedora de fósforos y dejó caer la joya en la palma de la mano.

—¡Qué bonito cristal! —exclamó la niña, y se fue corriendo alegremente hasta su casa.

Entonces la golondrina regresó al lado del Príncipe.

—Ahora eres ciego —le dijo—, de modo que permaneceré contigo para siempre.

—No, golondrinita —respondió el acongojado Príncipe—. Debes irte a Egipto.

—Me quedaré contigo para siempre —insistió la golondrina, y se durmió entre los pies del Príncipe.

Al día siguiente se colocó en el hombro del Príncipe contándole historias de los países que había visitado. Le platicó de los ibis rojos que en largas filas a orillas del Nilo atrapan con el pico peces de colores. También de la Esfinge, tan vieja como el mundo, que vive en el desierto y lo sabe todo. De los mercaderes que andan despacio al lado de sus camellos y entretienen sus dedos con las cuentas de ámbar de sus sartales. Le relató del rey de las montañas de la luna, que es tan negro como el ébano y venera un gran cristal. De la gran serpiente verde que duerme en una palmera y tiene veinte sacerdotes a su servicio quienes la alimentan con tartas de miel, y de los pigmeos que navegan por un gran lago sobre anchas hojas planas y están siempre en guerra con las mariposas.

—Querida golondrinita —dijo el Príncipe—, lo que me has contado es fascinante, pero todavía lo es más cuanto padecen los hombres y las mujeres. No hay misterio mayor que la Miseria. Vuela por encima de mi ciudad, golondrinita, y dime todo lo que veas.

Y la golondrina voló sobre la gran ciudad y vio a los ricos descansando en sus elegantes residencias, mientras los mendigos se sentaban a sus puertas. Voló por umbrosos suburbios y vio las pálidas caritas de los niños hambrientos mirando hacia la oscuridad de los alrededores. Bajo los arcos de un puente estaban acostados dos niños abrazados para calentarse.

—¡Qué hambre tenemos! —comentaban.

—No podéis dormir aquí —les gritó un vigilante, alejándose rápidamente bajo la lluvia.

Retornó la golondrina y dijo al Príncipe lo que había visto.

—Estoy todo cubierto de oro fino —dijo éste—; desprende hoja por hoja y dáselo a mis pobres. Los hombres creen que el oro puede darles la felicidad.

Y la golondrina quitó el oro fino hoja por hoja, hasta que el Príncipe Feliz se volvió gris y opaco. Y hoja tras hoja de oro fino le fue dando a los pobres, y las caritas de los niños se volvieron rosadas, y rieron, y pudieron jugar en la calle.

—Ahora tenemos pan —gritaban.

Al fin llegó la nieve, en seguida el hielo. Las calles que semejaban estar cubiertas de plata, centelleaban singularmente. Largos carámbanos parecidos a dagas de cristal, colgaban de los tejados de las casa; toda la gente iba envuelta en pieles, los niños llevan gorritos rojos y patinaban velozmente sobre el hielo.

La pobre golondrina cada vez sentía más frío pero no quería abandonar al Príncipe, le tenía gran cariño. Picaba las migas en la puerta de la panadería cuando nadie se percataba. Agitando las alas pretendía entrar en calor.

Finalmente comprendió que iba a morir, sólo le quedaron fuerzas para volar una vez más hasta el hombro del Príncipe.

—¡Adiós, mi querido Príncipe! —murmuró—. ¿Me dejas que te bese la mano?

—Me alegra saber que por fin te vas a ir a Egipto, golondrina —dijo el Príncipe—; ya te has quedado conmigo un tiempo excesivamente amplio; pero antes debes besarme en los labios, porque te amo.

—No es a Egipto adonde me voy —explicó la golondrina—. Me voy a la casa de la Muerte. La Muerte es la hermana del sueño, ¿verdad?

Y besando al Príncipe Feliz en los labios cayó muerta a sus pies.

En el mismo instante un extraño crujido resonó dentro de la estatua, como si se hubiese fracturado. En realidad el corazón de plomo se había partido en dos. Caía una imponente helada.

A la mañana siguiente, muy temprano, el Alcalde salió a pasear por la plaza acompañado de los concejales. Al pasar delante de la columna levantó los ojos hacia la estatua.

—¡Cielos! —exclamó—. ¡Qué desharrapado se ve el Príncipe Feliz!

—Efectivamente —qué astroso—, repitieron los concejales que siempre estaban de acuerdo con el alcalde, y se acercaron a mirarlo.

—El rubí se le ha caído de la empuñadura de su espada,

ha perdido los ojos y ya no está dorado –observó el Alcalde–. De verdad que parece un pordiosero.

–Igual que un pordiosero –corearon los concejales.

–Y hay un pajarón muerto a sus pies –continuó el Alcalde–. Debemos promulgar un decreto diciendo que no se permite a los pájaros morir aquí.

Y el Comisario de la población tomó nota de la sugerencia.

Enseguida hicieron descender la estatua del Príncipe Feliz, porque según el profesor de arte de la universidad:

–Como ha perdido su fastuosidad en nada nos beneficia.

En tal caso fundieron la estatua en un horno y el Alcalde convocó una reunión de concejales para tomar el acuerdo de lo que debía hacerse con el bronce.

Deberíamos poner otra estatua y, por supuesto, debe ser una estatua mía –les dijo el Alcalde.

–O la mía –dijo cada uno de los concejales, lo que originó la discusión. La última vez que oí de ellos seguían todavía debatiendo.

–¡Qué cosa más extraordinaria! –dijo el capataz de los obreros de la fundición–. Este corazón de plomo, partido, no es posible derretirlo en el horno. Lo tiraremos.

Y lo arrojaron al montón de basura donde estaba también la golondrina muerta.

–Tráeme las dos cosas más valiosas de la ciudad –dijo Dios a uno de sus ángeles.

Y el ángel le llevó el corazón de plomo y el pájaro muerto.

–Has elegido excelentemente –dijo Dios–, pues en el jardín del Paraíso este pajarillo cantará por siempre y en mi ciudad de oro el Príncipe Feliz me ensalzará.

En *El príncipe feliz y otros cuentos,* Buenos Aires, Hachette, "Clásicos y modernos", 1945 (traducción de Ricardo Baeza).

Henrich Böll

Henrich Böll nació en 1917 en la ciudad alemana de Colonia, en el seno de una familia cuyos antepasados católicos habían llegado hacía unos siglos de la Inglaterra protestante.

Después de terminado su bachillerato estudió para librero, pues en Alemania no se lo puede ser sin varios años de estudios especializados. La Segunda Guerra Mundial interrumpió sus estudios. Incorporado a la infantería, fue herido y hecho prisionero; experiencias terribles que luego plasmará en *El tren llegó puntualmente* y en otros relatos.

En 1945 pudo regresar a su patria, donde inició estudios de germanística. Al mismo tiempo, comenzó a escribir sus primeras narraciones, que aparecieron dos años más tarde, tanto por escrito como en forma de radioteatro.

En 1949 se publicaron sus novelas que narran sus tremendas experiencias de guerra y de la miseria de la posguerra: *El pan de los años mozos, No dijo una sola PALABRA, Casa sin amo* y *Billar a las 9.30,* la más famosa. Esta última ya es una obra de transición entre los tiempos de miseria nacional y los tiempos en que Alemania comienza a recuperarse económicamente.

En 1963 aparece *Opiniones de un payaso,* ácida crítica a la próspera nueva sociedad.

Böll es un crítico implacable de la sociedad, pero a la vez siente esa piedad por el sufrimiento humano que caracteriza siempre a los grandes escritores.

En cuanto a sus cuentos, son una prueba de que para un verdadero artista no hay temas grandes y temas insignificantes, pues convierte objetos tan modestos como una tacita sin asa o una bolsa para el pan en motivos de cuentos hermosos y estremecedores.

Böll posee también un agudo sentido de la comicidad, por ejemplo cuando declara: "Yo fui siempre enemigo del trabajo, me inclinaba a la reflexión tranquila, pero como en Alemania pensar no es considerado como una actividad, no tuve más remedio que buscarme un empleo".

Fue Premio Nobel de Literatura en 1972 y trece años más tarde, en 1985, falleció.

La balanza de los Balek

En la tierra de mi abuelo, la mayor parte de la gente vivía de trabajar en las agramaderas. Desde hacía cinco generaciones, pacientes y alegres generaciones que comían queso de cabra, patatas y, de cuando en cuando, algún conejo, respiraban el polvo que desprenden al romperse, los tallos del lino y dejaban que éste los fuera matando poco a poco. Por la noche, hilaban y tejían en sus chozas, cantaban y bebían té con menta y eran felices. De día, agramaban el lino con las viejas máquinas, expuestos al polvo y también al calor que desprendían los hornos de secar, sin ningún tipo de protección. En sus chozas había una sola cama, semejante a un armario, reservada a los padres, mientras que los hijos dormían alrededor en bancos. Por la mañana la estancia se llenaba de olor a sopas; los domingos había ganchas, y enrojecían de alegría los rostros de los niños cuando en los días de fiesta extraordinaria el negro café de bellotas teñíase de claro, cada vez más claro, con la leche que la madre vertía sonriendo en sus tazones.

Los padres se iban temprano al trabajo y dejaban a los hijos al cuidado de la casa; ellos barrían, hacían las camas, lavaban los platos y pelaban patatas: preciosos y amarillentos frutos cuyas finas mondas tenían que presentar luego para no caer bajo sospecha de despilfarro o ligereza.

Cuando los niños regresaban del colegio debían ir al bosque a recoger setas o hierbas, según la época; asperilla, tomillo, comino y menta, también dedalera, y en verano, cuando habían cosechado el heno de sus miserables prados, recogían amapolas. Las pagaban un pfennig o por un kilo pfennig en la ciudad, los boticarios vendían por veinte pfennigs a las señoras nerviosas. Las setas eran lo más valioso: las pagaban veinte pfennigs por kilo y en las tiendas de la ciudad se vendían a un marco veinte. En otoño, cuando la humedad hace brotar las setas de la tierra, los niños penetraban en lo más profundo y espeso del bosque, y así cada familia tenía sus rincones donde recoger las setas, sitios cuyo secreto se transmitía de generación en generación.

Los bosques y las agramaderas pertenecían a los Balek; en el pueblo de mi abuelo los Balek tenían un castillo, y la esposa del cabeza de familia de cada generación tenía un gabinete junto a la despensa donde se pesaban y pagaban las setas, las hierbas y las amapolas. Sobre la mesa de aquel gabinete estaba la gran balanza de los Balek, un antiguo y retorcido artefacto, de bronce dorado, ante el cual habían esperado los abuelos de mi abuelo, con las cestitas de setas y los cucuruchos de amapolas entre sus sucias manos infantiles, mirando ansiosos cuántos pesos tenía que poner la señora Balek en el platillo para que el fiel de la balanza se detuviera exactamente en la raya negra, aquella delgada línea de la justicia que cada año había que trazar de nuevo. La señora Balek después tomaba el libro del lomo de cuero pardo, apuntaba el peso y pagaba el dinero, en pfennigs o en piezas de diez pfennigs y, muy rara vez, de marco. Y cuando mi abuelo era niño allí había un bote de vidrio con caramelos ácidos de los que costaban a marco el kilo, y cuando la señora Balek que en aquella época gobernaba el gabinete, se encontraba de buen humor, metía la mano en aquel bote y le daba un caramelo a cada niño, cuyos rostros enrojecían de alegría como cuando su madre, en los días de fiesta extraordinaria, vertía leche en sus tazones, leche que teñía de claro el café, cada vez más claro hasta llegar a ser tan rubio como las trenzas de las niñas.

Una de las leyes que habían impuesto los Balek en el pueblo, era que nadie podía tener una balanza en su casa. Era tan antigua aquella ley que ya a nadie se le ocurría pensar cuándo y por qué había nacido, pero había que respetarla, porque quien no la obedecía era despedido de las agramaderas, y no se le compraban más setas, ni tomillo ni amapolas; y llegaba tan lejos el poder de los Balek que en los pueblos vecinos tampoco había nadie que le diera trabajo ni nadie que le comprara las hierbas del bosque. Pero desde que los abuelos de mi abuelo eran niños y recogían setas y las entregaban para que fueran a amenizar los asados o los pasteles de la gente rica de Praga, a nadie se le había ocurrido infringir aquella ley: los huevos podíanse contar, sabíase cuánto se tenía hilado midiéndolo por varas y, por lo demás, la balanza de los Balek, antigua y de bronce dorado, no daba la impresión de poder engañar; cinco generaciones habían confiado al negro fiel de la balanza lo que con ahínco infantil recogían en el bosque.

Si bien entre aquellas pacíficas gentes había algunos que burlaban la ley, cazadores furtivos que pretendían ganar en una sola noche más de lo que hubieran ganado en un mes de trabajo en la fábrica de lino, a ninguno se le había ocurrido la idea de comprarse una balanza o fabricársela en casa. Mi abuelo fue el primero que tuvo la osadía de verificar la justicia de los Balek que vivían en el castillo, que poseían dos coches, que siempre le pagaban a un muchacho del pueblo los estudios de teología en el seminario de Praga, a cuya casa, cada miércoles, acudía el párroco a jugar al tarot, a los que el comandante del departamento, luciendo el escudo imperial en el coche, visitaba para Año Nuevo, y a los que, en 1900, el emperador en persona elevó a la categoría de nobles.

Mi abuelo era laborioso y listo; se internaba más en los bosques que los otros niños de su estirpe, aventurábase en la espesura donde, según contaba la leyenda, vivía Bilgan, el gigante que guarda el tesoro de los Balderar. Pero mi abuelo no tenía miedo a Bigan: metíase hasta lo más profundo del bosque y, ya de niño, cobraba un importante botín de setas, e incluso encontraba trufas que la señora Balek valoraba en treinta pfennigs la libra. Todo lo que vendía a los Balek, mi abuelo lo apuntaba en el reverso de una hoja de calendario: cada libra de setas, cada gramo de tomillo, y, con su caligrafía infantil, apuntaba al lado lo que le habían pagado por ello; desde sus siete años hasta los doce, dejó inscrito cada pfennig. Y cuando cumplió los doce, llegó el año 1900, y, para celebrar que el emperador les había concedido un título, los Balek regalaron a cada familia del pueblo un cuarto de libra de café auténtico, del que viene del Brasil; también repartieron tabaco y cerveza a los hombres, y en el castillo se celebró una gran fiesta: la avenida de chopos que va de la verja al castillo estaba atestada de coches.

Pero el día anterior a la fiesta ya repartieron el café en el gabinete donde hacía casi cien años que estaba instalada la balanza de los Balek, que se llamaban ahora Balek von Bilgan, porque, según contaba la leyenda, Bilgan, el gigante, había vivido en un gran castillo allí donde ahora están los edificios de los Balek.

Mi abuelo muchas veces me había contado que, al salir de la escuela, fue a recoger el café de cuatro familias: los Cech, los Weidler, los Vohla y el suyo propio, el de los Brüchen. Era la tarde de Noche Vieja: había que adornar las casas, hacer pasteles y no se quiso prescindir de cuatro muchachos para enviarlos al castillo a recoger un cuarto de libra de café.

Fue así como mi abuelo fue a sentarse en el banquillo de madera del gabinete, y esperando que Gertrud, la criada, le entregara los paquetes de octavo de kilo, previamente pesados, cuatro bolsas, fue que le dio por mirar la balanza en cuyo platillo izquierdo había quedado la pesa de medio kilo; la señora Balek von Bilgan estaba ocupada con los preparativos de la fiesta. Y cuando Gertrud fue a meter la mano en el bote de vidrio de los caramelos ácidos para darle uno a mi abuelo, vio que estaba vacío: lo llenaba una vez al año y en él cabía un kilo de los de un marco.

Gertrud hechóse a reír y dijo:

—Espera, voy a buscar más.

Y, con los cuatro paquetes de octavo de kilo que habían sido empaquetados y precintados en la fábrica, se quedó mi abuelo delante de la balanza en la que alguien había dejado la pesa de medio kilo. Tomó los cuatro paquetitos de café, los puso en el platillo vacío y su corazón empezó a latir precipitadamente cuando vio que el negro indicador de la justicia permanecía a la izquierda de la raya, el platillo con la pesa de medio kilo seguía abajo y el medio kilo de café flotaba a una altura considerable; su corazón latía aún con más fuerza que si, apostado en el bosque, hubiese estado aguardando a Bilgan, el gigante; y buscó en el bolsillo unos guijarros de esos que siempre llevaba para disparar con la honda contra los gorriones que picoteaban entre las coles de su madre... tres, cuatro, cinco guijarros tuvo que poner al lado de los cuatro paquetes de café antes de que el platillo con la pesa de medio kilo se elevara y el indicador coincidiera, finalmente, con la raya negra. Mi abuelo sacó el café de la balanza, envolvió los cinco guijarros en su pañuelo y cuando Gertrud regresó con la gran bolsa de a kilo llena de caramelos ácidos que debían durar otro año para provocar el rubor de la alegría en los rostros de los niños, y ruidosamente los metió en el bote, el muchacho permaneció pálido y silencioso como si nada hubiese ocurrido. Pero mi abuelo sólo tomó tres paquetes de café y Gertrud miró asombrada y asustada al pálido muchacho al ver que tiraba el caramelo ácido al suelo, lo pisoteaba y decía:

—Quiero hablar con la señora Balek.

—Querrás decir Balek von Bilgan —replicó Gertrud.

—Está bien, quiero hablar con la señora Balek von Bilgan.

Pero Gertrud burlóse de él y mi abuelo volvió de noche al pueblo, dio el café que les correspondía a los Cech, los Weidler y los Vohla e hizo ver que aún tenía que ir a hablar con el párroco.

Pero se fue con los cinco guijarros envueltos en el pañuelo, camino adelante. Tuvo que ir muy lejos hasta encontrar quien tuviera una balanza, quien pudiera tenerla; en los pueblos de Blaugau y Bernau nadie la tenía, ya sabía eso, los atravesó y luego de caminar dos horas a oscuras llegó a la villa de Dielheim donde vivía el boticario Honig. Salía de casa de Honig el olor a buñuelos recién hechos y cuando Honig abrió la puerta al muchacho aterido de frío, su aliento olía a ponche y llevaba un cigarro húmedo entre los labios. Oprimió un instante las manos frías del muchacho entre las suyas y dijo:

—¿Qué sucede? ¿Han empeorado los pulmones de tu padre?

—No, señor, no vengo en busca de medicinas; yo quería...

Mi abuelo abrió el pañuelo, sacó los cinco guijarros, se los mostró a Honig y dijo:

—Querría que me pesara esto.

Miró asustado para ver qué cara ponía Honig, pero como no decía nada, no se enfadaba ni le preguntaba nada, añadió:

—Es lo que le falta a la justicia.

Y al entrar en la casa caliente, dióse cuenta de que llevaba los pies mojados. La nieve había traspasado su viejo calzado, y al cruzar el bosque las ramas habíanle sacudido la nieve encima; estaba cansado y tenía hambre, y de repente hechóse a llorar porque pensó en la gran cantidad de setas, de hierbas y de flores pesadas con la balanza a la que faltaba el peso de cinco guijarros para la justicia. Y cuando, sacudiendo la cabeza y con los cinco guijarros en la mano, Honig llamó a su mujer, mi abuelo pensó en la generación de sus padres y en la de sus abuelos, en todos aquellos que habían tenido que pesar sus setas y sus flores en aquella balanza, y le embargó algo así como una gran ola de injusticia y echóse a llorar aún más, y se sentó sin que nadie se lo dijera en una silla de casa de Honig, sin fijarse en los buñuelos ni en la taza de café caliente que le ofrecía la buena y gorda señora Honig y no cesó de llorar hasta que el propio Honig volvió de su tienda y, todavía sopesando los guijarros con una mano, decía en voz baja a su mujer:

—Cincuenta y cinco gramos, exactamente.

Mi abuelo anduvo las dos horas de regreso por el bosque, dejó que en su casa le azotaran, y calló; tampoco contestó cuando le preguntaron por el café; se pasó la noche echando cuentas en el trozo de papel en el cual había apuntado todo lo que entregara a la actual señora Balek von Bilgan y cuando vio la medianoche, cuando se oyeron los disparos de mortero del castillo, el ruido de las carracas y el griterío jubiloso de todo el pueblo, cuando la familia se hubo abrazado y besado, mi abuelo dijo en el silencio que sigue al Año Nuevo:

—Los Balek me deben dieciocho marcos y treinta y dos pfennigs.

Y de nuevo pensó en todos los niños que había en el pueblo, pensó en su hermano Fritz que había recogido muchas setas, en su hermana Ludmilla, pensó en cientos de niños que habían recogido para los Balek setas, hierbas y flores, y no lloró esta vez, sino que contó a sus padres y a sus hermanos lo que había descubierto.

Cuando el día de Año Nuevo los Balek von Bilgan concurrieron a misa mayor con sus nuevas armas –un gigante sentado al pie de un abeto– en su coche ya campeando sobre azul y oro, vieron los duros y pálidos rostros de la gente mirándoles de hito en hito. Habían esperado ver el pueblo lleno de guirnaldas, y que irían por la mañana a cantarles al pie de sus ventanas, y vivas y aclamaciones, pero, cuando ellos pasaron con su coche, el pueblo estaba como muerto; en la iglesia, los pálidos rostros de la gente se volvieron hacia ellos con expresión enemiga, y cuando el párroco subió al púlpito para decir el sermón, sintió el frío de aquellos rostros hasta entonces tan apacibles y amables, pronunció pesaroso su plática y regresó al altar bañado en sudor. Y cuando, después de la misa los Balek von Bilgan salieron de la iglesia, pasaron entre dos filas de silenciosos y pálidos rostros. Pero la joven Balek von Bilgan detúvose delante, junto a los bancos de los niños, buscó la cara de mi abuelo, el pequeño y pálido Franz Brücher y, en la misma iglesia, le preguntó:

–¿Por qué no te llevaste el café para tu madre?

Y mi abuelo se levantó y dijo:

–Porque todavía me debe usted tanto dinero como cuestan cinco kilos de café. –Y sacando los cinco guijarros del bolsillo, los presentó a la joven dama y añadió–: Todo esto, cincuenta y cinco gramos, es lo que falta en medio kilo de su justicia.

Y antes de que la señora pudiera decir nada, los hombres y mujeres que había en la iglesia entonaron el canto: "La Justicia de la Tierra, oh, Señor, te dio muerte…"

Mientras los Balek estaban en la iglesia, Wilhelm Vohla, el cazador furtivo, había entrado en el gabinete, había robado la balanza y aquel libro tan grueso, encuadernado en piel en el cual estaban anotados todos los kilos de setas, todos los kilos de amapolas, todo lo que los Balek habían comprado en el pueblo. Y toda la tarde del día de Año Nuevo, estuvieron los hombres del pueblo en casa de mis abuelos contando; contaron la décima parte de todo lo que les habían comprado... pero cuando habían ya contado muchos miles de marcos y aún no terminaban, llegaron los gendarmes del comandante del distrito e irrumpieron en la choza de mi abuelo disparando y empuñando las bayonetas y, a la fuerza, se llevaron la balanza y el libro. En la refriega murió la pequeña Ludmilla, hermana de mi abuelo, resultaron heridos un par de hombres y fue agredido uno de los gendarmes por Wilhem Vohla, el cazador furtivo.

No sólo se sublevó nuestro pueblo, sino también Blaugau y Bernau, y durante casi una semana se interrumpió el trabajo de las agramaderas. Pero llegaron muchos gendarmes y amenazaron a hombres y mujeres con meterlos en la cárcel, y los Balek obligaron al párroco a que exhibiera públicamente la balanza en la escuela y demostrara que el fiel de la justicia estaba bien equilibrado. Y hombres y mujeres volvieron a las agramaderas, pero nadie fue a la escuela a ver al párroco. Estuvo allí solo, indefenso y triste con sus pesas, la balanza y las bolsas de café.

Y los niños volvieron a recoger setas, tomillo, flores y dedaleras, mas cada domingo, en cuanto los Balek entraban a la iglesia, se entonaba el canto "La Justicia de la Tierra, oh señor, te dio muerte", hasta que el comandante del distrito ordenó hacer un pregón en todos los pueblos diciendo que quedaba prohibido aquel himno.

Los padres de mi abuelo tuvieron que abandonar el pueblo y la reciente tumba de su hijita; emprendieron el oficio de cesteros, no se detenían mucho tiempo en ningún lugar, porque les apenaba ver que en todas partes latía mal el péndulo de la justicia. Andaban tras el carro que avanzaba lentamente por las carreteras, arrastrando una cabra flaca; y quien pasara cerca del carro a veces podía oír que dentro cantaban: "La Justicia de la Tierra, oh Señor, te dio muerte". Y quien parara a escucharles también podía oír la historia de los Balek von Bilgan, a cuya justicia faltaba la décima parte. Pero casi nadie les escuchaba.

Roberto Arlt

Roberto Arlt murió de un paro cardíaco cuando sólo tenía 42 años, en Buenos Aires, donde también había nacido el 2 de abril de 1900. Por la hondura trágica de sus personajes, Arlt es uno de los grandes escritores de habla hispana de este siglo. Siempre lo he dicho, incluso mucho antes de ser él reconocido. Su obra es principalmente narrativa –cuentos inolvidables y novelas–, pero también escribió obras de teatro. Como periodista trabajó en distintas publicaciones: *Crítica, El Mundo* (donde publicó sus famosas *Aguafuertes porteñas*), *El Hogar* y *Mundo argentino*.

En búsqueda de horizontes diferentes, y de sí mismo, partió, a los 20 años, para Córdoba; allí se casó con Carmen Antinucci, su compañera de toda la vida y la madre de su única hija, Mirta. Pronto, en 1925, habiendo fracasado en los negocios, volvió a Buenos Aires y desde entonces consagró su vida a la literatura, pero no como una manera de alejarse de la realidad concreta de los hombres, sino muy por el contrario como una manifestación de ella. Su primera novela, *El juguete rabioso*, fue rechazada por diversas editoriales, hasta que se publicó, en 1926, gracias a las gestiones de Ricardo Güiraldes, de quien Arlt se había hecho secretario y amigo. Este libro narra las vicisitudes de un adolescente, explotado en su trabajo, que ingresa en una banda de ladrones.

En 1929 publicó la más célebre de sus novelas: *Los siete locos* y, en 1931, *Los lanzallamas*. En la primera, Arlt narra la conspiración delirante de un grupo de anarquistas; su principal personaje es un inventor fracasado –una de las facetas del propio Arlt–, quien había patentado algunos inventos derivados de la química. Allí, el Astrólogo dirá: "La humanidad ha perdido sus fiestas y sus alegrías. Tan infelices son los hombres que hasta a Dios lo han perdido".

El resto de su obra narrativa comprende otra novela, *El amor brujo*; sus cuentos reunidos en *El jorobadito* y en *El criador de gorilas*, y una treintena de relatos más, rescatados recientemente por Ricardo Piglia y Omar Borré en su edición de los *Cuentos completos* de Roberto Arlt.

Coincidiendo con la publicación de *Los lanzallamas*, Arlt descubre el mundo del teatro, al cual se dedicará en adelante de un modo casi exclusivo a partir de su obra *Trescientos millones*, que se estrena en 1932. Le seguirán *Saverio el cruel, La isla desierta, Africa, La fiesta del hierro* y *El fabricante de fantasmas*.

Su hija, Mirta Arlt, dice que "algo permaneció invariable en él desde el comienzo hasta el fin de sus días: la nota simultánea de madurez y adolescencia, la desdicha, la seguridad sobre su destino de escritor y una agudeza que al sonreír quedaba como sumergida en su ingenuidad esencial".

Hussein el Cojo y Axuxa la Hermosa

Flotaba en la sala de Abluciones una luz obscura y fresca. Allí se detuvo Hussein el Cojo. Junto a la fuente que bajo las constelaciones del artesonado desgranaba una orquídea de espuma.

Abstraído, miró un instante el copo que rebotaba en lo alto de la vara de agua; luego, con el ceño endurecido por un pensamiento cruel, levantó los ojos.

Sobre el lobulado arco de cedro de la entrada principal, veíase una panoplia de terciopelo, y en el terciopelo, bordado en oro, dos versículos del Corán:

> *Sin embargo, la hora está próxima,*
> *vuelvo a decir que está próxima.*
> *Otra vez vuelvo a decir que se te acerca,*
> *que está próxima.*

Tales palabras, por contener un presagio amenazante, intrigaban a los visitantes de Hussein. Cuando alguien insinuaba su curiosidad, el joven comerciante sonreía, pero sus ojos llameaban y cambiaba de conversación, porque él no era nativo de Dimisch esh Sham, sino que hacía varios años había abandonado el Magrebh.

No quedaba duda. Aquellos versículos estaban destinados a fortificar un propósito secreto, y todas las mañanas, Hussein, antes de salir de su finca para dirigirse al bazar, entraba a la sala y los leía.

Cumplido esa mañana el ritual, el joven se alejó por el jardín y entró al sendero que bajo los nogales conducía a la ciudad.

Era día de mercado.

Hasta lo azul del horizonte la tierra de los caminos estaba removida por el ganado. Pastores kurdos, embozados en sus mantos negros, empujaban los rebaños hacia la ciudad. También pasaban beduinos de pies desnudos, encaramados en raídos camellos y blancos grupos de mujeres con el rostro cubierto. Iban a llorar al cementerio de Macabaret Bab es Saris, porque era martes.

Sin embargo, Hussein, mirándose pensativo la punta amarilla de sus babuchas, no reparaba en el tumulto, acrecentado a medida que se acercaba a las murallas de la ciudad. Cojeando, seguía tras de dos campesinas. Las mujeres, embozadas, cargaban a las espaldas esteras de carbón. Pero Hussein no las veía ni tampoco miraba al costado de las palmeras las ruedas de esclavas que le guiñaban los ojos y le ofrecían quesos o ramos de rosas.

El joven mercader estaba preocupado. Tenía la impresión que una mano misteriosa había lustrado el oro de los versículos en la sala de las abluciones, y que la advertencia que intrigaba a sus visitantes estaba próxima a cumplirse. Repitió:

—Sí, la hora debe estar próxima.

Justamente terminaba de pronunciar estas palabras bajo el arco rojo de la puerta de Bab el Amara, cuando una de las campesinas cargadas de carbón, que marchaba delante de él, se desplomó sobre las piedras, quedando como muerta.

Un camello que avanzaba a su encuentro se despatarró espantado. Trataba de meterse bajo los toldos verdes que protegían del sol a los puestos de los cambistas. Por fin, su conductor lo sosegó a crueles bastonazos, y Hussein pudo acercarse. También los granujas que se soleaban en la puerta de Bab el Amara acudieron como moscas a la miel.

La muchacha, caída de pecho al sol, con sus pantalones listados de franjas anaranjadas, el chaleco abotonado hasta la garganta y ajorcas de corales en las manos, era una campesina de El Ghuta.

Tendría trece años. Su madre, de rodillas en las piedras, con las piernas envueltas en pieles de cabra, le levantaba la cabeza aliviándola de la carga de carbón, liada con espadañas a la espalda. Los traficantes, en redor, graznaban como pájaros.

Evidentemente, las dos mujeres venían a comerciar al Suk el Tawil y la muchacha había caído agotada por la fatiga.

La madre terminó de quitarle la carga de carbón y el paño que le velaba el rostro. Los vendedores de miel, los encantadores de serpientes, los cambistas y limosneros negros de la Puerta descubrieron que la criatura desvanecida, a pesar de estar cubierta de tierra hasta el caracol de las orejas, era hermosa. Debía ser hija de árabe por la pureza de su perfil, la separación de los arcos de las cejas y la boca pequeña. El cabello, de tan renegrido, parecía de acero azul.

Que era hermosa lo comprendió el mercader desde el primer momento.

Semejante a un diamantista aquilatando una piedra preciosa, Hussein fijaba el brillo rutilante de sus ojos en la muchacha, al tiempo que se tomaba entre los largos dedos el mentón, la boca y las mejillas.

En tanto, la campesina rociaba el rostro de su hija con agua. Por fin, la muchacha abrió los párpados y miró en redor con despavoridos ojos verdes. Su pudor se reveló en el gesto de querer cubrirse el rostro.

Hussein no demoró más su determinación.

Apartando a los traficantes e indígenas, se acercó a la madre arrodillada en las guijas y la saludó ritualmente:

—Salam Alekum.

La campesina estaba tan aturdida por su desgracia, que no atinó a responderle.

El árabe no se inmutó. Arrojó una moneda de plata en el regazo de la mujer, y le dijo:

—Soy Hussein el Cojo, mercader en platos de cobre. Ven a verme al bazar con tu hija después del mercado. Me encontrarás en el Nahkasin.

La mujer del valle miró estupefacta al árabe y tomó la moneda. Hussein se iba, pero ella, atrapando la orla de la chilaba del mercader, la besó devotamente. Finalmente asintió, moviendo las alas de su campanudo sombrero de esterilla.

Hussein se fue cojeando como una garza herida. Cruzó la ojiva de Bab el Amara; durante un minuto se distinguió su turbante entre las cabezas de serpientes de los camellos y por encima de las grises orejas de los asnos, que se arremolinaban en una neblina de oro.

La campesina, olvidada de su hija, se quedó mirando la moneda de plata, la mordió, y ya segura de su legitimidad, la ocultó en la alforja de su pecho. Luego, dirigiéndose a su hija, que sentada en la piedra recibía el sol en su cara con los ojos cerrados, le dijo:

—Tienes que ir a la Meca, Axuxa. Alá ha mirado hacia ti.

Sin esperar más, tomó de una mano a la muchacha, la ayudó a levantarse y, sin cuidarse del carbón derramado en el suelo, echaron a caminar hacia el alminar de la mezquita.

No esperarían a que terminara el mercado para ir en busca de Hussein el Cojo.

Salem, el eunuco que Hussein había heredado de su tío, estaba detenido de pie ante Axuxa. La muchacha, cruzada de piernas sobre una esterilla, con un punzón, trazaba dificultosamente letras árabes en una tabla cubierta de greda.

Salem, como todos los eunucos, era inmenso, ventrudo. En su cara de luna se respingaba una nariz pequeña e insolente. A intervalos olía un pomo. Axuxa, en cuclillas sobre la estera, apretaba los labios, esforzándose por dibujar los caracteres. Sin embargo, comprendió que el eunuco, harto de silencio, quería hablar y levantó sus ojos verdes hasta él. Salem, enfático, comenzó:

—Tu señor es la gloria de la tierra. Nunca terminarás de reverenciarle suficientemente. Cuando te recogió estabas arrojada en el camino como el asno de una tahona. El te enseñó a comer con cuchillo y tenedor, a bañarte, a caminar, a danzar. Te ha convertido en una rosa de talones dorados. Cuando tus hermanos de leche te ven, creen estar en presencia de una hurí. Te ha elevado tanto sobre la gente de tu tribu como el faraón lo elevó a José. Y a propósito, dime quién era el faraón y quién era José.

Axuxa, atónita, se quedó mirando al eunuco. Ya no recordaba quién era el faraón ni quién era José.

—¿No me comprendes? —El eunuco tomó de la mesa de mármol el Corán, y comenzó a leer:— "En el nombre de Dios, Clemente y Misericordioso. A. L. R. Ved los signos del libro manifiesto..."

Cojeando entró a la sala, Hussein. Axuxa se enderezó de un salto, corrió al encuentro del mercader y postrándose ante él le besó la orla de la chilaba. Hussein la tomó por los hombros, estrechó a la criatura contra su pecho y miró la tabla que le alcanzó el eunuco. Pero Axuxa, antes de que el mercader examinara su obra, dijo:

—Señor, no pretenderás que una muchacha de El Ghuta, que siempre cargó carbón, tenga la letra de un abdul.

Salem intervino:

—Sí, pero no sabías quién era José ni el faraón.

Prestamente replicó Axuxa:

—¿Sabes tú, acaso, cómo se embruja a un mono?

El eunuco salió del paso:

—Es diferente.

Pero Axuxa no cedía tan fácilmente:

—¿Por qué me dijiste entonces que era una rosa de talones dorados?

Hussein, sonriendo, puso fin a la disputa:

—Axuxa, lo que Salem quiso decirte es que eras como una rosa que no sabe quién es el faraón ni José.

Luego, Hussein le hizo una seña al eunuco y éste salió, enfático, con su Corán bajo el brazo.

Axuxa, estrechada contra el pecho de Hussein, le miró, dilatados los grandes ojos en devoción firmísima:

—Mi señor. Mi faraón.

Hussein le pasó la mano sobre el hombro, y caminando lentamente, entraron a la sala de las abluciones. En el mediodía, la luz obscura y fresca que flotaba allí aparecía ligeramente dorada en los rincones.

Hussein se dejó caer en un cojín, y abstraído miró un instante el copo de espuma que rebotaba en lo alto de la vara de agua, bajo las constelaciones que decoraban el artesonado. Axuxa, instintivamente, se sentó frente a él. Aquella pausa anticipaba algo. Hussein dijo lentamente:

—Axuxa, tendremos que separarnos.

La muchacha de El Ghuta permaneció inmóvil como una estatua, pero un velo de mortal palidez bajó desde sus sienes a las mejillas. Sin parpadear, continuó mirando fijamente al mercader, y Hussein pudo ver que en su frente aparecían gotitas de sudor.

Prosiguió:

—Tengo que ir muy lejos a cobrar una deuda de sangre. Es a un hombre que me ha hecho mucho daño.

La vida volvió al cuerpo de Axuxa. Replicó impetuosa:

—¿Quieres que vaya y le clave mi puñal?

Hussein sonrió con dulzura:

—Es un impío de lengua blanca y corazón negro.

Calló un instante, levantando los ojos hacia la panoplia de terciopelo negro, cuyos versículos bordados en oro brillaban sobre el lobudo arco de cedro de la entrada principal, y reveló la secreta llaga que le roía como un cáncer:

—Yo no nací cojo, Axuxa. Hasta los ocho años, mis piernas eran rectas como los colmillos de un elefante. Con mis padres vivía a la entrada de la escalera de Kobba de Sidi ber-Raisuli. Babá Azis era platero del palacio. Mis padres, deseosos de convertirme en un hombre de provecho, me pusieron de aprendiz en la tienda de este hombre.

—Señor: ¿aún vive?

—Sí. Pero escucha. Un día que Babá fundía ajorcas de plata, yo, involuntariamente, empujé su brazo, y el metal se derramó fuera del molde, en los ladrillos del suelo. El platero, que era un hombre de genio colérico, en castigo de mi imprudencia me hizo apalear la planta de los pies con tal crueldad, que durante un mes no pude apoyarlos en el suelo. Cuando finalmente quise caminar, una pierna mía estaba encogida para siempre.

Los ojos de la muchacha de El Ghuta llameaban de furor.

—Mis padres no podían tomar justicia contra el platero, que gozaba del favor del sultán. Para hacerme olvidar de mi desgracia, me enviaron aquí, a lo de mi tío Abul. Yo le fui tan de provecho, que éste, antes de morir, me instituyó en heredero de todos sus bienes. Y ésta es la hora en que, por la gracia de Alá, puedo ir a su tienda de Suk El-Dajel para cobrarme el daño que me infirió en el cuerpo.

Axuxa murmuró:

—¡Oh, mi señor, si pudiera ayudarte!

Sombríamente prosiguió Hussein:

—Sidi Mahomet ha dicho: "Un día sus lenguas, sus manos y sus pies testimoniarán contra ellos. Alá dará a los perversos el premio de sus méritos. Nadie es más exacto que él en sus cuentas".

La mirada de Axuxa estaba preñada de luz fría. Su naricilla palpitaba ávidamente:

—¿Quieres que vaya a su tienda y le clave mi puñal en la garganta? ¡Sería tan fácil...!

Hussein, sin responderle, continuó desenroscando su pensamiento:

—Si Alá es tan exacto en sus cuentas, ¿cómo yo, que soy un simple mercader, puedo ser inexacto?

Axuxa, descorazonada, replicó:

—Entonces ¿no puedo ayudarte?

—Sí, Axuxa, puedes ayudarme. Lo que quería saber de ti es si el Clemente, el Misericordioso había dejado en tu corazón un grano de gratitud por los beneficios que te dispensé.

La muchacha de El Ghuta se puso de pie en un salto, mientras Hussein continuaba:

—Vendrás conmigo a Tánger y conocerás a mi enemigo.

Babá Azis, el platero, había renunciado a la vestimenta indígena. En Tánger se le podía ver a través del escaparate de su platería, en el Zoco Chico, frente mismo a las ventanas del Club Español, embutido en un traje de paño inglés. Como distintivo, únicamente en la cabeza conservaba el fez rojo con una borla velluda.

Era un hombre vigoroso y seco, que no alcanzaba los cuarenta años. Ya no fundía plata; traficaba en piedras y alhajas. A pesar de su traje europeo, mantenía un harén, y todos los viernes concurría a la misma mezquita que el Jalifa, disfrazado con una fina chilaba y un airoso turbante.

Este era el hombre que había dejado cojo al niño Hussein.

De modo que aquella tarde, cuando Axuxa, revestida de un fino manto blanco que le llegaba a los talones, y un velo cayendo desde la mitad de su nariz hasta la barbilla, entró en la joyería de Babá acompañada del eunuco, que iba disfrazado de matrona, los ojos de Babá Azis relumbraron de codicia.

Axuxa, seguida de su matrona, se acercó al mostrador y habló en árabe:

—Me han informado que eres un comerciante probo...

Babá Azis la interrogó rápidamente:

—Tú eres forastera, ¿no?

—Sí, de Fez, pero he vivido mucho tiempo en la vecindad del Nafud.

—¿Qué puedo hacer por ti?

—Mi marido me ha repudiado.

—Que Alá ciegue mis ojos, pero tu marido es el hombre más torpe del Islam.

Axuxa sonrió:

—Tengo algunas joyas. Deseo que las tases para poder mercarlas con provecho.

—¿Dónde vives tú? Nunca te he visto antes de hoy.

—He puesto mi casa en Ez Zuaguin, junto al bazar de los sederos.

Probablemente Babá Azis se hubiera rehusado a visitar a la desconocida, pero al escuchar la dirección de Axuxa, que era a doscientos metros de su tienda, aceptó.

—¿Junto al bazar de los sederos?

—Frente a la fontana.

—¿No es la casa del judío Ben-Anzar?

—Tú lo has dicho.

—Iré esta noche después de cerrar mi tienda. Espero ahora a unos turistas.

Axuxa no sonrió. Babá Azis vio que la muchacha, bajo el velo, apretaba los labios y entornaba los ojos, y un arrebato creció en él:

—Tendrás que remunerarme por la tasación de tus alhajas.

—¿Cuál es tu precio?

—Una taza de té.

—Te prepararé el té con mis propias manos. ¿Lo prefieres verde o al modo de los cristianos?

Cortésmente, Babá Azis repuso:

—Prepáralo al modo de Nafud.

Babá Azis y Axuxa, simultáneamente, se llevaron la mano al corazón, a los labios y a la frente, y la muchacha de El Ghuta salió escoltada por su matrona.

Caía la tarde, y el rectángulo del zoco se obscurecía y cruzaban los jumentos entre las mesillas de los cafés y comenzaban a relumbrar las ascuas en el fondo de las cuevas de los freidores de pescado.

Babá Azis, con la sien apoyada en la mano, pensaba en la jovencita de Nafud. ¿Y si se casara con ella? Una mujer más en su harén no gravaría excesivamente sus intereses. Por supuesto, ella no debía vivir holgadamente desde el momento que pensaba enajenar sus alhajas. Babá Azis se roía la uña del dedo gordo y miraba las joyas del escaparate. ¿Y si fuera una ladrona? Sonrió con ferocidad. No era inadmisible que le invitara a meterse en la casa del judío Ben-Anzar para obligarle a firmar una orden de entrega de sus tesoros a algún desconocido portador. Llamó a su dependiente Assan, y éste, narigudo, corcovado, salió de la perrera donde montaba piedras para su amo.

—Escúchame, Assan, y abre tus grandes orejas. ¿Me escuchas? —Assan asintió con la cabeza.— Si mañana recibes una carta mía, escrita por mi mano, ordenándote que entregues joyas o piedras al portador, sea éste un hombre o una mujer, ¡lo harás arrestar por un gendarme!

Assan miró asustado a su amo.

—No temas nada. Procede como te ordeno y haz que vengan en mi busca, porque el que traiga esa carta me habrá hecho secuestrar.

Los labios de Assan temblaban, y eso que no era la primera vez que recibía semejante orden de Babá, porque el mercader cada vez que tenía que visitar a un desconocido tomaba las mismas precauciones.

Assan volvió a meterse en su perrera, y Babá se restregó las manos satisfecho. Ahora podía ir tranquilo a casa de la desconocida. Como recomendó el Profeta, él había amarrado juiciosamente el camello a la estaca.

Anochecía. Entró a su dormitorio, y en obsequio a la desconocida comenzó a despojarse de su ropa europea para vestir la chilaba. Assan, después de poner los tableros en el escaparate, ayudó a su amo a arrollarse el turbante en redor de la cabeza.

A las nueve de la noche estaba frente a la casa del judío Ben-Anzar. Tumultos de indígenas y forasteros se encaminaban hacia el Zoco Grande; un tantán pesado como el tronar de un cañón, llegaba desde lejos, probablemente acompañaba a una novia en su marcha hacia la mezquita, y temblándole el corazón levantó el aldabón de la baja y maciza puerta. El eunuco, disfrazado de matrona, abrió; Babá Azis entró a un patiecillo obscuro; súbitamente tuvo la sensación de una celada; quiso retroceder, pero una red de pescador cayó sobre su cabeza; intentó gritar, pero Salem le tapó la boca, y atrapado como un inmenso pez, se sintió llevado en brazos al interior de un cuarto. Axuxa, iluminándose con un farol morisco, cerró las puertas, y Babá, aterrorizado, a través de las mallas de la red, pudo ver a la luz del farol a un hombre inmóvil, de pie, apoyado de espaldas contra el muro encalado. El hombre del muro estaba cubierto hasta los ojos, pero su mirada fría era tan pesada y terca, que Babá Azis sintió la emoción de un ahogo.

Hussein, sin apartarse una pulgada del muro encalado, y apoyando un brazo en el hombro de Axuxa, dijo:

—Babá Azis, estás aquí en el suelo, pescado como un pez.

Eres un hombre cruel e impío. Como los malditos coreichitas, tu lengua dice siempre lo contrario de lo que siente tu corazón. Por el día vistes como los perros cristianos, por la noche como los ecuánimes creyentes, pero tú has olvidado que el Profeta ha escrito: "Un día sus lenguas, sus manos y sus pies testimoniarán contra ellos. Nadie es más exacto que yo en sus cuentas".

Babá Azis, atemorizado, escuchaba sin comprender. ¿Qué infernal jerigonza era aquélla? Por fin, reaccionó, y levantando penosamente la cabeza del suelo, habló a través de los agujeros de su red.

—Estoy dispuesto a comprarte mi libertad. Déjame una mano libre y te escribiré la orden para mi dependiente.

Hussein continuó:

—Hay un proverbio que dice: "Pagarás la cabeza con la cabeza, el ojo con el ojo, el diente con el diente". Babá Azis, tú tienes una deuda con el que todo lo ve y lo sabe.

Babá Azis comenzaba a irritarse:

—¿Qué es lo que hablas tú, que no me muestras tu rostro ni tus intenciones? ¿Qué pretendes? ¿Mis piedras? ¿Mi oro? ¿Mi plata?... ¡Dime qué debo pagar, y te escribiré la orden!

Hussein el Cojo sonrió con dulzura:

—¿Le ofrecerás, el día del Juicio Final, al ángel de la Muerte, tus joyas, tus piedras, tu oro o tu plata? No... ¿Por qué me las ofreces a mí? —Y, dirigiéndose a Salem, le dijo:— Trae el hacha y el tajo.

Babá Azis no resistió más; un sudor mortal mojó su cuerpo, y las paredes de la habitación, obscura y vacía, giraron en sus ojos. Luego entró en la noche.

Salem apareció con un hacha y un tajo de roble. Axuxa cerró los ojos y apoyó la cabeza en el pecho de Hussein, que la resguardó con su chilaba. Salem, enorme como una ballena, se inclinó sobre el platero desvanecido, sacó de la red un pie de éste, lo colocó sobre el tajo, a la altura del tobillo, levantó el hacha y la dejó caer... Babá Azis lanzó un grito terrible y volvió a desmayarse. El pie, separado de su pierna, fue a rodar hasta las babuchas de Hussein. Inmediatamente el eunuco aplicó un emplasto de hierbas sobre el sangrante muñón del mercader, envolvió el miembro mutilado en una faja de algodón, cogió el pie caído en el polvo, lo echó a una alforja, y los tres salieron.

Al día siguiente desde Tánger a Rabbat, desde Ceuta a Melilla, los hombres, en los caminos, en las tiendas, en los zocos, en los bazares; las mujeres en los cementerios y en los harenes, todos se preguntaban:

—¿Quién se llevó el pie de Babá?

Mas si Babá Azis, que sobrevivió al cruel castigo, un mes después hubiera podido llegar hasta Dimisch esh Sham y entrar a la finca de Hussein el Cojo, hubiera descubierto que en el dormitorio del mercader, sobre la cabecera de su lecho, había una panoplia de terciopelo negro. En la panoplia, más encogido que la garra de una fiera, estaba clavado su pie.

Hussein y Axuxa vivieron muchos años felices, y Alá les bendijo, concediéndoles numerosa prole.

En Editorial Losada,
Buenos Aires, 1996.

Marguerite Yourcenar

MARGUERITE YOURCENAR fue, indudablemente, una de las más grandes escritoras del siglo. Nació en Bélgica, en 1903, en el seno de una familia aristocrática. Sin embargo, su niñez no se vio marcada por la vanidad y las convenciones, por el contrario, sus recuerdos de infancia están enraizados en Mont-Noir, el campo donde pasó sus primeros años y donde descubrió todo aquello que seguiría amando a lo largo de su vida: las flores salvajes, los árboles, los pinares, los caballos. Esta auténtica admiración por la naturaleza la reflejará luego en Zenon, personaje fundamental de sus grandes novelas.

Indiferente a los privilegios sociales, fue madurando en un profundo respeto por la gente simple, por la sabiduría del hombre de pueblo. "Aprendí muy pronto que toda esa gente existía tanto como yo, y que era agradable estar con ellos al lado del fuego de la cocina." Ella misma confesará, en otra oportunidad, haber crecido sin el más mínimo sentido de clase.

Con gran admiración hablará siempre de su padre, tan importante para su formación como en el reconocimiento de la belleza oculta bajo las cosas más humildes y sencillas. Esa clase de intelectuales libres, apasionados, a quien recordará en *Opus Nigrum,* a través de un personaje aventurero, de ésos que aman las letras y se instruyen con la vida.

Cuando en 1914 se traslada con su padre a la ciudad de París, visita asiduamente los museos del Louvre, las ruinas de Cluny, el palacio de las Termas, y allí descubre su nueva pasión: la grandeza del pasado, los hechos atroces, brutales y heroicos que forman la historia, y que alimentarán, desde entonces, los sedientos fantasmas de su imaginación.

Con una escritura brillante y una hondura abismal, Yourcenar sobresalió en novelas inolvidables como *Memorias de Adriano, Opus Nigrum, El agua que fluye, Alexis o el inútil combate, Fuegos*. En ellas es sobrecogedora su serenidad.

Notable es también su producción teatral. Su estilo recuerda el de Giraudoux y se basa fundamentalmente en la reinterpretación de algunos famosos mitos griegos.

Recibió, en 1980, el Gran Premio Nacional de Letras Francesas y fue la primera mujer que integró la Academia Francesa de Letras.

Murió en 1987.

Nuestra Señora de las Golondrinas

El monje Therapion había sido en su juventud el discípulo más fiel del gran Atanasío; era brusco, austero, dulce tan sólo con las criaturas en quienes no sospechaba la presencia de demonios. En Egipto había resucitado y evangelizado a las momias; en Bizancio había confesado a los Emperadores que había venido a Grecia obedeciendo a un sueño, con la intención de exorcizar a aquella tierra aún sometida a los sortilegios de Pan. Se encendía de odio cuando veía los árboles sagrados donde los campesinos, cuando enferman de fiebre, cuelgan unos trapos encargados de temblar en su lugar al menor soplo de viento de la noche; se indignaba al ver los falos erigidos en los campos para obligar al suelo a producir buenas cosechas, y los dioses de arcilla escondidos en el hueco de los muros y en la concavidad de los manantiales. Se había construido con sus propias manos una estrecha cabaña a orillas del Cefiso, poniendo gran cuidado en no emplear más que materiales bendecidos. Los campesinos compartían con él sus escasos alimentos y aunque aquellas gentes estaban macilentas, pálidas y desanimadas, debido al hambre y a las guerras que les habían caído encima, Therapion no conseguía acercarlos al cielo. Adoraban a Jesús, Hijo de María, vestido de oro como un sol naciente, mas su obstinado corazón seguía fiel a las divinidades que viven en los árboles o emergen del burbujeo de las aguas; todas las noches depositaban, al pie del plátano consagrado a las Ninfas, una escudilla de leche de la única cabra que les quedaba; los muchachos se deslizaban al mediodía bajo los macizos de árboles para espiar a las mujeres de ojos de ónice, que se alimentan de tomillo y miel. Pululaban por todas partes y eran hijas de aquella tierra seca y dura donde, lo que en otros lugares se dispersa en forma de vaho, adquiere en seguida figura y sustancia reales. Veíanse las huellas de sus pasos en la greda de sus fuentes, y la blancura de sus cuerpos se confundía desde lejos con el espejo de las rocas. Incluso sucedía a veces que una Ninfa mutilada sobreviviese todavía en la viga mal pulida que sostenía el techo y, por la noche, se la oía quejarse o cantar. Casi todos los días se perdía alguna cabeza de ganado, a causa de sus hechicerías, allá en la montaña, y hasta meses más tarde no lograban encontrar el montoncito que formaban sus huesos. Las Malignas cogían a los niños de la mano y se los llevaban a bailar al borde de los precipicios: sus pies ligeros no tocaban la tierra, pero en cambio el abismo se tragaba los pesados cuerpecillos de los niños. O bien alguno de los muchachos jóvenes que les seguían la pista regresaba al pueblo sin aliento, tiritando de fiebre y con la muerte en el cuerpo tras haber bebido agua de un manantial. Cuando ocurrían estos desastres, el monje Therapion mostraba el puño en dirección a los bosques donde se escondían aquellas Malditas, pero los campesinos continuaban amando a las frescas hadas casi invisibles y les perdonaban sus fechorías igual que se le perdona al sol cuando descompone el cerebro de los locos, y al amor que tanto hace sufrir.

El monje las temía como a una banda de lobas, y le producían tanta inquietud como un rebaño de prostitutas. Aquellas caprichosas beldades no lo dejaban en paz: por las noches sentía en su rostro su aliento caliente como el de un animal a medio domesticar que rondase tímidamente por la habitación. Si se aventuraba por los campos, para llevar el viático a un enfermo, oía resonar tras sus talones el trote caprichoso y entrecortado de aquellas cabras jóvenes. Cuando, a pesar de sus esfuerzos, terminaba por dormirse a la hora de la oración, ellas acudían a tirarle inocentemente de la barba. No trataban de seducirlo, pues lo encontraban feo, ridículo y muy viejo, vestido con aquellos hábitos de estameña parda y, pese a ser muy bellas, no despertaban en él ningún deseo impuro, pues su desnudez le repugnaba igual que la carne pálida de los gusanos o el dermo liso de las culebras. No obstante, lo inducían a tentación, pues acababa por poner en duda la sabiduría de Dios, que ha creado tantas criaturas inútiles y perjudiciales, como si la creación no fuera sino un juego maléfico con el que El se complaciese. Una mañana, los aldeanos encontraron a su monje serrando el plátano de las Ninfas y se afligieron por partida doble, pues, por una parte, temían la venganza de las hadas –que se marcharían llevándose consigo fuentes y manantiales–, y por otra parte, aquel plátano daba sombra a la plaza, en donde acostumbraban a reunirse para bailar. Mas no hicieron reproche alguno al santo varón, por miedo a malquistarse con el Padre que está en los cielos y que suministra la lluvia y el sol. Se callaron, y los proyectos del monje Therapion contra las Ninfas viéronse respaldados por aquel silencio.

Ya no salía nunca sin coger antes dos pedernales, que escondía entre los pliegues de su manga, y por la noche, subrepticiamente, cuando no veía a ningún campesino por los campos desiertos, prendía fuego a un viejo olivo, cuyo cariado tronco le parecía ocultar a unas diosas, o a un joven pino escamoso, cuya resina se vertía como un llanto de oro. Una forma desnuda se escapaba de entre las hojas y corría a reunirse con sus compañeras inmóviles a lo lejos como corzas asustadas, y el santo monje se regocijaba de haber destruido uno de los reductos del Mal. Plantaba cruces por todas partes y los jóvenes animales divinos se apartaban, huían de la sombra de aquel sublime patíbulo, dejando en torno al pueblo santificado una zona cada vez más amplia de silencio y de soledad. Pero la lucha proseguía pie tras pie por las primeras cuestas de la montaña, que se defendía con sus zarzas cuajadas de espinas y sus piedras resbaladizas, haciendo muy difícil desalojar de allí a los dioses. Finalmente, envueltas en oraciones y fuego, debilitadas por la ausencia de ofrendas, privadas de amor desde que los jóvenes del pueblo se apartaban de ellas, las Ninfas buscaron refugio en un vallecito desierto, donde unos cuantos pinos negros plantados en un suelo arcilloso recordaban a unos grandes pájaros que cogiesen con sus fuertes garras la tierra roja y moviesen por el cielo las mil puntas finas de sus plumas de águila. Los manantiales que por allí corrían, bajo un montón de piedras informes, eran harto fríos para atraer a lavanderas y pastores. Una gruta se abría a mitad de la ladera de una colina y a ella se accedía por un agujero apenas lo bastante ancho para dejar pasar un cuerpo. Las Ninfas se habían refugiado allí desde siempre, en las noches en que la tormenta estorbaba sus juegos, pues temían al rayo, como todos los animales del bosque, y era asimismo allí donde acostumbraban dormir en las noches sin luna. Unos pastores jóvenes presumían de haberse introducido una vez en aquella caverna, con peligro de su salvación y del vigor de su juventud, y no cesaban de alabar aquellos dulces cuerpos, visibles a medias en las frescas tinieblas, y aquellas cabelleras que se adivinaban, más que se palpaban. Para el monje Therapion, aquella gruta escondida en la ladera de la peña era como un cáncer hundido en su propio seno, y de pie a la entrada del valle, con los brazos alzados, inmóvil durante horas enteras, oraba al cielo para que le ayudase a destruir aquellos peligrosos restos de la raza de los dioses.

Poco después de Pascua, el monje reunió una tarde a los más fieles y más recios de sus feligreses; les dio picos y linternas; él cogió un crucifijo y los guió a través del laberinto de colinas, por entre las blandas tinieblas repletas de savia, ansioso de aprovechar aquella noche oscura. El monje Therapion se paró a la entrada de la gruta y no permitió que entraran allí sus fieles, por miedo a que fuesen tentados. En la sombra opaca oíanse reír ahogadamente los manantiales. Un tenue ruido palpitaba, dulce como la brisa en los pinares: era la respiración de las Ninfas dormidas, que soñaban con la juventud del mundo, en los tiempos en que aún no existía el hombre y en que la tierra daba a luz a los árboles, a los animales y a los dioses. Los aldeanos encendieron un gran fuego, mas hubo que renunciar a quemar la roca; el monje les ordenó que amasaran cemento y acarreasen piedras. A las primeras luces del alba empezaron a construir una capillita adosada a la ladera de la colina, delante de la entrada de la gruta maldita. Los muros aún no se habían secado, el tejado no estaba puesto todavía y faltaba la puerta, pero el monje Therapion sabía que las Ninfas no intentarían escapar atravesando el lugar santo, que él ya había consagrado y bendecido. Para mayor seguridad había plantado al fondo de la capilla, allí donde se abría la boca de la gruta, un Cristo muy grande, pintado en una cruz de cuatro brazos desiguales, y las Ninfas, que sólo sabían sonreír, retrocedían horrorizadas ante aquella imagen del Ajusticiado. Los primeros rayos del sol se estiraban tímidamente hasta el umbral de la caverna: era la hora en que las desventuradas acostumbraban a salir, para tomar de los árboles cercanos su primera colación de rocío; las cautivas sollozaban, suplicaban al monje que las ayudara y en su inocencia le decían que —en caso de que les permitiera huir— lo amarían. Continuaron los trabajos durante todo el día y hasta la noche se vieron lágrimas resbalando por las piedras, y se oyeron toses y gritos roncos parecidos a las quejas de los animales heridos. Al día siguiente colocaron el tejado y lo adornaron con un ramo de flores; ajustaron la puerta y la cerraron con una gruesa llave de hierro. Aquella misma noche, los cansados aldeanos regresaron al pueblo, pero el monje Therapion se acostó cerca de la capilla que había mandado edificar y, durante toda la noche, las quejas de sus prisioneras le impidieron deliciosamente dormir. No obstante, era compasivo, se enternecía ante un gusano hollado por los pies o ante un tallo de flor roto por culpa del roce de su hábito, pero en aquel momento parecía un hombre que se regocija de haber emparedado, entre dos ladrillos, un nido de víboras.

Al día siguiente, los aldeanos trajeron cal y embadurnaron con ella la capilla, por dentro y por fuera; adquirió el aspecto de una blanca paloma acurrucada en el seno de la roca. Dos lugareños menos miedosos que los demás se aventuraron dentro de la gruta para blanquear sus paredes húmedas y porosas, con el fin de que el agua de las fuentes y la miel de las abejas dejaran de chorrear en el interior del hermoso antro, y de sostener así la vida desfalleciente de las mujeres hadas. Las Ninfas, muy débiles, no tenían ya fuerzas para manifestarse a los humanos; apenas podía adivinarse aquí y allá, vagamente, en la penumbra, una boca joven contraída, dos frágiles manos suplicantes o el pálido color de rosa de un pecho desnudo. O asimismo, de cuando en cuando, al pasar por las asperidades de la roca sus gruesos dedos blancos de cal, los aldeanos sentían huir una cabellera suave y temblorosa como esos culantrillos que crecen en los sitios húmedos y abandonados. El cuerpo deshecho de las Ninfas se descomponía en forma de vaho, o se preparaba a caer convertido en polvo, como las alas de una mariposa muerta; seguían gimiendo, pero había que aguzar el oído para oír aquellas débiles quejas; ya no eran más que almas de Ninfas que lloraban.

Durante toda la noche siguiente el monje Therapion continuó montando su guardia de oración a la entrada de la capilla, como un anacoreta en el desierto. Se alegraba de pensar que antes de la nueva luna las quejas habrían cesado y las Ninfas, muertas ya de hambre, no serían más que un impuro recuerdo. Rezaba para apresurar el instante en que la muerte liberaría a sus prisioneras, pues empezaba a compadecerlas a pesar suyo, y se avergonzaba de su debilidad. Ya nadie subía hasta donde él estaba; el pueblo parecía tan lejos como si se hallara al otro extremo del mundo; ya no vislumbraba, en la vertiente opuesta al valle, más que la tierra roja, unos pinos y un sendero casi tapado por las agujas de oro. Sólo oía los estertores de las Ninfas, que iban disminuyendo, y el sonido cada vez más ronco de sus propias oraciones.

En la tarde de aquel día vio venir por el sendero a una mujer que caminaba hacia él, con la cabeza baja, un poco encorvada; llevaba un manto y un pañuelo negros, pero una luz misteriosa se abría camino a través de la tela oscura, como si se hubiera echado la noche sobre la mañana. Aunque era muy joven, poseía la gravedad, la lentitud y la dignidad de una anciana y su dulzura era parecida a la del racimo de uvas maduras y a la de la flor perfumada. Al pasar por delante de la capilla miró atentamente al monje, que se vio turbado en sus oraciones.

—Este sendero no lleva a ninguna parte, mujer —le dijo—. ¿De dónde vienes?

—Del Este, como la mañana —respondió la joven—. ¿Y qué haces tú aquí, anciano monje?

—He emparedado en esta gruta a las Ninfas que infestaban la comarca —dijo el monje—, y delante de su antro he edificado una capilla. Ellas no se atreven a atravesarla para huir porque están desnudas, y a su manera tienen temor de Dios. Estoy esperando a que se mueran de hambre y de frío en la caverna y cuando esto suceda, la paz de Dios reinará en los campos.

—¿Y quién te dice que la paz de Dios no se extiende también a la Ninfas lo mismo que a los rebaños de cabras? —respondió la joven—. ¿No sabes que en tiempos de la Creación, Dios olvidó darle alas a ciertos ángeles, que cayeron en la tierra y se instalaron en los bosques, donde formaron la raza de Pan y de las Ninfas? Y otros se instalaron en una montaña, en donde se convirtieron en dioses olímpicos. No exaltes, como hacen los paganos, la criatura a expensas del Creador, pero no te escandalices tampoco de Su Obra. Y dale gracias a Dios en tu corazón por haber creado a Diana y a Apolo.

—Mi espíritu no se eleva tan alto —dijo humildemente el monje—. Las Ninfas importunan a mis feligreses y ponen en peligro su salvación, de la que yo soy responsable ante Dios, y por eso las perseguiré aunque tenga que ir hasta el Infierno.

—Y se tendrá en cuenta tu celo, honrado monje —dijo sonriendo la joven—. Pero ¿no puede haber un medio de conciliar la vida de las Ninfas y la salvación de tus feligreses?

Su voz era dulce, como la música de una flauta. El monje, inquieto, agachó la cabeza. La joven le puso la mano en el hombro y le dijo con gravedad:

—Monje, déjame entrar en esa gruta. Me gustan las grutas, y compadezco a los que en ellas buscan refugio. En una gruta traje yo al mundo a mi Hijo, y en una gruta lo confié sin temor a la Muerte, con el fin de que naciera por segunda vez en su Resurrección.

El anacoreta se apartó para dejarla pasar. Sin vacilar, se dirigió ella a la entrada de la caverna, escondida detrás del altar. La enorme cruz tapaba la abertura; la apartó con cuidado, como un objeto familiar, y se introdujo en el antro.

Se oyeron en las tinieblas unos gemidos aún más agudos, un piar de pájaros y roces de alas. La joven hablaba con las Ninfas en una lengua desconocida, que acaso fuera la de los pájaros o la de los ángeles. Al cabo de un instante volvió a aparecer al lado del monje, que no había parado de rezar.

–Mira, monje... –le dijo–. Y escucha...

Innumerables grititos estridentes salían de debajo de su manto. Separó las puntas del mismo y el monje Therapion vio que llevaba entre los pliegues de su vestido centenares de golondrinas. Abrió ampliamente los brazos, como una mujer en oración, y dio así suelta a los pájaros. Luego dijo, con una voz tan clara como el sonido del arpa:

–Id, hijas mías...

Las golondrinas, libres, volaron en el cielo de la tarde, dibujando con el pico y las alas signos indescifrables. El anciano y la joven las siguieron un instante con la mirada, y luego la viajera le dijo al solitario:

–Volverán todos los años, y tú les darás asilo en mi iglesia. Adiós, Therapion.

Y María se fue por el sendero que no lleva a ninguna parte, como mujer a quien poco importa que se acaben los caminos, ya que conoce el modo de andar por el cielo. El monje Therapion bajó al pueblo y al día siguiente, cuando subió a decir misa en la capilla, la gruta de las Ninfas se hallaba tapizada de nidos de golondrinas. Volvieron todos los años y se metían en la iglesia, muy ocupadas en dar de comer a sus pequeñuelos o consolidando sus casas de barro, y muy a menudo, el monje Therapion interrumpía sus oraciones para seguir con mirada enternecida sus amores y sus juegos, pues lo que les está prohibido a las Ninfas les está permitido a las golondrinas.

En *Cuentos orientales,*
Buenos Aires, Alfaguara, 1993.

Hugo Mujica

Hugo Mujica nació en Buenos Aires en 1942. Su niñez se vio oscurecida por el trágico accidente que le costó la vista a su padre; este hecho llevó a la familia a difíciles situaciones económicas lo que, si por un lado, significó desprotección, por otro, ejerció en él una temprana libertad: ya en su adolescencia, las situaciones de riesgo le fueron comunes. Trabajando de día y estudiando de noche, termina el Bachillerato y comienza sus estudios en Bellas Artes. A los 19 años se va a los Estados Unidos sin saber inglés y sin un peso, para abrirse a otras posibilidades. La búsqueda del sentido de la vida le era entonces ya imprescindible.

Allí hará de todo; con el tiempo llegará a trabajar de fotógrafo y podrá seguir sus estudios en Bellas Artes, y pintar.

Eran los años sesenta en New York; como para tantos de nosotros, el existencialismo francés lo había deslumbrado. Perteneció a aquella juventud que encontró en Cuba una alternativa a una sociedad injusta, competitiva y de consumo, que vivió con horror Vietnam y que probó todo en busca de una manera de vivir que pudiera cambiar el materialismo que lo asfixiaba. Frecuentó grupos anarquistas y hippies, y se inició en la droga. En medio de una grave depresión abandonó la pintura y por largos meses no hizo más que ver encender y apagarse las luces de la ciudad desde atrás de una ventana.

Finalmente lo único que salva al hombre es el espíritu; Hugo fue rescatado por el grupo Hare Krishna y se interesó en el Zen. Poco después entró en el Monasterio Trapense, donde fue monje con voto de silencio durante siete años; hoy es sacerdote.

Ha publicado ya 15 libros de poesía, ensayo y narrativa. Sus últimos títulos son *La palabra inicial* y *Flecha en la niebla,* entre sus ensayos, y *Para albergar una ausencia* y *Noche abierta,* entre sus libros de poesía. Hugo Mujica es un gran poeta y escritor o yo no tengo intuición de lo que es la literatura. El tiempo lo dirá a todos.

El discipulado

Lo cruzaba al volver del colegio, yo estaba en segundo o tercer año del secundario. Al principio, como supongo que hacían casi todos al pasar, lo miraba de reojo. Lo miraba de reojo pero atentamente, como si cada día buscara registrar un nuevo detalle. Por ejemplo, cómo el pelo, largo, se juntaba y mezclaba con la barba, cómo se mezclaban y se pegaban de sucios que los tenía. Lo miraba de soslayo, de pasada, hasta un día en que al cruzarme con la mirada de él, él arqueó las cejas: me saludó. Al otro día, aminoré mi paso al cruzarlo y fui yo quien lo saludó: contestó sin palabras, pero me comenzó a reconocer.

Terminamos siendo amigos, claro que fue una amistad muy particular, como la que podía darse entre el joven imberbe que aún era yo y un linyera. Creo que eso es lo que era él, porque mendigo no creo que haya sido, al menos nunca lo vi pedir nada a nadie. Yo le daba cigarrillos, pero porque se me ocurrió a mí, él no me los pedía, nunca me pidió nada. Era difícil calcular cuántos años podría tener, no era ni viejo ni joven, o lo más curioso es que era viejo y joven a la vez: los ojos eran jóvenes, la frente era vieja. Una vez le pregunté la edad que tenía, pero él nunca me contestaba, me hablaba pero sin contestarme. Como cuando le pregunté su nombre, aunque esa vez, quizás la única, creo, no podría asegurarlo, pero creo que sonrió. Después, cuando lo conocí más, dejé de preguntarle, lo escuchaba, aunque casi siempre me decía lo mismo igual me gustaba escucharlo; además, como nunca terminé de entender el sentido de lo que me decía, siempre me parecía que hablaba de algo nuevo. Aunque siempre era lo mismo, casi con las mismas palabras, con los mismos gestos: sin gesto. Me hablaba, pero no parecía decírmelo a mí. Parecía recordar, o contárselo al aire o a alguien que sólo él parecía ver:

—Empezó cuando madrugaba, cuando todavía me acostaba. Siempre me gustó madrugar, madrugar para ver cómo el día empieza, verlo cómo se abre, verlo crecer como una planta de luz que se abre desde la raíz, desde la noche. Escuchaba el despertador, aunque casi siempre me despertaba cinco minutos antes, miraba el reloj y corría a apagarlo antes de que sonara, de que me taladrara la cabeza. Después volvía a acostarme, cinco minutos, nada más, por disciplina, cinco minutos nada más. Desde la cama miraba el techo y sentía que no había ninguna razón para levantarme, que nada de lo que me esperaba podría llegar a entusiasmarme. No era que no me gustase, simplemente que no me importaba, que lo mío era eso, no hacer nada. Lo mío era mirar hacia el techo, mirar hacia arriba, mirar nada... Siempre necesitaba un pensamiento, una idea, algo que me diera fuerzas para levantarme, no por vago, vago nunca fui, siempre fui disciplinado... Algo que me diera fuerzas para levantarme y hacer lo que los otros hacían, lo que los otros habían inventado que yo tenía que hacer si quería vivir como ellos vivían, como a mí no me importaba vivir. Vivir haciendo todas esas cosas que después de un rato me gustaban, cuando la cabeza me empezaba a funcionar, empezaba a tomar velocidad, a moverse, a acelerarse, como la vida en la que me tenía que meter. Pero que en ese momento, en esos cinco minutos, yo sabía que esa vida no era la mía, que lo mío era eso: nada. Cada vez me costaba más levantarme, me levantaba igual, por disciplina, a los cinco minutos, pero esos cinco minutos se iban dilatando, iban siendo donde me gusta vivir. Iban ocupando las horas, después los días enteros, quiero decir que cada vez hacía más las cosas, el trabajo, la gente, los amigos, la familia, sin ganas, mirando hacia arriba aunque no levantara la cabeza. En todo veía nada, como si siempre viese más allá de lo que miraba, como si todo se fuera transparentando, dejando ver nada en todo lo que veía, nada en lo que no miraba, nada arriba, nada... O todo, pero todo trasparentándose, todo en nada... O nada, en todo...

Siempre era allí donde paraba de hablar, paraba sin haber terminado, quedaba en suspenso. En vilo. Se quedaba con la mirada perdida, como si mirase algo a lo lejos o como si mirara por mirar, como si mirara viendo, no buscando ver. Al principio yo no sabía qué hacer, después me acostumbré, lo saludaba, le decía hasta mañana, aunque sabía que él no me iba a contestar, y me iba. Cuando llegaba a la esquina, a unos pasos de donde él paraba, me daba vueltas, a veces me quedaba mirándolo, parado, pensando de nuevo en lo que me había contado, en lo que yo nunca terminaba de comprender, lo que hasta ahora, tantos años después, sigo sin comprender. Me daba vueltas para ver si seguía así, mirando a nada, como si él viese algo mirando nada. Algo o alguien que estoy seguro que él veía aunque yo nunca llegué a ver, alguien o algo que estoy seguro que algún día llegaré a ver.

La única vez que fue diferente fue la última vez, antes de que desapareciera, antes de que no volviera a saber de él —¿a quién le va a preguntar uno por un linyera?—. La última vez, cuando me di vuelta antes de seguir caminando hacia mi casa, cuando volví a mirarlo después de despedirme, él seguía mirando nada, como siempre, pero no se quedó en silencio, ni se quedó parado, como estaba siempre, como vivía. No, la última vez, esa vez, lo vi sentarse sobre la vereda, deslizar su cuerpo hasta quedar doblado, con la cabeza hundida sobre el pecho, como si estuviera escuchando algo... y se puso a cantar. Estábamos en la calle, en el ruido, pero creo que me acerqué casi en puntas de pie, me acerqué en silencio. Ya había aprendido que cuando se quedaba así, mirando nada, no veía más, así que me acerqué para tratar de oír qué era lo que cantaba, o qué decía. Por más que traté y traté, lo que cantaba me resultaba incomprensible, como si cantara en un idioma extraño un canto también extraño. Extraño pero hermoso, impresionantemente hermoso. Imborrablemente hermoso.

Después caminé el resto de la cuadra, hasta doblar, de espaldas. No quería dejarlo de mirar, no podía, ni dejar de mirar ni de escuchar. Como si intuyese lo que fue cierto, como sabiendo que era la última vez que le vería allí, la última, y única vez, que escucharía ese incomprensible canto. Pero en eso me equivocaba: aún hoy, a veces, lo vuelvo a escuchar, como si me lo cantara dentro de mí en el mismo lugar del pecho donde le vi a él clavar su cabeza. Es un canto monótono, como una cantinela, como una letanía. Un canto que parece muy antiguo, en alguna lengua también antigua, quizás ya muerta, pero aún sagrada.

Cuento inédito.

Fiedor Dostoievski

Fɪᴇᴅᴏʀ Dᴏsᴛᴏɪᴇᴠsᴋɪ nació el 11 de noviembre de 1821 en Moscú. El ambiente social en el que vivió lo diferencia de los grandes novelistas rusos Tolstoi y Turgueniev, quienes pertenecían a la nobleza y prácticamente no conocieron problemas económicos; muy por el contrario, Dostoievski vivió angustiado por ellos. Aunque estudió ingeniería, desde joven se consagró a escribir y, ya a los veinticinco años, concibió la maravillosa novela corta *Pobres gentes* y, dos años después, *Noches blancas.* Desde sus primeros escritos, su obra se centra en el corazón del hombre y en su dualidad, que trata ya entonces de desentrañar en su novela *El doble.*

Dostoievski vivió inmerso en los problemas de su tiempo. Fue tomado prisionero a los veintiocho años por participar en reuniones políticas en contra del tiránico proceder del zar Nicolás I. Condenado a muerte, su pena fue conmutada por cuatro años de trabajos forzados en Siberia y otros tantos como soldado en lejanas trincheras.

Tardaría diez años en volver a su amada San Petersburgo, y para siempre llevaría en su memoria la pobreza y el desamparo de aquellas gentes. Allí funda con su hermano la revista *Vremya* (Tiempo), donde sus publicaciones despiertan admiración en el mundo cultural. Para entonces, logra viajar por Europa, la que ratifica –por oposición– su fe en el espíritu ruso. De vuelta en su país funda otra revista, *Epokha* (Epoca), donde aparecen por primera vez *Memorias del subsuelo*.

La muerte de su mujer y de su hermano, las penurias económicas y una desgraciada pasión lo vuelcan al juego, que aparecerá luego reflejado en *El jugador*.

Por esa época conoce a Anna Snitkina, una joven taquígrafa con quien se casa y se va al extranjero, escapando de las deudas. De país en país, Dostoievski y su mujer viven pobremente y por momentos en la miseria, lo que es soportado con ánimo por Anna, lo mismo que los ataques de epilepsia de Fiedor, su atracción por el juego, y la trágica muerte del hijo primogénito.

En 1866 publicó *Crimen y castigo*, libro que inicia la serie de las grandes narraciones que le valieron a Dostoievski un reconocimiento y un fervor sin precedentes. Su última novela, *Los hermanos Karamazov,* fue uno de los libros que más me conmovieron en la vida.

Ambas obras, junto a *Los demonios* y *El idiota,* han hecho de Dostoievski uno de los más grandes escritores de todos los tiempos. Ha sido tan descomunal la conmoción que produjo su literatura que muchas generaciones de jóvenes crecieron leyéndolo.

Noches blancas

¿O es que consiste su misión en verse,
aunque sea un instante, al lado de tu corazón?

I. Turgueniev

Primera noche

Era una noche prodigiosa, una noche de esas que quizá sólo vemos cuando somos jóvenes, lector querido. Hacía un cielo tan hondo y tan claro, que, al mirarlo, no tenía uno más remedio que preguntarse, sin querer, si era verdad que debajo de un cielo semejante pudiesen vivir criaturas malas y tétricas. Cuestión ésta que, a decir verdad, sólo se la puede uno plantear cuando es joven, muy joven, querido lector. ¡Quiera Dios revivir con frecuencia esa edad en vuestra alma!... Mientras yo pensaba todavía de ese modo en los hombres más diversos, no tenía más remedio también que acordarme involuntariamente de mi propio panegírico de aquellos tiempos. Ya desde la mañana habíase apoderado de mí una rara disposición de ánimo. Tenía la impresión de que yo, ya sin eso, tan solo, había de verme abandonado de todo el mundo, que todos habían de apartarse de mí. Naturalmente que todos tienen ahora el derecho de preguntarme: "Bueno, veamos, ¿quiénes son esos *todos*?". Pero yo llevo ya ocho años viviendo en Petersburgo, y, a pesar de ello, todavía no me di traza de hacerme un solo amigo. ¿Para qué quería yo tampoco amigos? Yo lo soy ya de todo Petersburgo. Pero precisamente por eso es por lo que me parece que todos me abandonan, que todo Petersburgo se dispone ahora a irse al frescor del verano. A mí casi llega a inquietarme eso de quedarme solo, y llevo tres días muy triste, dando vueltas por la población, resueltamente incapaz de comprender lo que en mi interior pasa. En el Nevskii, en el Jardín de Invierno, en los muelles, no era posible descubrir ninguna de las caras que yo solía encontrarme diariamente a la misma hora, en los mismos sitios. Los interesados, naturalmente, no me conocían a mí; pero yo..., yo los conozco a ellos. Hasta los conozco muy bien; he estudiado sus fisonomías, y me alegro cuando los veo alegres, y me aflijo cuando los veo cariacontecidos. Sí, hasta puedo decir que una vez llegué a hacer casi una amistad; fue con un señor anciano, al que todos los días de Dios me encontraba, a la misma hora, en la Fontanka. Tenía un semblante muy serio y pensativo, y movía continuamente las quijadas, ni más ni menos que si rumiase algo; oscilaba un poco el brazo izquierdo, y en la mano derecha llevaba un largo bastón de nudos rematado en un pomo de oro. También él se había fijado en mí con interés. Seguro estoy de que, cuando él no me encontraba a la hora consabida en el sitio acostumbrado, en la Fontanka, debía sentir una marcada contrariedad. Así que, por todo esto, faltó poco para que nos saludáramos al vernos, sobre todo habida cuenta de que ambos éramos personas de buen natural. No hace mucho todavía, como hubiésemos estado dos días sin vernos, al encontrarnos al tercer día, estuvimos ya a punto de llevarnos la mano al sombrero, aunque afortunadamente recapacitamos a tiempo, dejamos caer nuestras manos y pasamos el uno frente al otro con señales visibles de mutua satisfacción en el rostro.

Conozco también los edificios. Cuando paso por delante de ellos, se diría que cada casa echa a correr no bien me ve, saliéndose dos pasos de su fachada, y me mira por todas sus ventanas y como que dice: "¡Buenos días, aquí estoy! ¿Cómo le va a usted? Yo, gracias a Dios, estoy tan ricamente, pero para el mes de mayo me van a levantar otro piso". O bien: "¡Buenos días! ¿Cómo está usted? Sepa usted que mañana me revocan la fachada". O, finalmente: "Mire usted, sabrá que hubo fuego y que estuve a punto de arder toda... ¡Si viera usted qué susto pasé!". Y otras cosas por el estilo. Claro que yo tengo mis favoritas entre ellas, y hasta buenas amigas. Una de ellas va a dejarse operar este verano por un arquitecto, que la reconstruirá y la dejará como nueva. Irremisiblemente tengo que pasar por allí todos los días, para que mi amiga no me aplaste del todo. ¡Dios la libre de ello! Pero nunca olvidé la historia de mis relaciones con aquella casita pequeñina, color rosa claro, que me era tan querida. Era una casita encantadora, me miraba siempre con mucho afecto, y estaba tan orgullosa de su hermosura entre sus vulgares vecinas, que a mí se me reía siempre el corazón cuando pasaba por delante de ella. De repente, la semana pasada, al penetrar yo en la calle y mirar hacia mi amiguita..., he aquí que escucho un clamor lastimero: "¡Que me han pintado de amarillo! ¡Qué bárbaros! ¡Qué perversos! ¡No respetan nada! ¡Ni las columnas ni las cornisas!". Mi amiguita estaba, efectivamente, amarilla como un canario. Yo estuve a dos dedos, de puro enojado, de coger la ictericia, que hasta ese punto se me revolvió con aquello la bilis, y hasta ahora no me he sentido, ni me siento todavía con valor para ver de nuevo a mi pobre amiguita, a la que los muy desalmados han puesto del color del Celeste Imperio.

Así que... ahora comprenderá usted, mi querido lector, hasta qué extremo conozco yo a todo Petersburgo.

Ya expliqué cómo durante tres días hubo de torturarme una extraña inquietud, hasta que, finalmente, logré descubrir su causa. No me sentía bien en la calle (no veía a éste,

ni tampoco a aquél, ni al otro, ni a estotro... "¿Dónde dian-
tres andarán?"), y tampoco en casa me encontraba a gusto;
así que apenas si me conocía a mí mismo. Dos tardes las in-
vertí en indagar qué sería lo que me faltaba a mí entre las
cuatro paredes de mi casa, pero inútilmente. ¿Por qué me
sentía yo tan a disgusto en ella? Con mirada investigadora
contemplaba yo las verdes paredes denegridas por el humo,
fijaba la vista en el techo, donde Matríona, con éxito rotun-
do, protegía a las telarañas; pasaba revista a todo mi mo-
blaje, sobre todo a las sillas, y mentalmente preguntábame
si no estaría ahí la razón de mi malestar (que tampoco en
mi casa está hoy una silla como estaba ayer, pues yo no soy
ya el mismo). Sí, hasta se me ocurrió la idea de llamar a Matríona y, en tono paternal, lanzarle un regaño por lo de las
telarañas y el abandono en que todo me lo tenía; pero ella
se limitó a mirarme toda asombrada, y se fue sin responder
palabra; de suerte que las telarañas siguen incólumes, colgando todavía del techo. Pero esta mañana, finalmente, adiviné yo la causa de todo. ¡Ah! ¡Conque todos se van de veraneo y me dejan aquí solo!... Esto era y nada más: que se han
largado. Perdonen ustedes lo trivial de la expresión; pero en
aquel instante no se me ocurrió otra más clásica. Todos los
vecinos de Petersburgo habían abandonado ya, efectivamente, la ciudad o la estaban abandonando cada día y a
cada hora. Por lo menos, ante mis ojos, todo señor de edad,
de aspecto respetable, que montaba en un *droschki*, trans-
formábase en un honrado padre de familia que, después de
despachar sus ocupaciones cotidianas, dejaba la ciudad para pasar el resto del día entre sus deudos y familiares. Todos los transeúntes tenían ya una traza totalmente distin-
ta, un aspecto que parecía decirle a todo el mundo:
"Nosotros estamos ya aquí por casualidad, pues dentro de
un par de horas nos encontraremos lejos, en el campo". A veces abríase una ventana, en cuyos cristales repiqueteaban

primero unos deditos largos y blancos, e inclinábase luego la linda cabecita de una joven llamando a la florista, y entonces imaginaba yo que también aquellas flores se encontraban allí "por casualidad" y que así las compraba la muchacha, no para recrearse junto a aquella maceta, en la que habría dos corolas abiertas como un pedazo de primavera en el cuarto ahogado, sino que, por el contrario, en seguidita abandonaría la población, llevándose consigo aquellas flores. Pero no era esto todo, sino que yo iba haciendo en mi nueva profesión de pesquisidor tales progresos, que no tardé en poder decidir infaliblemente, juzgando sólo por el aspecto exterior, qué lugar de veraneo había escogido cada individuo. Los vecinos de las elegantes "islas" o de las villas próximas a Peterhof caracterizábanse por su elegancia refinada, tanto en el andar como en cada uno de sus gestos, y hasta en sus trajes y sombreros de verano, y poseían carruajes magníficos, en los cuales venían a la ciudad. Los vecinos de Pargalovo y de más allá le "imponían" a uno a la primera mirada, con su discreta mesura, y los de la isla Kretovskii, con su jovialidad imperturbable. Cuando sucedía que me encontraba yo con una larga procesión de mozos de equipaje que, con el pañuelo en la mano, trotaban remolones, junto a sus atestadas carretillas, en las que se bamboleaban montañas de mesas, camas, sillas, divanes turcos y no turcos, coronadas a veces en su cima por una reina del fogón, de azorado semblante que, cuando se sentía más segura, vigilaba con ojos de lince todo aquel aparato magnífico, a fin de que nada se cayera y quedara perdido en el camino…; y también cuando veía por el Neva o el Fontanka un par de lanchas cargadas con utensilios domésticos, bogando rumbo a las islas o corriente arriba, hacia la Schornayarieschka… –tanto las lanchas como sus conductores se multiplicaban por decenas y por cientos ante mis ojos–, parecíame que todo el mundo se levantaba, y, formado en caravanas, salía de la ciudad y que Petersburgo se transformaba en un desierto, de suerte que yo sentía un bochorno enorme y me daba por ofendido y, naturalmente, me ponía también de mal humor, pues yo era el único de todos sus habitantes que no tenía posibilidad, ni tampoco razón ninguna, para salir de veraneo. Y eso que yo estaba dispuesto a montar en cualquier carretilla y a acompañar a todo individuo que subía a un *droschki*, sólo que ninguno de ellos se dignaba invitarme. Venía a ser como si todos, de pronto, me hubiesen olvidado, cual si les fuese yo a todos ellos, en el fondo, completamente ajeno.

Yo daba frecuentes y largos paseos por las calles, de suerte que, según mi costumbre, me llegaba a olvidar de adónde iba. Una vez hube de encontrarme, finalmente, en los límites de la población. En aquel instante me entró mucha alegría, y me deslicé al otro lado de la barrera y seguí caminando por entre los campos y praderas de sembrados, sin sentir el menor cansancio, sino, por el contrario, como si me hubiesen quitado una carga de encima. Todos los que junto a mí pasaban me miraban de un modo afectuoso, que venía a ser como un saludo; todos parecían estar contentos por algo. Y también yo me puse muy alegre, como nunca lo he estado en mi vida...

Ni más ni menos que si me encontrase de repente en Italia... ¡Tan poderoso hechizo ejercía la naturaleza en mí, enfermizo habitante de la ciudad que se siente ahogarse entre los muros de las casas!

Hay algo indeciblemente patético en la naturaleza de nuestro Petersburgo cuando despierta en primavera y pone de manifiesto, de un golpe, todo su poder y despliega los bríos todos que el cielo le presta; cuando se cubre de tierna hierba nueva y se adorna de abigarradas flores y delicadas florecillas. Yo, entonces, pienso sin querer en una mustia jovencita, a la que miramos a veces con lástima, a veces con una extraña piadosa simpatía, y en la que a veces también ni reparamos, pero que un día, de pronto, en un momento, y cuando menos se espera, como por arte mágico, se torna hermosa, tan hermosa, que quedamos desconcertados y aturdidos al verla y nos preguntamos admirados: "Pero ¿qué poder ha revelado de pronto, en los ojos tristes y soñadores de esta chiquilla, tanta luz? ¿Quién hizo afluir la sangre a sus pálidas y flacas mejillas y hace que su tierno semblante refleje ahora tan profunda pasión? ¿Por qué se levanta su pecho? ¿Quién, de pronto, ha infundido fuerza, vida y hermosura en el rostro de la pobre muchacha, cuya sonrisa suave brilla y se lanza a una risa ardiente?". Y miramos a nuestro alrededor, y buscamos a alguien, y empezamos a presentir, a adivinar... Pero ese momento es pasajero, y quizá ya mañana volvamos a encontrar la mirada lánguida y soñadora de antes, y a ver de nuevo el semblante pálido y la misma indolencia y vulgaridad de movimientos, y hasta algo nuevo, algo como pesar, como huellas de una pena y un enojo paralizadores, por aquel breve instante de animación festiva... Y siente uno tristeza de que la belleza se haya agostado tan pronto e irrevocablemente, de que con lumbre tan falsa y vana haya brillado ante nuestros ojos...: tristeza por no haber tenido tiempo de tomarle el gusto...

Y, sin embargo, aquella noche fue para mí más hermosa que el día. Regresé ya tarde a la ciudad, y daban ya las diez al aproximarme yo a mi casa. Mi camino seguía la dirección del canal, donde a esa hora no suele haber ya nadie. Verdaderamente vivo yo en un barrio muy tranquilo y remoto. Yo iba andando y cantando, pues cuando me siento feliz, no tengo más remedio que ponerme a tararear alguna tonadilla, como todo hombre dichoso que no tiene amigos ni conocidos ni ser alguno con quien compartir sus momentos de alegría. Pero he aquí que, de pronto, aquella noche hube de verme envuelto en una sorprendente aventura.

No lejos de mí divisé una figura de mujer; estaba en pie y apoyaba los codos en el pretil del malecón, y, al parecer, miraba embebida las turbias aguas del canal. Llevaba puestos un sombrerito amarillo encantador y una coquetona capita negra. "Es una muchachita y, seguramente, morena", pensé. Ella pareció no sentir mis pasos, pues no hizo movimiento alguno al pasar yo junto a ella lentamente, conteniendo el aliento y con el corazón palpitante. "¡Qué raro! –díjeme para mí–. ¡Debe de estar completamente ensimismada en sus pensamientos!" Y de pronto me estremecí y me quedé como clavado en el suelo: hasta mis oídos llegaban sollozos apagados. Si no me equivocaba, la muchacha estaba llorando… Al cabo de un ratito, volvió a sonar otro sollozo, y luego otros. ¡Dios santo! El corazón me dio un vuelco. Por muy tímido que yo sea con las mujeres, lo que es ahora…, ¡es que las circunstancias eran tan singulares!… En una palabra, me decidí en seguida, me acerqué a la joven y… habría irremisiblemente empezado por saludarla –"¡Señorita!"–, de no haber recordado que esa expresión se encuentra, por lo menos, mil veces en todas esas novelas rusas en que se describe el ambiente de la buena sociedad. Sólo esto me contuvo. Pero en tanto buscaba yo en mi imaginación una fórmula de saludo adecuada, volvió en sí la joven, miró en torno suyo y, al verme, bajó los ojos y se alejó discretamente. Yo eché en su seguimiento, lo que ella pareció notar, pues abandonó el muelle, cruzó el arroyo y pasó a la otra acera. Yo no me atreví a seguirla. El corazón me temblaba como a un pajarillo cautivo. Pero en aquel momento la casualidad vino en mi ayuda.

En la acera referida surgió de pronto, en torno a mi desconocida, un caballero…, un caballero indudablemente de edad sólida, pero de un porte que no se acreditaba precisamente de tal. Andaba tambaleándose, y de cuando en cuando se apoyaba en las paredes. La mujer siguió andando con la vista baja, sin mirar a su alrededor, y con esa ligereza propia de todas las jóvenes que no quieren que se les acerque nadie y les ofrezca acompañarlas hasta su casa. Tampoco el señor tambaleante la habría alcanzado nunca, de no haber recurrido, con cierta malicia, a algo que no podía preverse; sin decirle una palabra ni llamarle la atención, irguióse de pronto y empezó a seguirla. Ella iba ligera como el viento, pero el caballero acercósele rápidamente y la alcanzó; la muchacha dio un grito y... yo le di gracias al destino por el bastón que en mi diestra llevaba. En un momento me trasladé a la otra acera; en un santiamén comprendió el individuo mis intenciones y volvió en su juicio; no dijo nada, retrocedió, y cuando ya estábamos a una distancia que no nos permitía oírle, empezó a protestar enérgicamente de mi proceder. Pero nosotros apenas oíamos sus palabras.

—Cójase usted de mi brazo —díjele a la desconocida—. Así no se atreverá a volver a molestarla.

En silencio puso ella su manecita, que todavía temblaba de emoción y de susto, en mi brazo. ¡Oh intempestivo caballerete! ¡Cómo te bendecía yo en aquel instante! Lancé una rápida mirada a mi desconocida; parecía encantadora, y era morena, según desde lejos me había parecido. En sus negras pestañas aún refulgían lágrimas... de miedo o de pesar por el mismo motivo por el que ya lloraba en el muelle, ¡vaya usted a saber! Pero ya sus labios intentaban sonreír. También ella me miró de soslayo; se puso colorada al ver que yo lo había advertido, y bajó los ojos.

—Dígame, ¿por qué huyó de mí con esa prisa? Si yo la hubiese acompañado, no habría ocurrido nada.

—Pero ¡si yo no lo conocía a usted! Y pensaba que usted también...

—¡Ah! ¡Y ahora ya me conoce usted!

—Un poquito. Pero... ¿Por qué tiembla de ese modo?

—¡Oh! Veo que lo ha adivinado usted todo en seguida —repuse, pues creía deber deducir de su observación que, además de bella, era lista–. ¡Cómo comprende usted a la primera mirada con quién tiene que habérselas! Mire usted, es la verdad que yo soy tímido con las mujeres, y no niego que me emocioné no menos que usted hace unos minutos, cuando ese sujeto le causó a usted ese susto… Y también ahora siento algo así como miedo; toda esta noche me parece un sueño, a mí, que nunca llegué a soñar que pudiese verme alguna vez en esta situación, hablando así con una jovencita.

–¡Cómo! ¿De veras?

–¡Palabra! Y si ahora me tiembla el brazo, débese únicamente a que nunca sintió el contacto de una manecita tan encantadora como la suya. Yo no tengo ya la menor costumbre de tratar señoras, lo cual no quiere decir que alguna vez la haya tenido. No; yo he vivido siempre solo, aislado… No sé siquiera cómo hay que hablar con las mujeres. Así, ahora, por ejemplo, no sé si le habré dicho a usted alguna necedad. Si así hubiera sido, le ruego me lo diga con franqueza. No tema que me lo tome a mal.

–No, no, nada de eso; todo lo contrario. Y puesto que me ha pedido usted que sea sincera, le diré francamente que a mí me agrada mucho esa su timidez para con las mujeres. Y si todavía quiere saber más, le confesaré también que usted me resulta simpático, y que no le diré que se aparte de mi lado hasta que lleguemos a nuestra casa.

–Es usted tan encantadora, que voy a perder mi timidez –exclamé yo entusiasmado–. Y entonces, ¡adiós probabilidades!

–¿Probabilidades? ¿Qué quiere decir eso? ¡Eso sí que no me gusta!

–¡Usted perdone! Fue una palabra que se… me escapó enteramente contra mi voluntad. Pero ¿cómo puede usted pretender que en un momento como éste no haya sentido yo el deseo…?

—¿De agradarme?

—¡Claro! Pero... ¡por el amor de Dios, sea usted magnánima! Piense usted quién soy yo. Yo tengo ya veintiséis años... y aún no he tenido apenas trato de gentes. ¿Cómo podría yo de pronto, y sin preparación alguna, sostener un diálogo según todas las reglas del arte? Pero usted me comprenderá mejor si se lo digo todo francamente, si le pongo de manifiesto mi corazón. Yo no puedo callar cuando el corazón me da gritos... Créame, yo no conozco ninguna mujer, ¡ninguna! En general, no tengo quien me quiera. Pero sueño todos los días con que alguna vez, en algún sitio, he de encontrar y he de conocer a alguien. ¡Ay! ¡Si usted supiera cuántas veces me he enamorado de ese modo!...

—Pero, ¿cómo es posible? ¿Y de quién?

—Pues de ninguna mujer concretamente: sólo de un ideal que se me aparece en mis sueños. Yo, soñando, imagino novelas enteras. ¡Oh, usted no me conoce todavía! ¡Pero qué estoy diciendo!... Naturalmente, he hablado en mi vida con dos o tres mujeres; ¡pero, qué mujeres! Pupileras y basta... Pero mire, quiero entretenerla a usted contándole algo. Yo he estado tentado varias veces a acercarme en la calle a alguna señorita y, sin más ni más, ponerme a hablar con ella. Claro que cuando ella fuera sola y con todo respeto, pero también, con ansias y arrebatado de pasión, decirle cómo estoy solo en este mundo, y rogarle que no me echase de su lado, pues entonces no tendría ya ninguna ocasión de hablar con una mujer. Pensaba decirle que hasta es un deber de toda mujer no rechazar las súplicas modestas de un hombre tan desdichado como yo. Que, después de todo, cuanto le pido se reduce a que me permita decirle dos palabras fraternales y a que ella me demuestre algo de compasión y no me arroje de su lado desde el primer momento, sino que crea en mi palabra y se preste a oír lo que decirle tengo... ¡y si lo toma a risa, será igual!..., pero que, por lo menos, me conceda alguna esperanza y me diga dos palabras, siquiera para que se me alegre el ánimo, aunque no hayamos de volvernos a ver… ¡Pero usted ríe!… Bueno; después de todo, yo sólo se lo digo por…

—No se enoje usted conmigo. Me río únicamente porque usted mismo es su enemigo. Si usted lo intenta, ya verá cómo consigue lo que desea, aunque sea en plena calle; cuanto más sencillamente, mejor. No hay mujer alguna, siempre que no sea una perversa o una tonta, o no esté malhumorada en aquel momento por alguna razón, capaz de rechazarlo a usted sin escucharle esas dos palabras que dice…, sobre todo si lo pide tan modestamente… Pero no, ¡qué digo! Claro que lo tomaría a usted por loco. Yo hablaba, juzgando por mis sentimientos. Pero yo sé también un poquito a qué atenerme respecto a los hombres.

—¡Oh, muchas gracias! —exclamé yo—. ¡Usted no sabe la dádiva que con sus palabras me ha hecho!

—Bueno, bueno. Pero dígame usted en qué ha conocido que yo soy una mujer con la que, bueno, a la que usted considera digna… de su atención y su amistad…; en una palabra, que no es ninguna pupilera, como usted decía… ¿Por qué se decidió usted a acercárseme?

—¿Por qué? ¿Por qué? Usted iba sola, aquel sujeto se condujo con usted como un atrevido y es de noche, reconocerá usted que era deber mío…

—No, no, yo digo antes, en la otra acera, en el muelle. ¿No quiso usted allí acercárseme?

—¿Allí, en aquella acera? No sé qué debo contestarle a usted… Temo… Sí, vea usted: yo estaba hoy tan contento; andando y cantando, me salí de los límites de la población; jamás me he sentido tan feliz. Usted, por el contrario… Pero quizá fuese sólo que me lo pareció… —perdone usted que se lo recuerde…—, me pareció que usted lloraba…; y yo… yo no podía ver eso…; me oprimía el corazón… ¡Dios mío! ¿No podría yo ayudarla? ¿No debía yo compartir sus penas? ¿Era pecado el que yo sintiera compasión por usted, como un hermano?... Perdone usted, he dicho compasión... Bueno, es igual, en resumidas cuentas... ¿Puede ofenderla a usted el que yo, involuntariamente, sintiera el impuso de acercarme a hablarle?

—Está bien, no continúe hablando, basta... —interrumpióme la joven. Miró confusa al suelo, y yo sentí que su mano temblaba—. Yo tengo la culpa, por haber empezado. Pero celebro no haberme equivocado con usted... Bueno; ya estoy como quien dice en casa, en esta travesía, a dos pasos de aquí... ¡Conque, adiós y gracias!

—Pero, ¡cómo! ¿no nos vamos a volver a ver? ¿Hemos de dar por terminado aquí nuestro conocimiento?

—Vea usted cómo somos —dijo ella riendo—: al principio sólo quería usted hablar dos palabritas, y ahora... Después de todo, no le digo nada definitivo... ¡Puede que nos volvamos a ver!

—Mañana me tendrá usted aquí también —me apresuré a decirle—. Perdóneme usted si ya me muestro exigente.

—Sí, sí, tiene muy poca paciencia... Ya casi exige...

—¡Oiga usted, oiga usted! —le interrumpí—, perdóneme que le diga una cosa... Mire usted, no tiene más remedio que ser así; mañana tendré que volver a este mismo sitio. Soy un soñador, conozco apenas la vida real, y un momento como éste es tan raro de lograr para mí, que me sería absolutamente imposible no estarlo evocando continuamente en mis sueños. Esta noche me la voy a pasar toda entera soñando con usted, ¡qué digo la noche: toda la semana, todo el año! No tengo más remedio que venir mañana a apostarme aquí, en este mismo sitio donde ahora estamos, y a la misma hora, y seré feliz recordando nuestro encuentro de esta noche. Ya le tengo cariño a este sitio. Como éste, tengo ya otros dos o tres en Petersburgo que me son queridos. A veces, hasta he derramado lágrimas, como antes usted, al asaltarme de pronto un recuerdo... Quizá esta noche en el muelle llorase usted sencillamente por eso, por haber recordado algo... Perdone usted, ya he vuelto a hablar de eso. Acaso fuera usted allí una vez plenamente dichosa.

—Bueno —exclamó de pronto la joven—, óigame usted ahora: yo también estaré aquí mañana, a eso de las diez. Ya veo que no le puedo disuadir a usted... Pero no saber usted aún de lo que se trata... Es que yo no tengo más remedio que venir aquí. No vaya usted a figurarse que le doy una cita. Es que, por razones particulares y por interés exclusivamente mío, no tengo más remedio que estar aquí a esa hora, para que usted lo sepa... Pero... bueno, voy a serle completamente sincera; no importa que venga usted también. En primer lugar, quizá pudiera contrariarme el encontrarme sola, como hoy; pero eso no es tan importante... No, en resumen: que tendré gusto en volver a verle, para... hablar con usted un par de palabras. Sólo que... supongo que no irá usted a pensar mal de mí. No vaya a imaginarse que le doy una cita... No haría eso ni aun cuando... Pero no, ése es mi secreto. ¡Ah! Sepa que ha de ser con una condición...

—¿Una condición? ¡Diga, hable! Desde ahora mismo la acepto; estoy dispuesto a todo —exclamé con sincero entusiasmo—. Yo respondo de mí... Seré obediente y respetuoso... Ya usted me conoce...

—Precisamente por eso, porque le conozco, es por lo que le ruego que venga usted mañana —dijo la muchacha riendo—. Le conozco ya a usted a fondo. Pero, como le decía, ha de venir usted con una condición: usted será amable y accederá a mi ruego, ¿verdad? Mire usted: le hablo con entera franqueza; no me haga el amor... Eso no podría ser en modo alguno. En cambio, desde ahora mismo estoy pronta a ser su amiga; aquí tiene mi mano... Pero otra cosa, no; se lo ruego.

—Yo se lo juro a usted —exclamé, y tomé su mano.

—Bueno, no es preciso que jure; yo sé muy bien que es usted inflamable, como la pólvora. No me tome a mal que se lo diga así. Pero si usted supiera... No he conocido a ningún hombre al que yo le pudiera dirigir la palabra o pedirle un consejo. Claro que, generalmente, no busca una sus consejeros en plena calle; pero usted es una excepción. Yo le conozco a usted ya tan bien como si llevara veinte años de tratarle. ¿No es verdad que no es usted ningún informal, que sabe usted cumplir su palabra?

—Usted ha de verlo, usted ha de verlo... Sólo que no sé cómo voy a pasar las veinticuatro horas que faltan hasta mañana. Cómo sobrevivir a esta noche.

—Duerma usted a pierna suelta. Y ahora, buenas noches... Y no olvide la confianza que en usted he puesto. ¡Pero era tan bello eso que dijo usted antes! Y además, tiene usted razón; no se puede dar una cuenta de todos sus sentimientos, y aunque sólo se tratase de una compasión fraternal. Mire, lo que dijo usted tan bien, que a mí, al momento, se me ocurrió la idea de poner en usted toda mi confianza...

—Sí, muy bien; pero ¿para qué?

—Ya se lo diré mañana. Hasta entonces guardaré el secreto. Mejor para usted; cuando lo sepa todo, le parecerá cosa de novela. Puede que se lo cuente mañana pero puede también que no. Antes he de hablar aún con usted de otra cosa; es menester que antes nos conozcamos mejor...

—¡Oh! Por lo que a mí se refiere, yo estoy dispuesto a contarle a usted mañana mismo toda mi vida. Pero ¿qué es eso solo? A mí me parece como si me estuviese ocurriendo algo de maravilla... ¿Dónde estoy, santo Dios? Pero dígame usted: ¿no siente no haberme despedido con viento fresco en seguida que me acerqué? Han sido sólo dos minutos, y usted me ha echo ahora para siempre feliz. Feliz; ¡así como

267

suena! ¡Quién sabe; es posible hasta que me haya reconciliado conmigo mismo y disipado todas mis dudas!... Acaso
tenga yo momentos... ¡Ah, no; mañana se lo contaré a usted
todo!, y entonces comprenderá usted todo lo que...

—¡Bueno, convenido! Y usted será quien primero tome la
palabra.

—¡Conformes!

—Entonces, ¡hasta la vista!

—¡Hasta la vista!

Nos separamos. Yo me pasé toda la noche corriendo de
acá para allá; no podría decidirme a volver a casa. ¡Era tan
dichoso!... Sólo pensaba en la entrevista próxima.

Segunda noche

—¡Conque, por fortuna, hemos sobrevivido! —díjome a
guisa de saludo, y me estrechó, sonriendo, ambas manos.

—Llevo ya aquí dos horas. No sabe usted el día que he
pasado.

—Me lo figuro, me lo figuro... Pero vamos al grano. ¿Por
qué cree usted que he venido? Desde luego no para hablar
desatinos, como anoche. No; óigame usted: debemos ser más
juiciosos. Yo lo he pensado maduramente.

—Pero ¿por qué más juiciosos? Yo, por mi parte, estoy
dispuesto a ello; sólo que pienso que en toda mi vida no se
me ha ocurrido nada más juicioso que lo de anoche...

—¿De verdad? Pero oiga usted: en primer lugar, le ruego
que no me apriete de ese modo la mano; y después, le parti-
cipo que hoy he pensado mucho en usted.

—¿Sí? ¿Y cómo ha sido eso? ¿Y cuál ha sido el resultado?

—¿El resultado? Pues que he venido a sacar la conclusión de que nosotros debíamos empezar de nuevo; pues, en
fin de cuentas, me decía yo que no le conozco a usted, y que

usted me trató anoche como a una niña; sí, señor, como a una verdadera chiquilla. De todo lo cual se deduce que de todo ello tuvo naturalmente la culpa mi buen corazón; es decir, que, al fin y al cabo, me he echado yo a mí misma un buen sermón, como siempre sucede a lo último, cuando examinamos nuestros actos. Y por eso, para reparar las faltas, me he propuesto enterarme antes muy prolijamente de todo lo concerniente a su persona. Pero como yo no conozco a nadie que pueda darme datos de su vida, ha de ser usted mismo quien me lo cuente todo, pero todo, y con todos sus detalles. Bueno; vamos a ver: ¿qué clase de hombre es usted? Pronto..., empiece, hable, cuénteme toda su historia.

–¡Historia! –exclamé yo asustado–. ¿Mi historia? Pero ¿quién le ha dicho a usted que yo tengo una historia? Yo no tengo historia...

–No tiene más remedio que tenerla... ¿Cómo habría podido usted vivir en el mundo sin tener historia? –repuso ella riendo.

–¡Oh, pues créame usted: no tengo historia en absoluto! Porque he vivido para mí mismo, como suele decirse, solo, completamente solo, siempre solo, completamente solo. ¿Sabe usted lo que quiere decir "solo"? Pues eso.

–Pero ¿cómo es posible? ¡Solo! ¿De modo que se ha pasado usted la vida sin ver a nadie?

–Tanto como eso, no... Ver, sí he visto. Pero, a pesar de eso, siempre estuve solo.

–Bueno; renuncio a comprenderle. ¿No ha hablado usted nunca con nadie?

–Hablando estrictamente, con nadie.

–Pero ¿qué clase de hombre es usted? ¿Quiere usted explicármelo? Pero no; aguarde usted, que yo misma se lo voy a decir; usted, seguramente, lo mismo que yo, habrá tenido abuela. La mía es ciega, ¿sabe usted?, y por nada del mundo consiente en que yo me aparte un momento de su lado;

de suerte que casi se me ha olvidado hablar. Hará dos años le jugué una trastada y le hice ver que no tenía medios de impedir que yo le hiciera de las mías, y entonces fue y me cogió y me prendió con un broche de mi falda a la suya…, y así nos pasamos las dos ahora todo el santo día: una pegadita a la otra. Ella hace calceta, no obstante no tener vista; y yo tengo que estar sentadita a su lado, cosiendo o leyendo un libro… ¡Oh! Muchas veces me pongo a pensar, y me parece extraño que lleve ya dos años pegada de ese modo…

—Dios mío, eso debe de ser horrible. Pero yo no tengo abuela.

—Pues entonces no comprendo por qué ha de estar siempre metidito en casa.

—Oiga usted: ¿quiere usted saber quién soy yo?

—¡Naturalmente!

—¿En serio?

—¡Claro!

—Bueno. Pues soy un… tipo.

—¡Cómo! ¿Un tipo? ¿Qué clase de tipo? —preguntó la joven sorprendida, y se echó a reír tan de buena gana como si no se hubiese reído en todo un año—. Pero ya lo voy viendo; es sumamente divertida una conversación con usted. Aguarde; allí hay un banco; sentémonos. Por aquí no pasa nadie; nadie puede oírnos. Así que dé usted principio a su historia. Porque eso de que no tenga usted historia, no lo creo. Usted la tiene, claro; lo que pasa es que no la quiere contar. Pero, ante todo, dígame usted: ¿qué es un tipo?

—¿Un tipo? Un tipo… es un individuo original. Una especie de búho cómico —expliquéle, y no pude menos de reírme también—. Sólo hay… ¿cómo le diré?, caracteres. Pero ¿sabe usted lo que es un soñador?

—¿Un soñador? Claro que lo sé. Yo misma soy una soñadora. A veces, cuando estoy sentada, como le he dicho, junto a mi abuelita…, ¡cuántas cosas no se me ocurren! En empezando a soñar, los sueños se van devanando por sí solos, y suele antojárseme soñar sencillamente que estoy casada con un príncipe chino... A veces, hace mucho bien eso de... soñar. Aunque, después de todo, ¡quién sabe! Sobre todo, cuando tiene una otras cosas en que pensar... —terminó la muchacha, perpleja, y esta vez con mucha seriedad.

—¡Magnífico! Si alguna vez se casó usted con un príncipe chino, entonces no podrá menos de entenderme. Conque escuche usted... Pero permítame: ni siquiera sé todavía cómo se llama.

—Vamos, ¡por fin! Se le ocurre a usted verdaderamente pronto preguntarlo.

—¡Dios santo!... No pensaba en eso; ¡me sentía tan feliz!...

—Pues me llamo... Nástenka.

—Nástenka. ¿Nada más que Nástenka?

—Nada más. ¿Le parece a usted poco, señor insaciable?

—¿Demasiado poco? ¡Oh, nada de eso! Al contrario, es mucho, muchísimo, amiguita, el que usted, desde la primera noche, se haya convertido para mí en Nástenka.

—Eso mismo pienso yo. Bueno, ¿y qué más?

—Escuche usted, Nástenka, y verá qué historia más cómica.

Me senté a su lado, puse una cara de pedantesca gravedad y empecé como si recitara una conferencia.

—Hay aquí, en Petersburgo, por si usted lo ignora, Nástenka, rincones verdaderamente extraños. Se diría que nunca les da el sol que brilla para todos los petersburgueses, sino otro sol, nuevo, que sólo para ellos fue creado, y se diría también que reluce allí de un modo distinto, con otro fulgor que en el resto del mundo. En esos rincones de que le hablo, Nástenka, parece como si se rebulliese otra vida, una vida que no se asemeja lo más mínimo a la que nos rodea, sino tal como sólo podría darse en un reino distante muchos miles de leguas, pero no aquí, entre nosotros y en estos tiempos nuestros tan graves, gravísimos. Pero precisamente esa vida es tan sólo una mezcla de algo puramente fantástico, de un ideal fervoroso, y al mismo tiempo, no obstante –por desdicha, querida Nástenka–, de lo turbio cotidiano y lo monótono habitual, por no decir de lo vulgar hasta la exasperación.

–¡Uf! ¡Dios santo, vaya una introducción! ¿Qué vendrá después?

–Pues vendrá, Nástenka..., a mí me parece que nunca me cansaría de llamarla a usted Nástenka..., la afirmación de que en esos rincones viven hombres extraños..., seres a los que el mundo llama soñadores. Un soñador –si he de explicarme más concretamente– no es un hombre, sino, sépalo usted, más bien una cierta criatura de sexo neutro. Por lo general, suele vivir el tal soñador lejos de todo el mundo, en un rincón retraído, cual si quisiera ocultarse incluso de la luz del día, y luego que se ha instalado en su tugurio, crece con él de igual modo que el caracol con su concha, o por lo menos se asemeja a ese animalito notable, que es ambas cosas, el animal y su casa, y que llamamos tortuga. Pero ¿qué se imagina usted? ¿Por qué ama él tanto sus cuatro paredes, invariablemente pintadas de verde claro, descoloridas, sucias y, en cierto modo indecoroso, denegridas por el humo? ¿Por qué ese hombre grotesco, cuando va a visitarle alguno de sus contados amigos –por lo demás, suele ocurrir que aun éstos dejen pronto de visitarlo–, por qué se muestra tan desconcertado y cohibido? Pues porque tiene una facha como de haber falsificado billetes o fabricado poemas para enviarlos a alguna revista, naturalmente, en compañía de una cartita, anunciando cómo ha muerto el autor de los versos, y cómo él, a fuer de amigo suyo, se considera en el deber de publicar las obras del difunto. ¿Por qué, quiere usted decírmelo, Nástenka, por qué durante esas visitas nunca se alarga la conversación, y por qué de labios del recién llovido amigo, que en otras ocasiones está siempre riéndose y bromeando a costa del bello sexo y otros temas amenos, no sale entonces ni una palabra festiva? ¿Por qué este nuevo amigo se siente en su primera visita –por lo general, nunca pasan de la primera– algo cohibido, y por qué, no obstante su ingeniosidad –es decir, suponiendo que posea ese don–, sólo habla por monosílabos ante la desesperada cara del otro, que superhumanamente aunque en balde, por desgracia, se esfuerza por animar el diálogo y poner de realce cómo él también sabe encauzar una conversación y hablar del bello sexo, para mitigar, por lo menos mediante su solicitud y disposición para todo, la decepción del huésped, que por una vez tuvo la mala sombra de caer allí donde nadie lo llamaba? ¿Y por qué coge fácilmente el visitante su sombrero y se despide aprisa, con la excusa de habérsele ocurrido de pronto algo importante, que no admite la menor dilación? ¿Y por qué se libera tan rápidamente su mano de la presión calurosa de la mano del otro, que, con el duelo más profundo en el alma, intenta aún reparar lo que ya no es reparable? ¿Por qué luego el amigo que se va, no bien cerró tras de sí la puerta, rompe a reír, y por qué se jura a sí mismo no volver nunca a visitar a aquel extravagante, aunque en el fondo no sea una mala persona? ¿Y por qué no puede negarle a su fantasía el ligero placer de comparar la expresión de la cara del tío raro, durante su visita, por lo menos, remotamente, con la de un minino que, caído en manos de chicos malcriados, que lo atrajeron con pérfidos halagos, sufre sus malos tratos, hasta que acaba refugiándose debajo de una silla en un rincón oscuro, para ya allí relamerse la piel, lavarse su maltratado hociquito con las dos patas delanteras y atusárselo, y luego ponerse a considerar con negros ojos la naturaleza de las cosas y la vida, y hasta la miguita de pan que una criada compasiva le arroja de las sobras de la abastecida mesa?

—Oiga usted —me interrumpió Nástenka, que en todo este tiempo no había dejado de escucharme con los ojos de par en par y la boquita entreabierta—, oiga usted: no comprendo absolutamente nada de todo eso, ni tampoco me explico por qué me hace usted tan extrañas preguntas. Lo único que comprendo es que usted, sin duda alguna, ha debido de verse en esos trances.

—Indudablemente —respondí con la cara más seria.

—Bueno, pues, si es verdad, continúe usted —dijo Nástenka—; pues ahora deseo ya saber en qué para la historia.

—Usted quiere saber, Nástenka, lo que nuestro héroe, o mejor dicho, yo, puesto que yo —es decir, mi modesta persona— soy el héroe de la historia, hago en mi rincón, ¿no es eso? Usted quiere saber por qué a mí me saca de ese modo de quicio la inesperada visita del amigo y me hace enrojecer como un empedernido pecador en cuanto se abre la puerta, y por qué no sé recibir al huésped y tan torpemente desempeño mi papel de dueño de la casa...

—Claro; naturalmente que quiero saber todo eso. Pero oiga usted: usted lo cuenta todo muy "bellamente"; pero ¿no podría contarlo algo menos "bellamente"? Porque, es lo cierto, que habla usted como si tuviera delante un libro y en él fuera leyendo...

—Nástenka —repuse yo con voz importante y severa, en tanto reprimía con trabajo la risa—, querida Nástenka, yo sé muy bien que cuento las cosas bellamente; pero perdóneme usted, pues no sé contarlas de otro modo. Ahora, querida Nástenka, me parezco a aquel genio del rey Salomón, que estuvo mil años encerrado en una cajita, sellada con siete sellos, y los rompió los siete. Querida Nástenka, ahora que nosotros, después de tan larga separación, hemos vuelto a encontrarnos —pues yo la conozco a usted ya desde hace mucho, pero muchísimo tiempo, querida Nástenka, porque hace ya mucho tiempo que ando en busca de alguien..., en lo que precisamente tiene usted la prueba de que yo la buscaba a usted y de que el destino tenía escrito que habíamos de encontrarnos precisamente en este sitio–, ahora se han abierto mil troneras en mi cabeza y tengo que verter mi corazón en un torrente de palabras, si no quiero que me ahoguen. Por lo cual, le ruego a usted, Nástenka, no me interrumpa, y me escuche paciente y sumisa, pues de no ser así..., no sigo.

–No, no, no. ¡Eso, no! ¡Cuente usted! ¡No volveré a abrir la boca!

–Continúo, pues. Hay, querida Nástenka, hay para mí en cada día una hora, a la que amo extraordinariamente. Es esa hora en que tiendas, oficinas y ministerios se cierran y la gente toda se dirige a sus casas para hacer la comida del mediodía, echarse un rato y descansar un poco, y en la que en el camino van los hombres haciendo proyectos para la tarde, y para la noche, y para todo el tiempo libre que todavía les queda. En esa hora acostumbra también nuestro héroe –me permitirá usted, Nástenka, que hable de mí en tercera persona, pues en primera podría parecer inmodestia–, en esa hora, digo, acostumbra nuestro héroe, que también tiene su trabajo regular, a andar con los demás un trecho del camino. Un raro sentimiento de bienestar se trasluce en su rostro pálido, un poco mustio. Con ojos simpáticos ve los celajes vespertinos que lentamente se deslizan por el cálido cielo petersburgués. No, no le miento al decir que los ve; no es que los vea, porque él no ve absolutamente nada, sino que mira y todo lo mira de un modo inconsciente, cual si estuviera cansado o como si estuviese al mismo tiempo el pensamiento ocupado con algún objeto distinto, lejano, especial, de suerte que no tarda en no tener para lo que lo rodea sino una ligera mirada, y esto, cuando algún azar le distrae la atención. Está casi contento, pues ya dio por terminada hasta el día siguiente su pesada tarea; alegre se siente como un colegial que se levanta de los bancos de la clase y de nuevo puede entregarse a sus juegos y distracciones favoritas. Si usted lo observara de reojo, Nástenka, observaría al punto que esa alegría ha empezado ya a actuar beneficiosamente sobre sus nervios excitados y sobre su fantasía, de una excitabilidad morbosa. ¿Cree usted que él piense en comer? ¿O en la tarde que por delante tiene? ¿Qué es lo que tanto parece preocuparle? ¿Será aquel caballero que con tanta cortesía, y, sin embargo, de un modo tan pintoresco saluda a aquella dama que pasa junto a él en aquel magnífico carruaje? No, Nástenka; ¿qué le importan a él todas esas minucias? El es rico ahora de su vida propia, de su vida suya, particular; de pronto se ha vuelto rico, y el último destello del sol ponentino no brilló en balde, tan lleno de calor vital, despertando en su caliente corazón multitud de impresiones. Ahora apenas si se fija él en el camino, cuyas menores particularidades observara con tanto interés hace un momento. La diosa fantasía le ha envuelto ya en su áurea red y le ha henchido ésta de las abigarradas visiones de una vida arbitraria y prodigiosa; y quizá –¿quién puede saberlo?–, quizá lo elevó ya desde la recia acera de granito, por la cual va a su casa, con mano caprichosa, hasta el séptimo cielo, el más alejado del mundo. Si usted pretendiese ahora entablar, de buenas a primeras, conversación con él y preguntarle dónde se encuentra en ese instante, por qué calle va atravesando…, no le podría contestar ni a lo uno ni a lo otro, y probablemente, ruborizándose de enojo, le contestaría cualquier cosa, lo primero que se le ocurriera. Por eso se detiene de pronto y se queda mirando en torno suyo asustado, sólo porque una anciana lo detuvo en medio de la acera y le preguntó por una calle, que ignora dónde está. Con cara ceñuda y contrariada, sigue adelante, sin advertir que más de un transeúnte se ríe al verlo y más de uno le sigue con la mirada, y que una señorita, que lo apartó angustiosamente, de pronto se echa a reír como una chiquilla, de puro grotescas que se le antojan a sus ojos, asombrados y de par en par abiertos, su facha y soñadora sonrisa y los medios gestos de sus manos. Pero ya esa misma fantasía llevóse en sus juguetonas alas a la vieja y a los transeúntes curiosos y a los rústicos mozos, que en sus barcas buscan el descanso vespertino allá en el Fontanka –supongamos que nuestro héroe se encuentra por el momento junto al muelle del canal–; todo se lo llevó ya la fantasía caprichosamente en su red, como la telaraña a las moscas, y con el botín recién cogido entra el tipo raro en su casa, se sienta a la mesa y come, y hecha su colación, no vuelve enteramente en sí hasta que Matríona, su patrona eterna, malhumorada y taciturna, le ofrece la cachimba; hasta entonces, como digo, no vuelve enteramente en sí, y entonces nota con asombro que ya comió, sin percatarse de ello. Oscurece en su cuarto; tiene el alma vacía y triste. En torno suyo se ha desvanecido todo un imperio de ensueños: sigilosamente, sin ruido, sin dejar huellas, como sólo puede desvanecerse un sueño, y ni siquiera podría decir lo que ha visto. Pero un oscuro sentimiento que en su corazón empieza a agitarse le va infundiendo poco a poco un nuevo anhelo, halagando, seductor, su fantasía, y evocando sin sentir otro tropel de visiones. En su cuartucho impera el silencio; la soledad y el ocio acarician su imaginación, la cual empieza a caldearse suavemente; prodúcese en ella un leve movimiento, cual hervor imperceptible, semejante al del agua en la maquinilla del café de la vieja Matríona, que anda trajinando allí cerca, en la cocina, plácidamente, y se está haciendo su café; ¡cuánto tarda!, y todavía no ha hecho más que empezar a hervir. De pronto, se le cae a nuestro soñador de las manos el libro que maquinalmente, y por pura rutina, cogió del tablero, antes de haber llegado a la tercera página. Ha vuelto a despertársele la fuerza de la imaginación; y como por ensalmo, he ahí que surge en torno suyo un mundo nuevo, una nueva vida encantadora. Un nuevo ensueño…, una nueva dicha. Nuevo, refinado, dulce tósigo. ¡Oh, qué le interesa a él nuestra vida real! Según su estrechísima idea, nosotros, los demás, ¡oh Nástenka!, llevamos una vida lenta, monótona y vacía. Estamos todos, según él, tan descontentos con nuestra suerte y nos atormenta tanto nuestra existencia… Y es la verdad: no tiene usted más que ver cuán frío, árido y hostil parece todo entre nosotros, a la primera mirada, cual si todo fuera malo, enemigo… ¡Los pobres!, piensa mi soñador. Y no es maravilla que tal piense. Usted no ve esas visiones mágicas que ante él surgen tan encantadoras, tan magníficas, tan sin límites, de la pura nada; visiones en cuyo primer término aparece –ni que decir tiene– siempre él, nuestro soñador, con su querido. Usted no ve qué aventuras, qué serie inesperada de acontecimientos le ocurren. Usted pregunta: pero ¿en qué sueña? ¿Qué necesidad hay de preguntarlo? Sencillamente, en todo, en todo…, en el destino de un poeta que al principio no es reconocido y luego despierta universal entusiasmo, en su amistad con E. T. A. Hoffmann, en la noche de San Bartolomé, en Diana Vernon, en un papel heroico en la toma de la ciudad de Kazan por el zar Iván Vasilievich, en una estrella de la escena, en una bailarina, en Juan Huss ante el Concilio, en la resurrección de los muertos en *Roberto el Diablo* –¿conoce usted esa partitura? Huele a cementerio–, en Minna y comparsa, en la batalla del Beresinna, en la recitación de una poesía en casa de la condesa V. D., en Danton, Cleopatra, *e i suoi amanti,* en una casita de Kolomna, en un rinconcito propio en Petersburgo, donde tener sentadita a su lado una mujercita amada, que, con la boquita abierta y ojos tamaños lo escuche en las veladas de invierno…, exactamente igual que usted me está escuchando ahora, palomita mía… No, Nástenka, ¿qué le importa a él, a nuestro apasionado haragán, qué se le da de esta vida terrestre que a nosotros, Nástenka, tanto nos encanta? Para él es una pobre, una mísera vida, que merece compasión, y ni siquiera presume que también para él llegará la hora en que por sólo un día de esa vida daría con gusto todas sus fantasías, y ni siquiera por un día alegre, ni por una dicha, no, que ni siquiera podrá elegir en esa hora del pesar y el arrepentimiento y del ineludible dolor. Pero, por el momento, aún no despuntó ese día terrible..., y él nada desea, porque está por encima de todo deseo, porque ya lo tiene todo, porque está ya saturado y él mismo es el artista de su vida, y la puede modelar en todo instante a su capricho. Y surge tan fácil, tan naturalmente ese fantástico mundo de fábula, cual si todo eso no fuera un simple tejido cerebral. Verdaderamente, con frecuencia estamos tentados a creer que toda esa vida no es una creación del sentimiento, ni un juego caprichoso insustancial y una imaginación engañosa, sino una realidad verdadera, algo que realmente existe, algo real y palpable. Porque quiere usted decirme, Nástenka, ¿por qué en esos momentos del vivir irreal solemos contener la respiración? ¿Por qué? ¿A qué se debe el que, como por efecto de un sortilegio inexplicable, lata más aprisa nuestro pulso, fluyan las lágrimas de nuestros ojos, echen fuego las mejillas del soñador, y su ser todo parezca henchirse de un placer poderoso? ¿Por qué hay noches enteras que se le pasan sumido en inagotable alegría y venturosa dicha, sin pensar en dormir, cual sólo un breve instante? Y cuando la mañana torna a brillar con matices de rosa en los cristales de las ventanas y los primeros destellos del día penetran con su luz indecisa y vaga en el aposento, y nuestro soñador, rendido y agotado, se tiende en el lecho y se queda adormilado, ¿por qué tiene entonces la sensación como de morirse de puro feliz, con todo su espíritu morbosamente conmovido y, a todo esto, con un tan penosamente dulce dolor en el corazón? Sí, Nástenka, así nos engañamos, y como extraños creemos involuntariamente que una pasión verdadera, corporal, conmueve nuestra alma. Involuntariamente creemos que en nuestros incorpóreos ensueños hay algo de vivo y palpable. Pero ¡qué engaño! Supongamos, por ejemplo, que en el pecho del soñador despertóse el amor con su dolor incansable... Basta mirarlo para quedar convencido de lo real de su sentimiento. Al verlo así, querida Nástenka, creerá usted que ni siquiera conoce a aquella que en sus sueños encantados ama con tal pasión. Pero ¿la ha visto realmente, sino sólo en sus obsedentes visiones de la fantasía? ¿Y ha hecho otra cosa, en realidad, que... soñar esa pasión? ¿No ha ido ella realmente, a lo largo de los años de su vida, cogida de la mano..., formando una parejita, sin preocuparse lo más mínimo de unir su vida con la del rival? ¿No fue ella realmente ya tarde, al despedirse de él, y dejóse caer, llorando en su pecho, sin reparar en la tormenta desencadenada bajo el cielo inclemente, sin sentir el vendaval, que en sus mejillas secaba las lágrimas? ¿Fue entonces todo esto un simple sueño despierto..., y también el jardín solitario y abandonado, con los senderillos cubiertos de hierba, en que ambos tantas veces pasearon cogidos de las manos, y forjaron ilusiones, y se desearon, y se amaron, "tan triste y dulcemente", según la frase de la antigua canción? ¿Y esa vieja y ruinosa mansión señorial, en la que tanto tiempo hubo de vivir ella sola y triste, con aquel marido viejo y adusto que, eternamente callado y ceñudo, angustiaba como un espectro a los amantes que, ya cual niños tímidos, rescataban su amor? ¡Cómo sufrían, cómo se temían, qué puro e inocente era su amor, y cómo –ni qué decir tiene, Nástenka– eran malos los hombres! Y, ¡santo Dios!, no volvió a verla realmente, andando el tiempo, lejos de la patria, bajo un extraño cielo del Sur, en un palacio –en un palacio había de ser–, en una maravillosa eterna ciudad, en un salón de baile y a los sones de embriagadora música? ¿No estuvieron ellos asomados al balcón que mirtos y rosas ceñían, y no se quitó ella allí el antifaz y murmuró a su oído: "¡Soy libre!", y no la estrechó él entonces en sus brazos, enajenado de felicidad, y no se ciñeron realmente sus cuerpos, y no olvidaron en un instante todos sus dolores y el tormento de la separación, y la casa sombría, y al viejo conde, el jardín abandonado en la patria lejana, y el banco en que cambiaron los últimos apasionados besos, para desprenderse finalmente de sus brazos?... ¡Oh, sí! Usted no tendrá más remedio que conceder, Nástenka, que no es sino muy natural el que uno se sobreponga y se ponga colorado, confuso, cual colegial cogido en travesura, cual si acabara uno de guardarse en el bolsillo una manzana del cercado ajeno, cuando de pronto se abre la puerta de la habitación y un muchachote algo sanote, un chico siempre alegre y jovial, aparece en los umbrales y nos hace un risueño saludo, cual si nada hubiera ocurrido. –Amigo mío, vengo de Pavlovskii–. ¡Dios mío! ¡El viejo conde había muerto y ella era libre! Nos sentimos anegados en una dicha inconcebible. Esto nos decía y nos traía de Pavlovskii.

Yo hice una pausa, pues mi apasionado soliloquio tocaba a su fin. Puedo decir aún que yo tenía unas ganas espantosas de prorrumpir en una carcajada fuerte, estrepitosa, como de dejar salir de dentro de mí algo envuelto en risa, pues sentía que, efectivamente, empezaba a rebullirse en mi interior y a cogerme por el cuello un diablillo maligno, el cual me hacía cosquillas en la barba y los párpados...

Naturalmente, no esperaba yo sino que Nástenka, la cual me miraba con tamaños ojos de mujer lista, se echase a reír de un modo infantil, incontenible, y lamentaba ya haber ido tan lejos en mis confidencias y haberle contado algo que hacía largo tiempo llevaba en mi interior, y podía, por lo tanto, exponerle cual si en un libro lo fuese leyendo. Durante años anteriores me había ido yo preparando a enjuiciarme a mí mismo como a un reo y a dictarme sentencia; y ahora, realmente, no me había podido contener y había pronunciado esa sentencia, aunque, hablando francamente, sin hacerme la ilusión de poder ser comprendido. Pero con gran asombro de mi parte, ella permaneció callada un momento y luego estrechóme dulcemente la mano y preguntóme con un tono de extrañamente tierna simpatía:

—Pero ¿en verdad ha pasado usted así toda su vida?

—Toda mi vida, Nástenka —contesté—, desde que estoy en este mundo, y creo que así será hasta el fin.

—No, eso, no; no es posible que así sea —protestó ella, con visible inquietud—, y no es tampoco así. Entonces, también sería posible que yo me hubiese de pasar toda mi vida al lado de mi abuelita. Oigame: ¿sabe usted que no es nada agradable hacer siempre esa vida?

—Ya lo sé, Nástenka; tanto como lo sé —exclamé yo, sin poder ocultar mis sentimientos—. Y ahora sé, mejor que antes, que he perdido inútilmente los mejores años de mi vida. Sí, lo sé, y este reconocimiento me duele ahora más que nunca, ya que Dios mismo me la ha enviado a usted, mi ángel bueno, para decírmelo y demostrármelo, ahora que estoy sentado junto a usted, y con usted hablo, me infunde extraordinario desaliento pensar en el porvenir, pues en la vida que aún tengo por delante… sólo veo soledad, otra vez esa misma vida ociosa, inútil y tediosa. ¿Y qué podré soñar entonces que sea más bello que la vida, después de haber gozado realmente aquí, a su lado, instantes tan felices? ¡Oh, bendita sea usted, encantadora amiga, por no haberme rechazado a las primeras palabras, gracia a lo cual puedo yo decir que, por lo menos, he tenido en mi vida dos noches felices!

—¡Ah, no, no! —exclamó Nástenka, y lágrimas brillaron en sus ojos—. No, eso no debe ser. No nos hemos de separar así. ¿Qué son dos noches?

–¡Ah Nástenka, Nástenka! ¿Sabe usted que para mucho tiempo me ha reconciliado usted conmigo mismo? ¿Sabe usted que en adelante no tendré pensamientos tan negros, como en muchas horas anteriores? ¿Sabe usted que acaso yo no vuelva a preocuparme de haber incurrido en pecado y delito, ya que semejante vida es pecado y delito? Y no crea usted que exagero lo más mínimo, Nástenka; no lo crea usted, por Dios. Hay momentos en los que me entra tal congoja, tal espanto... En esos momentos habrá de parecerme –y ya empiezo a creer en ello– que ya nunca podré empezar una vida nueva, pues ya más de una vez tuve la impresión de haber perdido todo sentimiento y toda sensibilidad para cuanto es realidad y verdadera vida, porque yo, definitivamente, me he maldecido a mí mismo; porque a mis fantásticas noches sigue momentos de postración que son terribles. Y a todo esto, siente uno cómo las masas humanas se agitan a su alrededor en ruidoso tropel, oye y ve cómo las criaturas viven: lo que se llama vivir, vivir de veras y despierto, y ve uno que su vida no obedece a su voluntad, que su vida no se moldea como un sueño, que eternamente se renueva y es eternamente joven, y en ella ninguna hora es igual a la siguiente, mientras la horrible fantasía, o sea nuestra fuerza de imaginación, resulta desconsolada y pusilánime y monótona hasta la vulgaridad, esclava de la sombra, de la pura idea, esclava de las primeras nubecillas que de pronto cubren el sol y nos oprimen con acre dolor el corazón, que al sol tanto ama. Y ya en el dolor, ¡qué fantasía! Sentimos que al fin se cansará y agotará esa su eterna tensión, esa fantasía, al parecer inagotable, pues nos volvemos más maduros y viriles y superamos nuestros ideales antiguos, los cuales se desvanecen y se reducen a polvo y ripio. Y si luego no hay otra vida, tenemos que ponernos a unir los trozos de ese cascote para con ellos volvernos a rehacer la vida. Y a todo esto, nuestra alma reclama y anhela algo totalmente distinto. Y en vano remueve el soñador como un rescoldo sus antiguos sueños y busca en las cenizas una centellica, una sola, por pequeña que sea, para soplar en ella, y con la nueva lumbre así creada, calentar el aterido corazón y volver a despertar en él lo que antes le era tan querido, lo que conmovía nuestra alma y nos arrebataba la sangre, aquello que hacía afluir las lágrimas a nuestros ojos y que era una ilusión tan magnífica. ¿Sabe usted, Nástenka, hasta dónde he llegado yo? ¿Sabe usted que estoy ya obligado a celebrar el jubileo de mis sensaciones, el aniversario de aquello que un día fue tan hermoso y, sin embargo, nunca existió realmente –pues esos aniversarios conmemoran todos ellos los mismos ensueños vanos y locos–, y que tengo que hacerlo así, porque ni siquiera ya a esos locos ensueños siguen otros que los reemplacen y ahuyenten, que también hay que reemplazar a los ensueños? Solos, de por sí, nunca terminan y no hacen más que sobrevivirse. ¿Sabe usted? Yo busco ahora con predilección en ciertas horas aquellos sitios en que un día fui feliz, feliz a mi manera, y allí pruebo con la imaginación a imprimir al presente la forma del pasado irrevocable, o también de representarme el pasado; y así me pongo muchas veces a dar vueltas sin objeto, como una sombra, por las callejuelas de Petersburgo. En este instante recuerdo, por ejemplo, que hace un año justo anduve por la misma acera, y en esta misma hora tan solo y triste como hoy. Y recuerdo que mis pensamientos de entonces eran igualmente tristes como los de ahora, y aunque tampoco el ayer fuera mejor, nos parece que sí lo fue, como si hubiéramos vivido más plácidamente, y no hubiésemos tenido encima del alma esa vaga melancolía que ahora nos persigue…; que no hemos sentido esos remordimientos de conciencia, que nos atormentan de un modo tan doloroso e incansable, y no nos dejan gustar un instante de reposo ni de día ni de noche. Y mueve uno la cabeza y murmura: "¡Qué rápidos pasan los años!". Y torna uno a preguntarse: "¿Qué hiciste de tus años? ¿Dónde enterraste tu tiempo? ¿Es que siquiera viviste? ¿O no?". "Mira, se dice uno a sí mismo, mira qué frío hace en el mundo. Pasarán aún algunos años, y entonces vendrá la espantosa soledad, vendrá con sus muletas la vejez temblona, trayendo consigo la tristeza y el dolor. Perderá sus colores tu fantástico mundo, se mutilarán y morirán tus sueños, y cual la amarilla hoja del árbol, asimismo se desprenderán de ti..." ¡Oh Nástenka! ¡Qué tristeza entonces encontrarse solo, enteramente solo, y no tener siquiera de qué poderse lamentar..., ni eso siquiera!... Pues todo lo que habremos perdido, todo eso no era nada, nada más que un cero, un simple cero: no era otra cosa que una ilusión.

—Pero, ¡por Dios!, acabe usted; no me anguestie más —exclamó Nástenka, y se enjugó la lagrimilla que corría por su rostro—. Ahora, ya todo eso ha terminado. Ya no estaremos nunca solos, pues, pase lo que pase, siempre seremos amigos. Oiga usted: yo soy una muchacha ignorante; he estudiado muy poco, por más que la abuelita me puso profesor; pero, créame usted, yo le entiendo muy bien; pues todo eso que usted me ha contado lo he sentido yo misma cuando estaba sentada junto a la abuelita. Claro que no habría podido contarlo tan bien como usted, porque no tengo estudios —añadió algo quedo, pues mi patética disquisición le había infundido visiblemente cierto respeto—; pero yo me alegro mucho de que haya tenido conmigo esas confidencias. Ahora le conozco a usted, le conozco a fondo. ¿Y sabe usted lo que le digo? Pues que le voy a contar yo también mi historia, desde el principio hasta el fin, y luego me ha de dar usted un consejo. Usted es un hombre de talento, ya lo sé; pero ha de prometerme que, después de escucharme, me ha de dar usted verdaderamente su opinión.

—¡Ah Nástenka! —respondíle—. Yo nunca he actuado de consejero y no tengo tampoco ese talento que usted dice; pero ahora veo bien que si siempre hubiéramos de vivir así, incluso llegaría a tenerlo, y que uno al otro podríamos darnos infinitos consejos de prudencia. Ahora bien: encantadora Nástenka, ¿qué consejo es ese que usted necesita? Dígamelo sin ambages. Yo estoy ahora tan contento, tan alegre, me siento tan feliz, que probablemente no me haría tirar de la lengua, como vulgarmente se dice.

—¡No, no! —exclamó Nástenka aprisa—. Yo no necesito un consejo prudente, sino un consejo que brote del corazón, un consejo sinceramente fraternal, y que sea, mire, como si toda la vida me hubiera usted querido.

—¡Bueno, Nástenka; convenido! —exclamé yo—. Pero conste que si yo llevase ya veinte años de quererla, no la amaría más fervorosamente que en este momento.

—¡Déme usted su mano! —dijo Nástenka.

—¡Aquí la tiene usted!

—Bueno, pues atención, que voy a contarle a usted mi historia.

Historia de Nástenka

—La mitad de mi historia ya la conoce usted, es decir, ya sabe usted que yo tengo una abuelita…

—Si la otra mitad no es más larga que la primera… —objeté yo, sonriendo.

Estése usted callado y escúcheme. Ante todo, una condición: no me ha de interrumpir usted, pues de no ser así, concluirá por aturullarme. Así que atención. Yo tengo una abuelita. Vivo con ella desde pequeña, pues me quedé huérfana de padre y madre siendo todavía una niña. Supongo que mi abuelita fue rica en otros tiempos, pues siempre está hablando de sus días brillantes de antaño. Ella fue la que a mí me enseñó el francés. Aunque luego me puso profesor.

A los quince años —ahora tengo diecisiete— dejé los estudios. En aquel tiempo fue también cuando hice aquella diablura. No podría decirle a usted concretamente qué diablura fue aquélla; baste decirle que no fue ninguna cosa del otro jueves. Pero, aun así y todo, tuvo por consecuencia el que cierta mañana me llamase mi abuelita y me dijese que como a causa de su ceguera no podía vigilarme, había decidido, y así lo hizo, coger un broche y prender con él mis faldas a las suyas, anunciándome que así habíamos de pasar la vida en adelante, si no me enmendaba. Al principio no encontré posibilidad ninguna de libertarme; lo único que hice fue trabajar, leer y estudiar; todo esto pegadita a las faldas de la abuela. En cierta ocasión recurrí a una artimaña y le dije a Fíokla que se sentase en mi lugar. La tal Fíokla es nuestra criada y es sorda la pobre. Así que se sentó en mi sitio, cuando la abuelita estaba adormilada en su sillón, y yo eché a correr en busca de una amiga que tenía en la vecindad. Pero nos salió mal la cosa. Hubo de despertarse la abuelita antes de que yo estuviera de vuelta, y preguntó no sé qué, creyendo que yo estaba a su lado, como siempre, pues, como digo, es ciega. Pero Fíokla, que la vio hablar, no pudo entender lo que decía, en razón de su sordera; así que la pobre, después de pensar mucho lo que debía hacer, fue y quitó el prendedor y vino corriendo a buscarme...

Nástenka se echó a reír. Yo, naturalmente, la imité. Pero inmediatamente volvió a ponerse seria.

—Mire, no se ría usted de mi abuelita. Yo, si me río, es por lo cómico del lance. ¿Qué vamos a hacerle si abuelita, la pobre, es como es? Pero conste que, a pesar de todo, la quiero. Bueno; pues a la vuelta a casa me aguardaba a mí un buen rapapolvo; inmediatamente tuve que sentarme junto a la abuelita, y de nuevo me prendieron las ropas a las suyas, y después...., ¡santo Dios!, no podía moverme. ¡Ah! Se me olvidó decirle que nosotras, o mejor dicho, mi abuelita, es propietaria de una casita. Una casita de madera, con sólo tres ventanas en la fachada; una casita muy chiquita y tan vieja como su dueña. Pero tiene una habitación en la planta alta y hubo de salirle un inquilino para esa habitación.

—¿Luego tenían ustedes también antes un huésped? —pregunté como de pasada.

—Claro que sí —repuso Nástenka—, y por cierto que sabía mejor que usted guardar silencio. Sobre todo, apenas si podía mover la lengua. Porque ha de saber usted que era un viejecito pequeñito, algo sordo, acartonado, tonto, ciego y paralítico, de suerte que no pudo el pobre seguir mucho tiempo en este mundo y tomó el partido de morirse. Entonces quedó libre la habitación y tuvimos que buscar un nuevo inquilino, pues la renta del cuarto y la pensión de la abuelita son nuestros únicos ingresos. Pero el nuevo inquilino era un joven, y no de Petersburgo. Como no intentó siquiera regatear el cuarto, fue abuelita y lo tomó: "Oye, Nástenka, ¿es el nuevo inquilino joven, o viejo?". Yo no quise mentirle y le dije: "Enteramente joven no es, abuelita; pero tampoco es viejo".

—¿Y qué aspecto tiene? ¿Distinguido? —siguió preguntándome.

Yo no quise tampoco mentirle.

—Sí, abuelita —le dije—, tiene un aspecto distinguido.

Pero la abuelita suspiró:

—¡Ah hija mía! Esta va a ser entonces una prueba que Dios nos manda. Te digo esto, hija mía, para que no le mires con demasiada frecuencia. ¡Corren ahora para mí unos tiempos! ¡Un inquilino pobre y además de aspecto distinguido! Antaño todo era distinto.

La abuelita está siempre sacando a colación el tiempo pasado. En aquel tiempo era ella más joven y el sol brillaba más y calentaba más en aquel tiempo, y la nata no se ponía agria tan pronto entonces… Todo era mejor en aquel tiempo. Yo, a todo esto, estaba sentadita y callada; pero en mis adentros me decía: "¿Qué intención habrá tenido conmigo la abuelita al preguntarme si el inquilino es joven y de aspecto distinguido?". Pero eso fue sólo un pensamiento fugaz, y en seguida me puse otra vez a contar los hilos y continué haciendo calceta, como si tal cosa. Pero una mañana..., he aquí que entra de pronto el inquilino donde nosotras estábamos, con el objeto de preguntarnos por el tapiz que le habíamos prometido para su habitación. Las palabras se enredan. Abuelita habla por los codos, y luego va y me dice: "Mira, Nástenka, ve a mi alcoba y trae el ábaco". Yo me puse en pie de un brinco; la sangre se me subió a la cabeza, no sé por qué, y al mismo tiempo me olvidé completamente de que estaba prendida a sus ropas, y en vez de quitar a hurtadillas el alfiler, para que el inquilino no lo viera, di un tirón tan fuerte, que hubo que rodar hacia atrás la sillita de la abuela. Pero yo, al ver que el inquilino lo había comprendido todo, me puse todavía más colorada y me quedé toda de una pieza; y de repente voy y me echo a llorar... Tanto me abochornaba y me escocía eso de haber rodado por el suelo. Pero la abuelita fue y me dijo: "¿Qué haces que no vas por lo que te he dicho? Anda, ve". Pero yo redoblaba el llanto. Entonces comprendió el inquilino que mi vergüenza era por estar él delante, y se despidió a toda prisa y se fue. A partir de aquella tarde, no bien sentía yo el menor ruido allá fuera, me daba un vuelco el corazón. "¿Será el inquilino, que viene a vernos?", pensaba, y en seguida iba y quitaba el alfiler, en secreto, para que la abuelita no lo sintiera. Sólo que nunca era él... El no venía. Así transcurrieron dos semanas. Cuando un día nos mandó a decir con Fíokla que él tenía muchos libros, y buenos, y que si no querría la abuelita que le leyera algo para distraerla. Abuelita aceptó agradecida el ofrecimiento, limitándose a preguntarle si, en efecto, eran libros decentes, "pues si son inmorales –dijo– no los podrás leer en modo alguno, Nástenka, que sólo sacarías de ellos lo malo".

–¿Qué es entonces lo que yo debo leer, abuelita? –le pregunté–. ¿Qué es lo que tienen escrito los libros malos?

–Pues cosas malas, hija. En ellos se describe el modo como los jóvenes libertinos seducen a las muchachas decentes; cómo con la promesa de casarse con ellas, las sacan de casa de sus padres y luego las abandonan, y cómo las desventuradas terminan luego muy mal. Yo –dijo la abuelita– he leído muchos libros de ésos, y todos ellos –añadió– lo describen todo tan a lo vivo, que se le pasa a una la noche leyendo sin sentir. Y por esto, Nástenka –terminó–, cuidado, hija mía, con leer libros de esa índole. ¿Qué libros son los que él nos ha enviado?

–Novelas de Walter Scott, abuelita –dije.

–¡Ah!, novelas de Walter Scott. Pero ándate con mucho cuidado, no se oculte entre ellas algo sospechoso. ¡Quién sabe si no habrá puesto él entre sus páginas alguna cartita de amor!

–No, abuelita; aquí no hay ninguna.

–Pues mira bien por todos lados, hasta por el forro; a veces esconden en ese sitio las cartas.

–No, abuelita –le dije–; tampoco hay nada en el forro.

–Bueno; pero ten en cuenta que toda circunspección es poca –contestóme.

Y así empezamos a leer a Walter Scott, y en cosa de un mes ya habíamos dado cuenta de casi la mitad de los libros. Luego nos envió él otros, entre los que venían obras de Pushkin, de suerte que yo no podía estar ya sin libros, y por ellos olvidé completamente que podía casarme con un príncipe chino.

Así estaban las cosas, cuando la casualidad quiso que un día me encontrase a nuestro inquilino en la escalera. Abuelita me había mandado a buscarle no sé qué. El se quedó parado, yo me puse encarnada..., y él se puso encarnado también; luego se echó a reír y me saludó, preguntándome por la salud de la abuelita. Luego me preguntó si ya había leído yo los libros. Yo le dije: "Sí, ya los he leído".

–¿Sí? ¿Y cuál es el que más le ha gustado?

Yo le contesté:

–Pues los que me han gustado más son *Ivanhoe* y Pushkin.

Y con esto dimos por terminada nuestra conversación por aquella vez. Al cabo de una semana volví a econtrármelo de nuevo en la escalera. Sólo que aquel día no me había mandado la abuela a buscar nada, sino que era yo más bien la que necesitaba algo. Serían las dos de la tarde y yo sabía que ésa era la hora en que nuestro inquilino venía a casa.

–¡Buenos días! –me dijo.

–¡Buenos días! –le contesté yo.

–¿No se aburre usted de estarse todo el santo día sentadita junto a la abuelita? –me preguntó.

Al oír aquella pregunta, no sé por qué..., es lo cierto que volví a ponerme colorada y me dio vergüenza y me resentí de sus palabras..., aunque puede que fuera por que ya por entonces no era él el primero que me hacía esa pregunta. Tentada estuve de retirarme sin responderle, pero me faltaron las fuerzas.

–Es usted una chica muy buena –dijo él–. Perdóneme que le hable así, pero le aseguro que yo quisiera hacerle a usted más bien del que parece hacerle su abuelita. ¿No tiene usted amiguitas que pudieran visitarla?

Yo le contesté que no tenía ninguna, pues Máschenka, mi única amiga, se había ido a Pskov.

–¿No querría usted venir conmigo alguna vez al teatro? –preguntóme.

–¿Al teatro? –pregunté yo a mi vez–. ¿Y la abuelita?...

–¡Mire! –dijo él–. No tiene necesidad usted de decírselo... Puede venir sin que ella lo sepa.

–No –le dije–. No quiero engañar a la abuelita. ¡Quede usted con Dios!

El se limitó a saludarme, sin decir palabra. Aquella tarde ni bien hubo comido, bajó inopinadamente a visitarnos. Se sentó, estuvo hablando con la abuelita, le preguntó si no salía nunca de su casa, si no tenía amistades…, y, de pronto, va y dice:

–He tomado un palco para esta noche en la Opera; cantan *El barbero de Sevilla*, pero mis amigos, los que habían de acompañarme al teatro, se han encontrado inesperadamente con que no pueden, ¡así que voy a tener que ir solo!

–¡*El barbero de Sevilla!* –exclamó abuelita–. ¿Es el mismo *Barbero* que cantaban en otros tiempos?

–Sí, señora –contestó él–. El mismo.

Y al decir esto me miró. Pero yo ya lo había comprendido todo y me puse muy encarnada y el corazón me palpitó expectante.

–Pues entonces lo conozco –exclamó abuelita–. ¡Cómo no había de conocerlo! ¡Si he cantado la parte de Rosina en las tablas en mi juventud!

–¿Y no querría usted volverlo a oír esta noche en la Opera? –preguntó él–. De ese modo tendría aplicación también mi entrada, que si no se va a desperdiciar.

–¡Bueno, por mí, vamos! –exclamó abuelita–. ¿Por qué no habíamos de ir? ¡Así como así, mi Nástenka no ha ido todavía a un teatro!

¡Qué alegría, santo Dios! ¡Nos vestimos y a la Opera! Abuelita está ciega pero por lo menos quería oír la música; y luego mire usted, es una viejecita muy buena; lo hacía, sobre todo, para que disfrutara yo, pues a no ser por aquella invitación no habríamos ido nunca a la Opera. Qué impresión haría en mí *El barbero de Sevilla…*, no es menester que yo se lo diga, pues ya puede usted figurársela. Toda la noche estuvo él mirándome y hablándome muy afectuoso, y yo adiviné al punto que aquello que me había dicho en la escalera fue tan sólo por probarme, por ver si yo era capaz de ir con él sola al teatro. Y entonces me alegré de haberle contestado de aquel modo. Al acostarme aquella noche, estaba yo tan ufana y alegre, y el corazón me latía con tanta fuerza, que hasta tuve un poquitín de fiebre, y toda la noche me la pasé soñando con el dichoso *Barbero*.

Yo pensaba, naturalmente, que de allí en adelante había nuestro inquilino de menudear sus visitas..., pero me equivocaba. Apenas si volvió a visitarnos. Sólo lo hacía una vez en el mes y sólo para invitarnos a ir con él al teatro. Dos veces más fuimos con él, pero... a mí aquello no me agradaba. Yo veía bien que sólo le inspiraba a él lástima, por aquello de estar prendida continuamente a las ropas de la abuelita; compasión y nada más. Y cuanto más prolongaba aquello, tanto más enojoso me resultaba; no podía estarme sentada a leer ni trabajar, por más que lo intentase. A veces me reía y tramaba algo que sabía había de disgustar a la abuelita. Pero luego ya me tenía usted a dos dedos de echarme a llorar, si no llorando de veras. Finalmente, vine a caer medio enferma. Tocaba a su término la temporada de ópera y nuestro inquilino dejó enteramente de visitarnos. Pero cuando nos encontrábamos –siempre, naturalmente, en la escalera– me saludaba muy serio y silencioso, y pasaba junto a mí cual si no quisiera hablarme, y cuando ya estaba allá arriba, hacía un rato largo, todavía continuaba yo en la escalera, colorada como una cereza, pues la sangre se me subía a la cara no bien ponía en él los ojos.

Mi historia ya está próxima a terminar. Precisamente hace un año, por mayo, volvió nuestro inquilino, después de larga ausencia, a visitarnos, y le dijo a abuelita que había despachado ya los asuntos que aquí tenía y que se veía obligado a trasladarse por un año a Moscú. Al oír yo aquello, me puse pálida y me desplomé sobre una silla... Creí morir.

¿Qué debo hacer? Dábale vueltas a esa pregunta y me torturaba el cerebro, y me afligía hasta que por último adopté una resolución. "Mañana se va él", me dije, y decidí aquella misma noche, en cuanto la abuelita se durmiese, preparar yo también mi equipaje. Dicho y hecho. Formé un lío con mis trajes y la ropa blanca que había menester, y con el lío en la mano, más muerta que viva, subí las escaleras. Creo que tardé su buena horita en subir las escaleras hasta el piso de nuestro inquilino. Al abrir la puerta de su cuarto dio él un brinco y me miró, cual fuese yo un fantasma. Pero eso fue cosa de un momento. Luego cogió un vaso de agua y vino a mí y me dio de beber, pues apenas si yo podía tenerme. Me palpitaba tan fuerte el corazón, que hasta me dolía la cabeza y se me trastornaba el sentido. Pero al volver luego en mí no hice otra cosa que poner mi lío encima de su cama, sentarme yo a su lado, taparme la cara con las manos y prorrumpir en un torrente de lágrimas. Creo que él lo comprendió todo en un momento, pues se sentó junto a mí y se puso muy pálido y me miraba con tanta tristeza, que a mí se me partía el corazón.

—Oiga usted —empezó—. Oiga usted, Nástenka, yo no puedo. ¡Yo soy pobre! No cuento de momento con nada, ni siquiera con una colocación; ¿de qué íbamos a vivir si nos casáramos?

Hablamos largamente. Yo, a lo último, perdí completamente los estribos, y dije que no podía continuar viviendo con la abuelita, que quería irme de su lado y no estaba dispuesta a consentir que me prendieran más las ropas; que con sólo que él lo quisiera estaba dispuesta a acompañarlo a Moscú, ¡pues yo ya no podía vivir sin él! Vergüenza, amor y orgullo… Todo eso sentía yo a un tiempo mismo; y casi como atacada de convulsiones me dejé caer sobre la cama. ¡Le tenía tanto miedo a un desaire! El se detuvo callado un ratito, luego se levantó, se acercó a mí y me cogió una mano.

—Oyeme mi querida y buena Nástenka —díjome, y la voz le temblaba como un trémolo de llanto—, óyeme. Yo te juro que si algún día me encuentro en situación de casarme, tú serás la elegida para hacerme dichoso. Yo te juro que no podría ser otra que tú. Pero oye otra cosa: yo ahora tengo que partir para Moscú, donde he de permanecer todo un año. Espero en este tiempo crearme una posición. Si al cabo de ese año vuelvo y tú me quieres todavía, seremos felices los dos, yo te lo juro. Pero ahora es imposible, estoy en la mayor pobreza y no tengo derecho alguno a prometerte nada. Pero si de aquí a un año no he llegado tampoco a estar en situación de hacerlo, quiere decir que aguardaremos un poquito más, y al fin conseguiremos lo que anhelamos... Claro que si para entonces no le has dado a otro la preferencia, pues yo no te obligo con ninguna palabra, que ni puedo ni debo hacerlo.

Así me habló él y al otro día partió. Pero antes de irse volvimos a hablar y convinimos en no decirle nada a la abuelita. El fue quien lo quiso. Ahora ya..., mi historia termina. Ha transcurrido desde entonces acá un año justo. El ha vuelto, lleva ya aquí tres días y...

—¿Y qué? —preguntéle yo inquieto.

—...¡Pues que hasta ahora no ha venido a visitarnos! —terminó Nástenka, haciéndose violencia para dominarse—. ¡Ni una palabra, ni una carta!...

Se detuvo, permaneció un rato silenciosa, bajó la cabeza, cubriéndose la cara con las manos, y prorrumpió en un llanto tan desconsolado, que a mí se me partía el corazón.

Nunca habría esperado tal desenlace.

—¡Nástenka! —exclamé poniendo en mi voz la mayor bondad y la más honda simpatía—. ¡Nástenka, por el amor de Dios, no llore usted así! ¿Quién le ha dado a usted esas noticias? Puede que ni siquiera esté aquí...

—No, no; está aquí —confirmó ella con premura—. Aquella noche, antes de su partida, convinimos una cosa... Luego de aquella explicación que tuvimos y que yo acabo de contarle a usted, vinimos aquí mismo y estuvimos paseando por estos lugares. Eran las diez y estuvimos sentados en este mismo banco. Yo no lloraba ya, pues me daba tanto gusto oír lo que me decía... El me aseguraba que en cuanto estuviese de regreso vendría a visitarnos, y que si yo no me oponía, entonces se lo diríamos todo a la abuelita. ¡Pero ahora ha vuelto, lo sé muy bien, y, sin embargo, no ha venido a vernos, no ha venido!

Y de nuevo prorrumpió en llanto.

—¡Dios mío! ¿Qué podría hacer yo por usted? —exclamé, y en mi inquietud me levanté del banco—. Dígame, Nástenka, ¿no podría yo ir a verle y hablarle?

—¿Ir usted a verle? —preguntó ella alzando la vista de pronto.

—¡Tanto como eso no, naturalmente! Pero oiga usted..., ¿por qué no le escribe una carta?

—¡No; eso no es posible, eso no está bien! —respondió ella rápidamente, bajó la cabecita y no me miró.

—¿Por qué no, después de todo? ¿Por qué ha de ser imposible? —continué, pues empezaba a agradarme mi plan—. ¡Todo el quid está en la carta que usted vaya a escribirle! Hay cartas y cartas... ¡Ay Nástenka, compadézcame usted, a pesar de todo! ¡Yo no quiero aconsejarla a usted mal! ¡Créame usted que no tiene nada de particular que haga eso! Usted fue, en fin de cuentas, la que dio el primer paso... ¿Por qué no quiere usted ahora?...

—No, no; eso no está bien, verdaderamente no lo está. En otro tiempo casi me... metí por sus ojos...

—¡Ay, qué niña es usted! —la interrumpí sin ocultar mi sonrisa—. No se equivoca usted ahora. Y después de todo, está usted en todo su derecho de hacerlo, ya que él le dio a usted su palabra. Por lo demás, también él, según lo que de su relato deduzco, es una buena persona —proseguí envolviéndome cada vez más en la lógica de mis deducciones y conclusiones—. ¿Cómo se condujo él con usted entonces? ¿No

296

se comprometió con aquella promesa? El le dijo que sólo se casaría con usted cuando estuviera en situación de hacerlo, mientras que a usted, en cambio, la dejó en libertad completa; así que si usted quiere puede desprenderse de él en cualquier momento... Usted, por consiguiente, es la que debe dar ahora el primer paso, ya que él le dejó en todo el derecho de prioridad... Exactamente lo mismo que si se tratase ahora de desligarse de la palabra dada o de alguna otra cosa...

—Dígame usted; puesto en mi caso, ¿cómo escribiría?

—¿El qué?

—Sí, esa carta...

—¿Yo?... Pues muy sencillo... Empezaría... "Estimado amigo..."

—¿No hay más remedio que empezar así?

—No hay más remedio. Pero ¿qué tiene usted que objetar a ello? Yo imagino...

—¡No, no! ¡Está muy bien! ¡Siga!

—Bueno. Pues... "Estimado amigo: Perdone usted que..." Pero no; esos perdones son superfluos. Aquí los hechos lo explican ya todo. Así que le pondremos sencillamente: "Le escribo a usted. Perdone mi impaciencia, pero he sido tan feliz por espacio de un año, en que vivía de la ilusión... que ¿de dónde sacar ahora la paciencia necesaria para soportar un día siquiera de incertidumbre? Ahora que usted ya volvió y no se dignó a venir a verme todavía, me veo precisada a saber que usted, en el tiempo transcurrido, ha cambiado de modo de pensar. En ese caso esta carta sólo le dirá a usted que no me quejo ni le hago ningún reproche. ¿Cómo habría de reprocharle nada, si no tiene usted la culpa de que yo no haya podido encadenar su corazón sino por breve tiempo?... Ese es mi destino... Usted es un hombre fino e inteligente, y estoy segura de que éstas torpes líneas mías no le harán reír ni le producirán enojo. Pero, sin embargo, no olvide usted que es una pobre chica la que le escribe, que se encuentra completamente sola y no tiene persona alguna a la que contar sus cuitas y pedirle consejo, y que nunca aprendió tampoco a dominar su corazón. Pero no se enfade usted conmigo si hubiera incurrido en la torpeza de abrigar por un instante dudas en mi alma. De sobra sé que usted no es capaz de ofender, ni siquiera con el pensamiento, a la que tanto le ha querido y quiere todavía"...

—¡Eso es, eso es! ¡Eso era lo que ya se me había a mí ocurrido! —exclamó Nástenka, y sus ojos replandecieron de alegría—. ¡Oh, usted ha disipado todas mis dudas! ¡Dios mismo fue quien me le envió a usted! ¡Muchas gracias, muchas gracias!...

—¡Gracias!... ¿Por qué?... ¿Porque Dios me haya enviado en su ayuda? —preguntéle y contemplé, extasiado, su semblante, que refulgía gozoso.

—Pues sí, señor, ¡por eso!

—¡Ah Nástenka! Verdaderamente debemos estarle agradecidos a más de una criatura simplemente por el hecho de vivir con nosotros, o de vivir tan sólo. Yo, por ejemplo, le estoy a usted infinitamente agradecido por habérmele encontrado y poder en adelante pensar en usted.

—¡Bueno, bueno, basta! Pero ahora... Usted no lo sabe todo aún. Escuche usted. En aquel tiempo convinimos en que él, inmediatamente que estuviese de vuelta, me lo haría saber por algún conocido nuestro; personas buenas, sencillas, que no saben nada de nuestras relaciones; pero que en el caso de no poderme escribir, puesto que muchas veces no se puede decir en una carta todo lo que se quiere, el mismo día de su llegada, a las diez en punto de la noche, acudiría a este mismo sitio, donde debíamos encontrarnos. Yo sé muy bien que él está en Petersburgo, donde lleva ya tres días, y hasta ahora ni he recibido dos letras suyas ni él ha venido a verme. De día me es imposible salir de casa, sin que mi abuelita lo note. Por eso… ¡Oh, sea usted bueno y encárguese de llevarles mi carta a esas personas de quienes acabo de hablarle!… Ellas se la harán llegar a sus manos. Pero por si tengo contestación de él, me la trae usted aquí a las diez de la noche… ¿Sí?

—Pero ¿y la carta? ¿Y la carta? ¡Primero hay que escribir la carta! Si no, hay que dejarlo todo para pasado mañana.

—La carta… —Nástenka miró confusa al suelo—. La carta… Sí, pero…

Se detuvo y no siguió; apartó de mí su carita, que resplandecía como una rosa purpúrea, y de pronto sentí en mi mano una…, una carta en su sobre cerrado y, naturalmente, una carta recién escrita. Y al mismo tiempo… ese detalle despertó en mí un recuerdo… Me vibró de pronto en el oído una encantadora y graciosa melodía y…

—¡Ro… si… na! —canté.

—¡Oh, Ro… si… na! —cantamos los dos, y ella estuvo a punto de dejarse caer en mis brazos de puro gozosa, en tanto se ponía aún más encarnada y sonreía por entre las lágrimas, que, como gotas de rocío, brillaban en sus pestañas.

—¡Bueno, basta; basta ya! ¡Ahora despidámonos! —dijo rápidamente—. Ahí le dejo la carta y en el sobre hallará la dirección de donde debe entregarla. ¡Adiós, hasta la vista! ¡Hasta mañana!

Me estrechó fuerte ambas manos, me saludó aún con la cabeza y se desvaneció como una sombra en su angosta travesía. Yo permanecí largo rato sin moverme del mismo sitio, siguiéndola con la mirada.

—¡Hasta la vista! ¡Hasta mañana! ¡Hasta mañana! —seguía yo repitiendo, maquinalmente, luego que ya ella había desaparecido.

La tercera noche

Hoy hacía un día triste, lluvioso, muy gris y turbio y lóbrego... Exactamente como la vejez que a mí me aguarda. Y ahora obseden a mi pensamiento rarísimas sensaciones muy vagas, y problemas que aun para mí mismo resultan oscuros, se introducen entre mis ideas... sin que yo tenga fuerza ni voluntad de resolverlos. ¡Porque, después de todo, eso no es cuenta mía!

Hoy no nos hemos visto. Al despedirnos ayer asomaban ya por el cielo unas nubes oscuras y se levantaba niebla. Yo insistí: "Mañana tendremos un día nublado". Ella no contestó nada a eso. ¿Qué me iba a contestar? para ella ese día era claro y diáfano, y ninguna nubecilla arrojaría sombras sobre su dicha.

–Si llueve no nos veremos –dijo por último–, porque no bajaré.

Yo pensaba que ella no se habría enterado hoy de la lluvia; pero no, no bajó.

Ayer nos vimos por tercera vez... Fue nuestra última noche clara...

Verdaderamente, ¡hay que ver lo que la alegría y la felicidad pueden hacer de un hombre! ¡Cómo alienta en nuestro corazón el amor! Viene a ser como si todo nuestro corazón se extravasase a otro corazón, quisiera uno que todo el mundo estuviera contento, ¡que todo sonríese! ¡Y qué contagiosa es esa alegría! ¡Anoche había en sus palabras tanta ternura y en su corazón tanta bondad para mí!... ¡Qué atenta estuvo, qué franca, qué afectuosa y amable! ¡Cómo me animaba el espíritu y me serenaba el corazón! ¡Oh, qué zalamera estuvo de puro feliz! Y yo..., yo tomaba todo aquello por oro de ley y pensaba que ella...

Dios mío, ¿cómo pude ni siquiera pensarlo? ¿Cómo pude estar tan ciego sabiendo como sabía de sobra que todo aquello pertenecía ya a otro, y cuando hubiera debido decirme a mí mismo que toda su ternura y cariño... sí, su cariño hacia mí... no era sino expresión de su alegría ante el inminente encuentro con él y su deseo de hacerme compartir esa alegría suya o sencillamente de desfogarla conmigo?... Pero él no acababa de presentarse, y nosotros le aguardábamos inútilmente, y ella, al ver que no venía, se puso triste y preocupada y adusta. Sus movimientos y palabras no tenían ya la ligereza, como alada, de antes ni tampoco respiraban ya tan confiado abandono. Pero entonces, ¡cosa rara!, redobló ella su atención y afectuosidad para conmigo y a mí me pareció como si todo aquello que ella para sí deseaba, y que la traía inquieta, puesto que acaso nunca se le lograse, quisiera involuntariamente regalármelo a mí. Y temblando por su dicha, llena de angustia y de nostalgia, comprendía finalmente que yo también amaba, que yo la amaba a ella, y algo así como piedad de mi pobre amor sintió su alma. Porque cuando somos desdichados somos más aptos para compenetrarnos con la ajena desdicha, y no se reparte así el sentimiento, sino que se acumula...

Yo salí a su encuentro con el corazón rebosante, pues no había podido aguardar, sino a duras penas, la hora de la entrevista. Pero no podía imaginarme lo que en ese instante había de experimentar, ni preveía tampoco de qué modo tan diferente iba a terminar todo. Ella estaba radiante de júbilo, pues aguardaba la respuesta del otro. Y la respuesta se la había de traer él mismo..., que sin duda alguna se daría prisa a acudir a su llamada... De eso estaba ella firmemente convencida. Llevaba ya una hora aguardando allí cuando yo llegué. A lo primero, todo cuanto yo le decía la movía a risa. Yo quise seguir hablando, pero de pronto... me callé.

–¿Sabe usted por qué estoy tan contenta –preguntóme– y me alegra tanto verle?... ¿Por qué hoy estoy tan cariñosa con usted?

—¿Por qué? —preguntéle yo, y el corazón me palpitaba.

—Pues le muestro tanto cariño porque no se ha enamorado de mí. Otro en su lugar hubiera empezado por importunarme y molestarme y hubiera suspirado y héchose el enfermo; ¡pero usted ha sido tan franco y sencillo!...

Y me estrechó la mano con tal fuerza, que estuve a punto de lanzar un grito. Y ella volvió a reírse.

—¡Dios santo! ¡Qué buen amigo es usted! —continuó después de una pausa muy seria—. ¡Creo de veras que fue Dios mismo quien me lo envió a usted! ¿Qué habría sido de mí de no tenerlo a usted a mi lado? ¡Y qué bueno ha sido usted para mí! Si me caso, seremos buenos amigos..., como hermanos. Yo lo querré a usted casi tanto como a él...

Aquello me dolió, y en el mismo instante sentí una pena intensísima, pero en seguida esbozóse algo así como una sonrisa en mi alma.

—Está usted intranquila —le dije—. Lleva usted la angustia en el corazón, pues en el fondo teme que él no llegue a venir.

—¡Qué salida! ¡Por Dios! Si no estuviera tan contenta, es muy probable que me hiciera usted llorar con su incredulidad y sus reproches. Por lo demás, no ha hecho usted sino insistir en un pensamiento que todavía puede proporcionarme muchas desazones. Pero eso lo dejo para más adelante; por el momento, le confieso que ha adivinado usted la verdad. ¡Yo estoy como... fuera de mí! Soy toda expectación y todo lo percibo y lo oigo y lo siento como al través de nube... Pero basta ya: no hablemos más de sentimientos...

Y he aquí que de pronto se sintieron pisadas, y de la oscuridad vimos salir un transeúnte, que venía hacia nosotros. Tanto ella como yo nos estremecimos, y ella poco menos que lanzó un grito. Yo retiré mi brazo, en el que ella tenía posada su manecita, y di media vuelta, como para escurrirme sin ser visto. Pero nos llevamos un chasco: era un extranjero que siguió tranquilamente su camino.

–¿Qué teme usted? ¿Por qué retiró su brazo? –preguntóme ella, cogiéndose nuevamente de él–. ¿Qué tiene eso de particular? Nosotros saldremos a su encuentro cogiditos del brazo. Deseo que él vea que nos queremos.

–¡Oh, y cómo nos queremos! –exclamé yo.

"¡Oh Nástenka, Nástenka! –pensé en silencio–. ¡Cuánto has dicho con esa palabra! Con un cariño así, Nástenka, se nos puede helar el corazón… y llenársenos de tristeza moral… Tienes la mano fría, Nástenka, mientras que la mía abrasa como lumbre. ¡Qué ciega eres, Nástenka! ¡Oh, y qué insufrible puede resultarnos a veces una criatura dichosa! Pero yo no podría ser malo para ti…"

Finalmente rebosó de tal modo mi corazón de toda suerte de sentimientos, que no tuve más remedio que romper a hablar, quieras que no.

–¡Oiga usted, Nástenka! –exclamé–. ¿No sabe usted lo que me ha pasado hoy todo el día?

–No… ¿Qué fue ello? ¡Cuéntemelo todo en seguida! ¿Por qué se lo ha tenido tan callado hasta ahora?

–Pues verá usted, Nástenka; esta tarde, después de haber hecho todos sus encargos y entregado su carta a aquella buena gente, me volví a casa y me eché a dormir…

–¿Y eso fue todo? –me interrumpió, riendo.

–Sí, casi todo –repuse yo dominándome rápidamente, pues sentía que las lágrimas se agolpaban con violencia a mis ojos–. Me desperté una hora antes de la convenida para nuestra entrevista, pero a mí me parecía como si no hubiese dormido nada. No sé qué me ocurría. Y al venir aquí parecíame como que sólo venía por contárselo a usted. Era como si para mí se hubiese detenido el tiempo, cual si de allí en adelante una sola sensación, un solo sentimiento, hubiese de dominarme enteramente, cual si un solo momento hubiese de llenar toda una eternidad y como si en mí se hubiera estancado la vida… Al despertarme, parecíame recordar un motivo musical, que yo hubiera oído alguna vez hacía tiempo y olvidado después. Y me parecía cual si ya mi vida hiciese mucho tiempo que hubiera abandonado a mi alma y ahora sólo...

–¡Ah Dios santo! –interrumpióme Nástenka–. ¿Qué quiere usted decir con eso? Yo no entiendo palabra.

–¡Ah Nástenka! Trataba de explicarle a usted de algún modo esta extraña sensación... –dije yo con voz triste, pero en la que se encerraba una esperanza, aun cuando muy remota.

–¡Bueno, pues muy bien, muy bien, pero no siga! –exclamó ella rápida... ¡En un momento lo había adivinado todo la muy pícara!

Se puso muy habladora y alegre, y hasta vulgar. Se cogió de mi brazo, reía, hablaba, se empeñaba en que yo también me riese y cualquier palabra mía emocionada le arrancaba una carcajada rotunda y sonora... Yo empecé a sentir algo de enojo, y ella, de pronto, se puso a coquetear conmigo.

–Oiga usted –dijo–, le confieso que me enoja un poquito eso de que no me haya hecho el amor. ¡Para que se fíe una de los hombres! Después de todo, no tendrá usted más remedio que reconocer, mi invencible señor, que yo soy una mujer inocente y franca. Yo lo digo todo, todo, cualquiera que sea la tontería que se me venga a los labios.

–¡Cómo! ¿Oye usted? Están dando las once –dije yo al sonar a lo lejos la primera lenta campanada del reloj de la torre.

Ella se detuvo, apagáronse sus risas y se puso a contar las campanadas.

–Sí, las once –dijo finalmente con voz algo insegura y perpleja.

Yo lamenté en seguida haberla interrumpido y héchola contar las campanadas del reloj. Y me recriminé a mí mismo la mala intención que me había impulsado. Lo sentí por ella y no sabía cómo reparar mi falta. Probé consolarla y a buscar razones que justificasen la ausencia del otro. Cité diversos ejemplos, formulé conclusiones; y verdaderamente nadie se dejó convencer nunca con más facilidad que ella en aquel instante, como cualquiera de nosotros habría acogido igualmente en semejantes circunstancias toda palabra de consuelo e incluso hubiera agradecido la sombra de una justificación.

—Sí, y sobre todo —continué yo, abogando cada vez más resueltamente por el otro y al mismo tiempo muy impresionado yo mismo por la claridad de mis argumentos—, él no podía venir hoy. Usted me ha contagiado de su inquietud y desasosiego. Nástenka, hasta el punto de haberme olvidado del tiempo... Pero recapacite usted en que él apenas lo habrá tenido de recibir su carta. Supongamos que por alguna razón se ve en la imposibilidad de venir él personalmente y tiene que escribirle... Pues no podrá usted recibir la carta hasta mañana. Yo iré allá muy temprano para enterarme y en seguida comunicarle a usted lo que haya. Y podemos también suponer otras mil cosas, igualmente probables; supongamos, por ejemplo, que no estuviera en casa cuando la carta llegó y que por tal razón no pudo leerla hasta hoy. Todo es posible.

—¡Sí, sí! —asentía rápidamente Nástenka—. ¡No había pensado en eso, claro que todo es posible! —confirmaba con voz condescendiente y llena de conformidad, pero en la que, sin embargo, como una desagradable y leve disonancia, se dejaba traslucir otro pensamiento distinto.

—Entonces vamos a hacer una cosa: usted irá mañana muy temprano a casa de esas buenas amigas, y si allí han recibido algo, me lo comunica usted sin perder tiempo. Pero ¿sabe usted dónde vivo? —y me indicó su dirección.

Luego, de pronto, se puso tan cariñosa conmigo y hasta pareció, no obstante, acometerla cierta timidez... Al parecer me escuchaba con mucha atención... Pero al hacerle yo una pregunta se quedó callada y apartó de mí la vista, confusa. Yo me incliné un poco hacia adelante para verle la cara y era la verdad pura: estaba llorando.

–¡Cómo! Pero ¿es posible? ¡Ah, y qué niña es usted! ¡Una niña chiquita, sin pizca de juicio!... Pero ¡basta ya!... ¿A qué viene ese llanto?

Ella hizo por sonreír y dominarse, pero la cara le temblaba y se le levantaba cada vez más el pecho.

–Yo sólo pensaba en usted –dijo tras un ligero silencio–. Es usted tan bueno, que de piedra tendría que tener yo el corazón si no lo sintiera así. ¿Sabe usted lo que en este momento acaba de ocurrírseme? Pues los he comparado a los dos. ¿Por qué él... no será usted? ¿Por qué no es como usted? El vale menos y, sin embargo, yo le quiero más que a usted.

Yo no contesté nada. Pero ella aguardaba, según parecía, que yo hiciese alguna observación.

–Claro que es posible que yo no lo comprenda a él del todo y tampoco le conozco siquiera muy bien. Pero para que usted lo sepa, yo creo que siempre le tuve algo de miedo. Estaba siempre tan serio y tan... como orgulloso. Naturalmente, ya sé que eso era pura apariencia. En su corazón hay todavía más ternura que en el mío... Y sé también cómo me miraba él entonces... Al presentarme en su cuarto con mi lío de ropa... Y, sin embargo, viene a ser así, como si yo me lo representase muy arriba, sí, ¡y como si no fuésemos de igual condición, como si perteneciésemos a esferas sociales distintas!

–No, Nástenka –dije yo–, eso no quiere decir sino que usted le quiere más que a nadie en el mundo y hasta mucho más que a sí misma.

–Bueno, puede que así sea –contestó Nástenka ingenuamente–. Pero ¿sabe usted lo que se me acaba de ocurrir ahora mismo? Pues que en adelante no voy a hablar más de él, sino de cosas generales... Hace ya mucho que lo tenía pensado. Oiga usted y dígame: ¿por qué no somos todos como hermanos los unos para los otros? ¿Por qué al encontrarnos delante de otra persona, aunque sea la mejor del mundo, hemos de decir todos, con absoluta franqueza, lo que llevamos en el corazón, cuando sabemos que nuestras palabras no se las va a llevar el viento? Ahora parecemos todos más fríos y adustos de lo que en realidad somos, y se diría que temen las criaturas comprometerse exponiendo con franqueza sus sentimientos...

–¡Ah Nástenka! Tiene usted mucha razón, pero eso se debe a diversas causas –repuse yo al mismo tiempo que me encerraba más dentro de mi concha en aquel instante y recataba mis sentimientos más íntimos.

–¡No, no! –contradíjome ella con convicción profunda–. Usted, por ejemplo, no es como los demás. Yo..., perdone usted, no sé cómo decírselo, pero me parece que usted..., por ejemplo, ahora mismo... Sí, me parece que usted está haciendo ahora un sacrificio por mí –dijo casi balbuciendo, y su mirada me rozó levemente–. Perdóneme usted que le hable así. Soy una muchacha sencilla, apenas si he visto algo de la vida y, verdaderamente, no sé muchas veces explicarme bien –añadió con una voz en que vibraba un sentimiento oculto, en tanto se esforzaba por sonreír–, pero yo quería decirle a usted que yo le estoy muy agradecida y que lo sé y lo siento... ¡Oh, y Dios quiera hacerle muy dichoso! Pero lo que antes de ahora me contó usted de sus ensueños, me figuro que no será verdad; eso no guarda ninguna relación con usted. Usted se pondrá bueno y, sobre todo..., usted es un hombre distinto de como se describió. Pero si alguna vez se enamorase... ¡Quiera Dios hacerle muy dichoso! Pero a aquella a quien usted ame no tengo que desearle otra cosa, pues con usted no tiene más remedio que ser dichosa. Lo digo yo, que soy mujer, y puede usted creerme...

Calló y cambiamos un cordial apretón de manos. Yo

también estaba emocionado para poder hablar. Callamos ambos.

–Sí, hoy ya no viene –dijo ella, por último, y alzó la cabeza–. Es ya muy tarde...

–Vendrá mañana –dije yo con un tono de voz firme y convencido.

–Sí –dijo ella alegre–, ahora veo yo muy bien cómo hoy era demasiado pronto y hasta mañana no podrá venir. Bueno, entonces hasta la vista. ¡Hasta mañana! Si llueve, quizá no baje. Pero pasado mañana..., pasado mañana, sin falta, vendré, y usted... venga también sin falta. Quiero verle y contárselo a usted todo.

Al despedirnos tendióme su mano y díjome, posando en mis ojos una clara mirada:

–De ahora en adelante no nos separaremos ya nunca, ¿verdad?

–¡Oh Nástenka! ¡Nástenka! ¡Si tú supieses qué solo estoy ahora!

Pero al dar al otro día las nueve de la noche ya no pude estarme un momento más en mi cuarto; me vestí y salí a la calle, a pesar de la lluvia. Fui allá y me senté en el banco. Al cabo de un rato me levanté y me encaminé a su calle; pero luego me dio vergüenza, y a dos pasos de su casa me volví sin siquiera alzar los ojos hacia sus ventanas. Llegué a casa en un estado de ánimo como nunca lo experimentara. ¡Qué lóbrego, qué húmedo, qué tedioso todo! Si hiciera buen tiempo –decía entre mí–, me pasaría toda la noche vagabundeando por esas calles...

–Pero ¡hasta mañana, hasta mañana! Mañana me lo contará todo.

No obstante, tuve que decirme a mí mismo que él no había contestado a su carta; por lo menos, hoy no. Pero, después de todo, nada más natural. ¿Qué iba él a escribirle?... El irá a verla en persona...

Cuarta noche

Dios mío, ¡que esto hubiera de acabar así!

Fui allá a las nueve de la noche. Desde lejos ya la vi; estaba de pie, cual la primera vez que la viera en el muelle, y se apoyaba en la barandilla y no sentía que yo me aproximaba.

—¡Nástenka! —exclamé sin poder apenas dominar mi emoción.

Ella se estremeció y volvióse a mirarme.

—¡Cómo! —dijo—. ¿Qué es eso? ¡Más pronto!

Yo la miré sin comprender.

—¡A ver! ¡Déme usted la carta! ¿Ha traído usted la carta? —y tendió la mano hacia la barandilla.

—No; no traigo ninguna carta —dije lentamente—. Pero ¿no ha venido él?

Ella se puso intensamente pálida y se quedó fija mirándome. Había aniquilado su última esperanza.

—¡Que Dios le proteja! —exclamó finalmente con voz vacilante y labios trémulos—. ¡Que Dios le proteja, ya que me abandona!...

Bajó los ojos... Luego intentó alzarlos para mirarme, pero no pudo. Durante un rato permaneció así, hasta que consiguió dominar su turbación; luego volvióse de pronto, apoyó los codos en el pretil y rompió a llorar.

—¡Cálmese usted! ¡Serénese usted! —díjele tratando de consolarla; pero en presencia de su dolor no tuve ánimos para proseguir... ¿Qué podía yo decirle?

—No intente usted consolarme —exclamó ella llorando—, no me hable usted de él, no me diga que va a venir todavía y que no es verdad que me haya abandonado de una manera tan cruel e inhumana como lo ha hecho. ¿Y por qué? ¿Por qué? ¿Había algo de malo en mi carta, en esa desdichada carta?...

De nuevo los sollozos apagaron su voz. Yo creí que el corazón se me iba a saltar de lástima.

–¡Oh, qué inhumanamente cruel es esto! –insistió ella–. ¡Y ni una línea, ni una palabra! ¡Si por lo menos hubiera contestado, si siquiera hubiese escrito, aunque fuera para decirme que no me necesitaba, que no me quería! ¡Pero de este modo!... ¡Ni una línea, ni una palabra en tres días! ¡Qué fácil le resulta humillarme, herirme a mí, pobre muchacha desvalida, cuya única culpa consiste en amarle! ¡Oh, lo que en estos tres días habré yo sufrido! ¡Dios santo! ¡Dios santo! ¡Cuando pienso que fui a él la primera vez sin que él me llamara ni me rogara, que me rebajé ante él y lloré y hasta le pedí un poco, un poquito siquiera de cariño!... ¡Y ahora esto!... ¡No, sepa usted –encaróse de nuevo conmigo, y sus ojos negros centelleaban– que esto no es posible! ¡Esto no puede quedar así! ¡Esto es inhumano! ¡Uno de los dos..., yo o usted, nos hemos equivocado! ¡Quizá no haya él recibido mi carta! Acaso a estas horas no haya tenido la menor noticia de ella. De otro modo, no se concibe, juzgue usted por sí mismo, hábleme, por Dios, explíqueme... Yo no puedo comprender... cómo un hombre es capaz de conducirse tan villanamente como él lo ha hecho conmigo. ¡No haber contestado ni siquiera una palabra a mi carta! ¡El hombre más vil habría sido más compasivo! ¡A no ser..., a no ser que le hayan contado algo malo de mí! –de repente encaróse conmigo–. ¡Cómo! ¿Qué opina usted?

–Mire usted, Nástenka, mañana iré yo mismo a verle en su nombre.

–¡Sí!

–Y le preguntaré sencillamente qué le pasa y se lo contaré todo.

–Bueno, ¿y qué más?

—Usted va a escribirle una carta. ¡No diga usted que no, Nástenka, no diga usted que no! Yo le obligaré a estimar como es debido su proceder de usted, se lo explicaré todo, y si él...

—¡No, amiguito mío, no! —atajóme ella—. Dejemos esto. El no volverá a oírme una palabra. Yo no le conozco ya, no le quiero, haré por... ol... vi... dar...

No continuó.

—¡Cálmese usted, cálmese usted! Siéntese aquí, en este banco, Nástenka —le dije, y la conduje un par de pasos más allá, hacia el banco...

—¡Ya estoy tranquila! Muy bien. Se acabó. ¡Contendré mis lágrimas! ¿Cree usted que por eso voy a morirme, ni siquiera a ponerme mala?...

El corazón me reventaba de puro henchido. Quise hablar, pero no pude.

—¡Oiga usted! —continuó ella, y me cogió la mano—. ¿Verdad que usted no se habría portado de ese modo? ¿Verdad que usted no hubiera contestado con una carcajada despectiva a una pobre chica que se le hubiese dirigido por no saber dominar su débil y necio corazón? Usted, seguramente, la habría sabido estimar mejor. Usted se habría dicho que ella estaba sola en el mundo, que no sabía nada de la vida y no sabía estimarse a sí misma ni defenderse del cariño que a usted le tenía, que de nada de todo eso era culpable..., que ella no había hecho nada malo... ¡Oh Dios mío; oh Dios mío!

—Nástenka —exclamé yo, incapaz de dominar mi emoción por más tiempo—. ¡Nástenka, me está usted martirizando! ¡Está usted desgarrando mi corazón, Nástenka, me está usted matando! ¡Yo no puedo estar callado más tiempo! ¡Yo necesito hablar por fin, decirle lo que del corazón me rebosa!

En tanto hablaba así, me levanté del banco. Ella me cogió de la mano y me miró asombrada.

—¿Qué le sucede? —preguntóme, por último.

—¡Déjeme que se lo diga todo, Nástenka! —le imploré yo,

resuelto–. No se asuste usted, Nástenka, de lo que voy a decirle, pues es un puro desatino, un imposible y una necedad. ¡Ya sé que no ha de realizarse nunca, pero no puedo, sin embargo, callar por más tiempo!... ¡Por todo lo que usted ahora sufre, le suplico, le imploro, me perdone por anticipado!...

–Pero ¿qué es ello? ¿De qué se trata? –había dejado de llorar y me miraba de hito en hito. Sus pasmados ojos delataban una curiosidad extraña–. ¿Qué es lo que le sucede?

–¡Es un imposible, Nástenka, ya lo sé, pero yo..., yo la amo a usted, Nástenka! ¡Esta es la verdad! ¡Ahora ya se lo he dicho todo!... ¡Ahora ya sabe usted si puede hablarme en adelante como hasta aquí lo hizo y también si debe oír lo que todavía tengo que decirle!...

–Bien... Pero ¿qué es ello?... ¿Qué tiene de particular? Yo sé ya hace tiempo que usted me ama; siempre me pareció que usted... me..., vamos. ¡Me tenía algún cariño!... ¡Ay Dios!...

–Al principio sí era sólo así, Nástenka, ¡pero ahora!... Yo estoy ahora en la misma disposición de ánimo que usted cuando se presentó en su cuarto con el hato de sus ropas. No; yo estoy todavía en peor situación que usted, Nástenka, pues él entonces no amaba a otra mujer... Mientras que usted ama a otro...

–¿Qué quiere usted decir con eso? Yo..., yo no le entiendo a usted. Pero oiga, ¿por qué?..., o no, para qué todo eso y así, tan de repente... ¡Dios mío! ¡Cuánta sandez hablo! Pero usted...

Nástenka dio muestras de una confusión absoluta, pusiéronsele encarnadas las mejillas y fijó la vista en el suelo.

–¿Qué puedo hacerle yo, Nástenka, qué debo hacer? Soy culpable, he cometido un abuso... ¡Oh, no! No, Nástenka, yo soy inocente. Siento percibo claramente que el corazón me dice que estoy en mi derecho, que con eso no puedo ofenderla a usted ni herirla. Yo era su amigo; bueno, pues ahora sigo siendo su amigo... No he cometido ninguna traición ni me he portado deslealmente. Vea usted: lágrimas me corren por las mejillas, Nástenka. Que corran, que corran..., a nadie hacen mal. Ellas mismas me secarán, Nástenka...

–Pero ¡siéntese usted, siéntese usted! –y quiso obligarme literalmente a tomar asiento. ¡Ay Dios mío!

–No, Nástenka, no me siento! ¡Ahora ya no puedo continuar por más tiempo aquí ni usted volverá a verme tampoco; se lo diré a usted todo... y luego me iré. No hubiera usted sabido nunca hasta qué punto la amo. Yo hubiera debido guardar mi secreto y no atormentarla a usted en este instante hablándole de mí, con mi egoísmo. ¡No! Pero yo..., ¡yo no he podido contenerme! Usted empezó a hablar de todo, pero yo soy inocente. Usted no puede apartarme así como así de su lado...

–Pero ¡si yo no le aparto! –afirmó Nástenka, haciendo todo lo posible por disimular su turbación.

–¿Que no? ¿De veras que no? ¡Y yo que me disponía ya a echar a correr! De todos modos he de irme, pero antes he de decírselo a usted todo, pues en tanto usted hablaba hace un momento y lloraba, y estaba delante de mí con su dolor, y todo ello porque... Bueno, porque... Lo diré, Nástenka, ¡por el desdén de que la hacían objeto, si viera usted cuánto amor sentí en mi corazón hacia usted, cuánto amor!... ¡Y me daba una pena tan grande de no poderle valer a usted de nada con todo ese amor, que el corazón parecía irse a saltar, y... y... no pude callarme más, era necesario que hablase, Nástenka, no tenía más remedio que hablar!

–¡Bueno, bueno! ¡Está bien! ¡Hable usted, hábleme usted serenamente! –díjome Nástenka, de pronto, con una emoción inexplicable–. ¡Quizá le extrañe a usted que se lo diga, pero... sí, hable usted! ¡Más tarde le explicaré! ¡Se lo contaré todo!

–Le inspiro a usted compasión, Nástenka; es piedad tan

sólo lo que siente por mí. Bueno, a lo hecho, pecho. Después que hemos hablado, ya no podemos retirar las palabras. ¿No es verdad? Bueno, pues ya lo sabe usted todo. Este es nuestro punto de partida. Hasta qué extremo hemos llegado, lo sabrá si sigue oyéndome. Cuando usted se sentó aquí y se echó a llorar, yo me dije... ¡Ah, por favor, Nástenka, déjeme decirle lo que yo pensaba!... Yo dije entre mí que usted..., que usted, sea por lo que fuere... Bueno, en una palabra, que usted, fuere por lo que fuere, había dejado de amarle. Luego..., esto también lo pensé ayer, Nástenka, y anteayer..., no tenía usted más remedio que amarme a mí. Usted decía, sí, usted misma había dicho que ya me tenía un poco de cariño. Bueno, y... ¿qué más? Sí, esto es casi todo lo que yo quería decirle. Sólo me falta expresarle lo que sería eso de que usted me amase, ¡sólo eso! Así que présteme usted atención, amiga mía..., pues amiga mía no habrá usted dejado de serlo... Yo no soy, naturalmente, sino un hombre ingenuo, pobre e insignificante, pero eso no hace ahora al caso... Yo no sé qué me pasa que siempre salgo hablando de otra cosa, pero eso sólo es por lo emocionado que estoy, Nástenka... Yo estoy dispuesto a amarla a usted tanto, Nástenka, tanto, que usted, aun suponiendo que siguiera amando a ese hombre, al que ni siquiera conozco, no llegaría a notar que mi amor le produjese ninguna molestia. Sólo sentiría usted, y esto sí lo sentiría a cada minuto, que junto a usted palpitaba un corazón agradecido, ¡oh, sí!, muy agradecido, un corazón fervoroso, que por usted... ¡Oh Nástenka, Nástenka! ¡A qué extremo me ha reducido usted!

–Pero ¡no llore usted, yo no quiero que llore! –dijo Nástenka, y se levantó rápidamente del banco–. ¡Vámonos, venga usted, no llore, no llore más! –y con su pañuelito me enjugó las mejillas–. Ande, vámonos ya. Voy a decirle a usted una cosa... Si él me ha dejado y olvidado ya, entonces..., aunque yo siga amándole..., no se lo puedo ocultar a usted y no quiero engañarle... Oiga usted y contésteme. Si yo, por ejemplo, llegara a amarle a usted, es decir, si yo... ¡Oh amigo mío, mi buen amigo! ¡Cuando pienso cuánto le he herido a usted y cuánto dolor he debido de causarle, cuando lo elogiaba precisamente por no haberme hecho el amor! ¡Oh Dios mío! ¿Cómo podía yo no suponer esto, cómo pude ser tan necia, cómo?... Pero... Bueno..., basta, estoy finalmente decidida y se lo voy a decir todo.

–Oiga, Nástenka, ¿sabe usted una cosa? Voy a separarme de usted: será lo mejor. Veo muy bien que no hago más que atormentarle. Ahora empieza usted a sentir remordimientos de conciencia por haberse divertido a mi costa; pero yo no quiero que usted, además de su dolor... Yo tengo la culpa de todo, Nástenka, así que... ¡adiós!

–No, no se vaya, escúcheme antes; ¿no puede usted aguardar un momento?

–¿Aguardar? ¿Aguardar a qué?

–Mire, yo le amo a él; pero este amor debe extinguirse, se extinguirá... No tiene más remedio que extinguirse; ya se está extinguiendo, lo siento... Quién sabe, quizá se haya extinguido del todo hoy, pues yo le odio por haberse burlado de mí, en tanto que usted lloraba aquí conmigo..., y usted, tampoco me hubiera usted dejado plantada como él lo ha hecho, pues usted ama de veras, mientras que él no me ha amado nunca... y, además porque yo..., finalmente, le amo a usted... ¡Sí, le amo! Le amo tanto como usted me ama a mí. Ya se lo he dicho a usted, y usted acaba de oírlo... Le amo a usted porque es usted mejor que él, porque es usted más caballero que él, porque..., porque él...

La emoción le privó de voz, apoyó su cabeza en mi hombro, pero inclinándose hasta tocar mi pecho, y luego prorrumpió en un llanto amarguísimo. Yo la consolaba, la acariciaba, hacía por tranquilizarla, pero ella no podía contenerse; me apretaba la mano y balbucía entre sollozos:

315

–Aguarde usted, aguarde usted un poco. Está a punto de extinguirse... Ya no dejo de... Sólo le diré una cosa... No piense usted que estas lágrimas... me las arranca sólo... la debilidad; tenga usted un poco de paciencia hasta que se extinga...

Finalmente cesaron sus lágrimas. Se irguió, enjugóse en las mejillas las últimas huellas del llanto, y ambos nos pusimos en movimiento. Yo quería hablar, pero ella me rogaba siempre que le dejase un poco de tiempo para pensar. Así que íbamos los dos callados... Hasta que, por último, se rehizo ella y empezó:

–Bueno; escuche usted –dijo con voz débil e insegura, pero en la que de pronto vibró un sentimiento íntimo e hirió de tal modo mi corazón, que se echó a temblar con una suerte de sabroso dolor–. No piense usted que yo soy una inconsciente ni una loca, ni que tan pronto y tan fácilmente pueda olvidar y ser infiel... Yo le he amado todo un año y le juro a usted, por Dios, que nunca, nunca, ni siquiera con el pensamiento, le fui infiel. Pero él ha demostrado no saber apreciarme; no ha hecho más que burlarse de mí... ¡Dios se lo pague! Pero él me ha herido y puesto enfermo el corazón... Yo..., yo no le amo ya, pues sólo puedo amar lo bueno y lo grande, lo que se amolda a mí y está bien; pues así soy yo, pero él es indigno de mí... ¡Bueno, que Dios le ampare! Esto, después de todo, es mejor que no me hubiese enterado hasta más tarde de cómo es verdaderamente... Así que... ¡eso ya terminó! ¿Y quién sabe, mi buen amigo –continuó apretándome la mano–, quién sabe si todo ese amor mío no fue sino una ilusión del sentimiento o una pura imaginación, y si tuvo su origen en la mala crianza, en aquella vida tan monótona que yo hacía, prendida eternamente a las faldas de la abuela? Quizá estuviera yo predestinada a amar a otro, a uno que ha tenido más compasión de mí y... y... Bueno, dejemos esto, no hablemos más de ello –interrumpióse Nástenka, privada de voz y de aliento por la fuerza de la emoción–. Yo sólo quería decirle... Yo quería decirle que si usted, no obstante amarle a él yo... Es decir, no haberle amado... Si usted, a pesar de eso... Es decir, si usted siente y cree... que sea su amor tan grande que pudiera ahuyentar de mi corazón... Si usted me tiene tanta lástima y ahora no quiere dejarme abandonada a mi destino, sin consuelo ni esperanza; si usted me ha de amar siempre así, como ahora me ama..., que entonces yo le juro... que mi gratitud..., que mi amor será digno del suyo. ¿Quiere usted aceptar mi mano?

–¡Nástenka! –yo creo que las lágrimas y los sollozos apagaban mi voz–. ¡Nástenka!... ¡Oh Nástenka!...

–¡Bueno, bueno! ¡Basta por ahora! –dijo ella rápidamente, con visible prisa y dominándose a duras penas–. Ya lo hemos dicho todo, ¿no es verdad? Y es usted feliz y lo soy yo también, así que no hay más que hablar. Aguarde usted... Pronto, tenga usted piedad de mí... ¡Hábleme usted de otra cosa, por lo que más quiera!

–¡Sí, Nástenka, sí! Basta ya, ahora ya soy feliz... ¡Tiene usted razón, Nástenka, hablemos de otra cosa, pronto, pronto! ¡Estoy dispuesto!

Y no sabiendo ya de qué íbamos a hablar, reíamos, y llorábamos, y proferíamos palabras sin sentido ni ilación. Pronto llegamos a la acera y nos pusimos a dar por ella paseos, arriba y abajo; tan pronto atravesábamos la calle y nos quedábamos parados, como retrocedíamos y nos dirigíamos al muelle; parecíamos niños...

–Yo vivo solo, Nástenka –díjele una vez–, pero... Bueno, yo, naturalmente, ya lo sabe usted, Nástenka, soy un pobre, sólo tengo de paga mil doscientos rublos al año, pero no importa...

–Claro que no, y la abuelita tiene su pensión; así que no necesitamos de usted nada, pero tendremos que llevarnos con nosotros a la abuelita.

–Claro que sí... Pero mi Matríona...

–¡Ah, sí!... ¡Y también nosotras tenemos a Fíokla!

–Matríona es una mujer muy buena, que sólo tiene un defecto: el no tener pizca de imaginación, Nástenka, pero lo que se dice ni pizca, Nástenka; sólo comprende lo que aprende por experiencia. Pero esto no es tampoco ningún obstáculo...

–¡Claro que no! Las dos pueden muy bien vivir juntas. Pero debería usted venir mañana a visitarnos.

–¡Cómo! ¡A su casa!... Bueno, por mi parte...

–Usted, sencillamente, nos alquila el piso de encima. Ya le he dicho que tenemos un pisito arriba; ahora está, precisamente, desalquilado. La última inquilina fue una señora de edad, una aristócrata, que dejó el cuarto y ahora está viajando por el extranjero, y la abuelita me consta que quiere ahora tener un inquilino joven. Yo le pregunté el otro día:

–Pero ¿por qué ese empeño de que sea un joven? Y ella me contestó:

–Porque siempre es mejor, estamos más seguras y yo ya soy vieja. No vayas a figurarte, Nástenka, que tengo la intención de casarte con él.

Pero yo sabía de sobra que eso es, precisamente, lo que ella va buscando...

–¡Ah Nástenka!...

Y los dos nos echamos a reír.

–Bueno, basta ya de palique. Pero dígame, ¿dónde vive usted ahora? había olvidado preguntárselo.

–Pues ahí, cerca del... puente, en casa de un tal Baranikov.

–¿Esa es una casa grande, verdad?

–Sí, es una casa grande...

–¡Ah, yo la conozco! Es una casa muy bonita. Sólo que, ya lo sabe usted, tiene que mudarse y venirse a vivir con nosotras...

–¡Mañana, Nástenka, mañana mismo! Debo allí todavía

un piquillo del alquiler, pero es lo mismo... Tengo que cobrar ya en seguida mi sueldo...

—Mire usted, yo daré también lecciones para aumentar los ingresos; aprenderé primero y después podré enseñar...

—Naturalmente, es una buena idea... Y a mí no tardarán en aumentarme el sueldo... ¡Nástenka!...

—Entonces, desde mañana podemos considerarle nuestro vecinito.

—Sí, y luego iremos a la Opera y oiremos *El barbero de Sevilla,* pues no tardarán en ponerlo.

—¡Eso es, iremos a oírlo! —dijo Nástenka riendo—, aunque no, mejor será aguardar a que canten otra cosa...

—Bueno, pues así lo haremos. Claro que será mucho mejor; se me había olvidado ese detalle...

Y charlábamos y andábamos; aquello era como una embriaguez... Parecía como si nos envolviese una niebla y no supiésemos lo que nos pasaba. Tan pronto nos deteníamos y nos estábamos hablando largo rato sin movernos de una losa, como reanudábamos el paso y nos íbamos, Dios sabe hasta dónde de lejos, sin advertirlo, siempre riendo y llorando al mismo tiempo. Tan pronto salía diciendo Nástenka que quería volverse a casa en seguida, y yo no me atrevía a retenerla, y nos poníamos ya en camino, para advertir, al cabo de un cuarto de hora, de pronto, que estábamos otra vez en nuestro banco del muelle, como suspiraba ella profundamente y una lágrima rodaba por su mejilla..., y yo la miraba asustado y perplejo... Hasta que ella volvía a cogerme de la mano y vuelta a hablar y andar...

—Pero ¡ahora sí que es ya tiempo, verdaderamente tiempo de que yo vuelva a casa! ¡Debe de ser la mar de tarde! —dijo por último Nástenka con resolución—. ¡No debemos ser tan chiquillos!

—Bueno, Nástenka, pero conste que esta noche tampoco voy a poder dormir. Desde luego, a casa no voy ahora.

–Tampoco yo espero dormir esta noche. ¡Pero usted debería acompañarme un poco más!...

–¡Naturalmente que sí!

–Sólo que esta vez no damos más vueltas, ¿eh?

–¡No, esta vez no!...

–¡Palabra de honor! ¡Pues alguna vez hay que volver a casa!

–Bueno; ¡palabra de honor! ¡Esta vez de veras! –dijo ella riendo.

–¡Pues vamos allá!

–¡Vamos!

–¡Mire usted el cielo, Nástenka, mire usted a lo alto! Mañana vamos a tener un día magnífico... ¡Qué azul está el cielo y mire usted qué luna! Esa nubecilla amarilla la va a ocultar dentro de un instante... ¡Mire usted, mire usted!... No; le ha pasado rozando el borde... ¡Pero vea usted, vea usted!...

Pero Nástenka no veía las nubes ni el cielo... Se había quedado en pie, rígida, junto a mí, después de lo cual ciñóse estrechamente a mi cuerpo, poseída de confusión extraña, cada vez más fuerte, cual si buscara amparo, y su mano temblaba en la mía. Yo la miré y ella se apoyó más pesadamente en mí.

En aquel instante pasó junto a nosotros un hombre joven..., el cual nos miró fijamente, vaciló, se detuvo y luego se alejó unos dos pasos. El corazón me dio un vuelco...

–Nástenka, ¿quién será ese hombre? –preguntéle en voz baja.

–¡Es él! –murmuró ella, y se cogió temblando a mi brazo.

–¡Nástenka! ¡Nástenka! ¿Eres tú? –clamó de pronto una voz detrás de nosotros, y en seguida el joven de antes se nos acercó un paso.

¡Santo Dios! ¿Qué vibró en aquella llamada? ¡Cómo se estremeció ella! ¡Cómo se desprendió de mi brazo y corrió a su encuentro!... Yo estaba parado y miraba hacia el joven, el cual estaba parado y miraba... Pero apenas le hubo ella tendido la mano, no bien se hubo arrojado en sus brazos, zafóse de él, y antes de que yo me hubiese dado cuenta, ya estaba de nuevo junto a mí, ceñía con ambas manos fuertemente mi cuello y me plantaba un ardiente beso en los labios. Luego, sin decirme palabra, corrió de nuevo hacia él, cogióle las manos y se lo llevó.

Largo rato permanecí yo allí quieto, mirándolos... No tardaron en desaparecer de mi vista.

La mañana

Mis noches terminan con una mañana. Amaneció un día hostil; llovía, y los goterones de la lluvia daban con una quejumbre monótona en los cristales de mi ventana; en la habitación había oscuridad, como sucede en los días de lluvia, y fuera, lobreguez. A mí me dolía la cabeza, tenía mareos, y por los miembros me corría la fiebre de un enfriamiento.

–Esta carta, señorito, que ha venido por el correo; el cartero la ha traído –dijo Matríona.

–¿Una carta? ¿De quién?

–No le puedo decir, señorito, mírela usted; quizá dentro diga de quién es.

Rompí el sobre. La carta era de ella:

"*¡Oh, perdone usted, perdóneme!* –me escribía Nástenka–. *De rodillas le ruego a usted no se enoje conmigo. Yo le he engañado a usted como me he engañado a mí misma. Fue un sueño, una ilusión... Al pensar en usted, sufro lo indecible. Perdóneme usted, ¡oh, sí, perdóneme!...*

"*No me acuse usted, pues lo que yo por usted sentía sigo sintiéndolo aún; le dije a usted que le amaría, y sigo amándole, se lo juro; y siento por usted algo más que amor. ¡Dios*

321

mío, si yo pudiese amarlos a los dos al mismo tiempo! ¡Oh, si usted y él no fuesen más que un solo hombre!

"Dios me ve y sabe que yo estaría dispuesta a todo por usted. Yo lo he ofendido y le he causado dolor, pero ya lo sabe usted... Cuando se ama no dura mucho el enfado. ¡Y usted me ama a mí!

"¡Yo le doy muchas gracias! ¡Sí! Yo le agradezco a usted mucho ese amor. Pues en el recuerdo que me acompañará toda la vida como un dulce sueño que no puede olvidarse al despertar. No, nunca podré yo olvidar cómo me mostró usted tan fraternalmente su alma y en su bondad aceptó como suyo mi corazón herido y lacerado para cuidarlo tierna y amorosamente y devolverle la salud... Si usted me perdona, se transfigurará su recuerdo con el sentimiento de eterna gratitud, que nunca se extinguirá en mi alma. Y este recuerdo lo tendré por sagrado y jamás lo olvidaré, pues tengo un corazón leal. Ayer no hice otra cosa que volver a manos de aquel que ya de antes era su dueño.

"Nos volveremos a ver, usted vendrá a visitarnos, no nos abandonará, será eternamente nuestro amigo y mi hermano... Y cuando venga a vernos me dará usted su mano... ¿Verdad? Usted no tendrá reparo en tendérmela cuando me haya perdonado, ¿no es eso? ¿Su amor hacia mí será el mismo? ¿No?

"Sí, quiérame usted, no me abandone, pues ahora lo amo yo a usted tanto porque quiero ser digna de su amor, porque quiero merecerlo..., ¡mi querido amigo! La semana que viene nos casamos. El ha vuelto lleno de amor por mí y dice que nunca me olvidó. No se enfade usted porque de él le hable, pero yo quiero ir a verlo a usted en su compañía y usted también le cobrará afecto. ¿No es verdad?

"Perdóneme usted, pues, y no me olvide y no deje de querer a su

NÁSTENKA."

Largo rato leí yo aquella carta, y volví a releerla una vez y otra, y las lágrimas fluyeron a mis ojos; hasta que, finalmente, se me cayó de las manos y en éstas oculté el semblante.

—Bueno, señorito, pero ¿no ve usted? —clamó después de un rato la voz de Matríona.

—¿Qué, vieja?

—Pues que ya quité las telarañas que había en todo el cuarto, de modo que ya puede usted casarse si quiere o traer invitados si le place, que por mi parte...

Yo la miré a la cara. Es una mujer fuerte, joven todavía, pero yo no sé por qué me pareció verla de pronto con los ojos apagados, profundas arrugas en la frente, vieja y achacosa, delante de mí... No sé por qué me pareció de pronto como si también mi cuarto se hubiese hecho tanto más viejo como ella. Vi palidecer los colores de las paredes, divisé todavía más telarañas en los rincones de cuantas antes se reunieran en ellos. No sé por qué, al mirar hacia fuera por la ventana, parecióme que la casa frontera también había envejecido y se había puesto más descolorida y ruinosa, que se había agrietado el estuco de las pilastras, cuarteádose y ennegrecídose las cornisas y llenádose de manchas y basura las pardas paredes.

Acaso tuviera de ello la culpa aquel rayo de sol que de pronto se abrió paso por entre las nubes, para en seguida volverse a ocultar tras una nube, todavía más oscura, anunciadora de lluvia, de suerte que todo se volvió todavía más lóbrego, más sombrío... O sería que mis ojos miraron en mi futuro y en él vieron algo árido y triste, algo semejante a mí mismo, al que soy ahora, al que dentro de quince años, en el mismo cuarto, igualmente solo, con la misma Matríona, que en todo ese tiempo no habrá adquirido más juicio...

Pero no perdonar la ofensa, Nástenka, turbar tu clara y

pura dicha con nubecillas oscuras, hacerte reproches para que tu corazón se atormente y sufra, y palpite dolorosamente, cuando no debe hacer otra cosa que exaltar jubilosa o tocar siquiera una sola hojita de las tiernas flores que tú, al casarte con él, te pondrás en tus negros rizos... ¡Oh, no, Nástenka, eso no lo haré yo nunca, nunca! ¡Que tu vida sea dichosa y tan clara y gustosa cual tu dulce sonrisa, y bendita seas por el momento de ventura y de felicidad que diste a otro corazón solitario y agradecido!

¡Dios mío! ¡Todo un momento de felicidad! Sí, ¿no es eso bastante para colmar una vida?...

En *Obra completa,*
Aguilar, Madrid, 1943.